De Finse katoenmolen

boekerij.nl

boekerij.nl

Ann-Christin Antell

De Finse katoenmolen

Eind 19e eeuw. De jonge weduwe Jenny Malmström komt lijnrecht tegenover Fredrik Barker te staan, de arrogante zoon van de fabriekseigenaar.

Vertaald uit het Fins door Annemarie Raas

BOEKERIJ

Gepubliceerd met steun van FILI – Finnish Literature Exchange.

FILI FINNISH LITERATURE EXCHANGE

ISBN 978-90-492-0195-1
ISBN 978-94-023-2217-0 (e-book)
NUR 302

Oorspronkelijke titel: *Puuvillatehtaan varjossa*
Vertaling: Annemarie Raas
Omslagontwerp: Bürosüd, naar een idee en beelden van Eyekraft Oy, Timo Numminen
Zetwerk: Mat-Zet bv, Huizen

Bedankt:
ouders, scholen, musea, archieven,
voorbije generaties, gezin, leven

Deel 1

1

Jenny stond in de bijtend koude wind te rillen. De zoom van haar dikke rok van fries wapperde tegen haar benen, en vergeelde berkenbladeren wentelden over het grindpad. Ze had een bosje sparrentakken bij zich; het was tijd om de zomerbloemen op het graf te vervangen. Ze waren verrassend lang goed gebleven, maar de nachtvorst had de slanke stelen nu dan toch te grazen genomen.

Het graf lag op een mooi plekje, onder een dennenboom op de heuvel waarop de middeleeuwse kerk van Kaarina was gelegen. Jenny boog zich voorover om dennennaalden van de grafsteen te vegen en slaakte een zucht. Het was al bijna drie jaar geleden dat Matias aan cholera was overleden. Hij had de ziekte opgelopen toen hij voor zijn werk als predikant van het dorp Lieto de zieken thuis had bezocht. Tientallen dorpelingen waren aan cholera gestorven. De epidemie was al bijna uitgeraasd toen Matias ziek was geworden, en Jenny en dokter Spoof hadden gedaan wat ze konden, maar uiteindelijk had de ziekte het leven van de jonge en krachtige hulpprediker geëist.

Jenny glimlachte zwakjes terwijl ze terugdacht aan Matias' jongensachtige inborst en zijn hardnekkig krullende blonde haar. Ze hadden hun geluk niet op gekund toen bleek dat Jenny zwanger was.

De wind loeide in de klokkentoren en bracht de bomen aan het schudden. Jenny schrok op uit haar gedachten en richtte haar blik omhoog. De lucht was donker, de wolken hingen laag. Ze moest aan de slag nu, voordat het ging regenen. Ze pakte een schepje, groef de verdorde zomerbloemen uit en legde de sparrentakken voor de grafsteen neer. *Hulpprediker Matias Malmström* en daaronder *Mikael. De Heer is onze gerechtigheid en onze zaligheid.* Haar man en haar doodgeboren zoontje lagen in hetzelfde graf.

Jenny legde alle spullen terug in haar mandje, vouwde haar handen en bad. Heel even voelde het of er een strakke band om haar borstkas werd samengetrokken. De zwaarmoedigheid probeerde de overhand te krijgen, maar ze vermande zich en zette de melancholie van zich af. De ergste pijn was al weggezakt.

Ze wierp nog een laatste blik op de steen, nam afscheid en ging langzaam lopend op weg naar huis, naar de pastorie van Kaarina.

Ze hoefde niet ver te lopen, want de pastorie lag meteen naast de kerk. Na Matias' dood was Jenny uit Lieto weggegaan en weer bij haar vader gaan wonen, Waldemar Stenroos, die dominee was van de kerkgemeente van Kaarina.

Het lichtgele hoofdgebouw was af en toe tussen de esdoorns door te zien, en de oude seringenhaag zwaaide mee met de windvlagen. Ze opende het hek, dat klaaglijk knarste, en liep het grindpad op. In het rode bijgebouw woonden huishoudster Aina en haar man Viktor, die als knecht werkzaam was voor de pastorie. Aan de andere kant van het perceel stonden schuren, en in het midden lag een tuin.

Aan de rand van het perceel stond een grote eik. De schommel waarmee Jenny als kind heen en weer was gezwaaid, hing nog steeds aan een van de takken. Ze bleef even staan om de moestuin te inspecteren. De bloemen waren verwelkt en de oogst was al binnengehaald, maar er was nog steeds werk te verrichten. De winterappels moesten een waslaagje krijgen en naar de kelder worden gebracht, de potbloemen moesten in de koelkamer worden neergezet. De bladeren waren bijeengeharkt, maar de moestuin moest nog worden omgespit voordat het ging sneeuwen. Viktor zou weliswaar de meeste karweitjes uitvoeren, maar Jenny tuinierde graag en wilde ook haar steentje bijdragen.

De stalkat zag dat ze eraan kwam en trippelde haar met opgeheven staart tegemoet. Jenny begroette het dier en boog zich voorover om het achter de oren te krabbelen. De kat genoot ervan en hield zijn kopje scheef. Hij liep achter Jenny aan, die de deur van de veranda opentrok, en glipte snel naar binnen. Jenny glimlachte, want ze wist dat hij naar zijn lievelingsplekje – de leunstoel van de dominee – zou lopen om te gaan slapen.

Ze liep de gang in. Recht vooruit lag de salon, die alleen op zon- en feestdagen werd gebruikt, of wanneer ze gasten hadden. Rechts van de gang lag de keuken, en links bevond zich de slaapkamer van de dominee. Jenny's kamertje lag aan de andere kant van het huis. Het raam bood uitzicht op het westen en de grote oude esdoorns; daartussendoor was het leemgrijze rivierwater van de Aurajoki te zien.

Jenny liep naar haar kamer en hing haar jasje in de kast. In de hoek stond een witte tegelkachel die bijna de hele ruimte in beslag nam. Er was alleen nog plek voor een bed, een bureautje en een stoel. Ze was in haar eigen bed bevallen, een half jaar na de dood van Matias. Het was een moeilijke bevalling geweest; de baby was erg groot. Na uren van inspanning was het jongetje uiteindelijk ter wereld gekomen – blauw en levenloos.

Na de bevalling was haar vader iedere dag bij haar komen kijken; hij had haar hand vastgehouden en haar haar gestreeld, en ze hadden samen gebeden.

Ze kreeg een warm gevoel als ze aan haar vader dacht. Uiteindelijk, langzaam maar zeker, was de pijn een klein beetje minder geworden en had ze haar krachten herwonnen. Maar aan de gapende leegte binnen in haar kon ook haar vader niets veranderen. Het voelde alsof een deel van Jenny samen met de baby in het graf was achtergebleven.

De klok in de salon sloeg vijfmaal. Jenny pakte een schoon wit schort van het haakje en liep naar de keuken om het avondeten te bereiden. Vader was in Turku voor een bestuursvergadering, maar hij kon ieder moment thuiskomen. Het was hun gewoonte om samen de maaltijd te nuttigen in de studeerkamer en over de gebeurtenissen van die dag te praten.

Jenny ging op haar tenen staan om een blikje met gedroogde theeblaadjes uit het keukenkastje te pakken. Ze maakte een vuurtje in het houtgestookte fornuis en zette een pan met water op. Aina had die ochtend gerstebrood gebakken; Jenny pakte het uit de voorraadkast. Ze hoefde niet naar de kelder om boter te halen, er was nog genoeg over van het ontbijt.

Er klonk rumoer buiten, en ze wierp een blik uit het raam. Het was al donker. Het grind op de oprit knarste toen er een rijtuig het erf opreed. Op de bok was de rijzige gestalte van de dominee te herkennen. Jenny greep haar versleten vest van de kapstok in de gang, gooide het over haar schouders en liep naar de trap, haar vader tegemoet. De bomen op het erf bogen krom door de harde wind, en ze trok het vest strakker om zich heen.

Viktor kwam ook zijn huis uit en pakte Virkku bij de teugels vast. Hij wachtte tot de dominee van de bok was geklommen. Jenny hoorde dat ze een paar woorden met elkaar wisselden over het slechte weer; vervolgens ging Viktor met Virkku op weg naar de stal.

Vader oogde vermoeid. Jenny pakte zijn zwarte leren tas van de grond en nam hem bij de arm. 'Kom, vader, ik heb net water gekookt voor thee. U kunt iets comfortabelers aantrekken terwijl ik de tafel dek voor het avondeten.'

De dominee keek zijn dochter verheugd aan. 'Dank je, Jenny, dat is precies wat ik nodig heb. De bestuursvergadering duurde onverwacht lang en ik ben inderdaad moe en hongerig.'

Met zware voetstappen klom hij de trap naar de veranda op. Nu pas merkte Jenny hoe oud hij het afgelopen jaar was geworden. Hij liep steeds moeilijker, en het voorheen zo donkere haar was nu helemaal grijs. Een gevoel van angst bekroop haar.

Ze hielp haar vader zijn zware overjas uit te trekken en hing die aan de kapstok in de gang. De dominee liep naar zijn slaapkamer om andere kleren aan te doen.

Nadat ze het avondeten op het dienblad had gezet, liep Jenny naar de studeerkamer. Ze stak de olielampen op de tafel en aan het plafond aan, en al snel scheen er een zacht licht in de kamer. Langs alle muren stonden boekenkasten. De studeerkamer was Jenny's favoriete plek in huis. Rechts in de hoek stonden vaders pijpenrek en een schommelstoel. Zijn hele leven lang had de dominee boeken verzameld, niet alleen religieuze literatuur maar ook werken over aardrijkskunde, geschiedenis, plantkunde, klassieke mythologie en filosofie, alsmede reisverhalen en gedichtenbundels. Het merendeel daarvan had Jenny gelezen, maar het was nog steeds niet genoeg wat haar betreft. Bij de boekhandel van Frenckell in Turku kon je voor een mark een maand lang een boek lenen, en zij was daar vaste klant.

Ze zette het dienblad op het tafeltje dat onderdeel vormde van een met groene stof bekleed ameublement; op de tafel lag een kleed dat haar moeder had geborduurd. Voor het raam stond een grote palm. Ze was net bezig thee in te schenken toen vader binnenkwam. Hij had zijn jas en vestje verwisseld voor een comfortabel vest en wollen sokken. Hoewel er een vuur brandde in de kachel, waren de vloeren van de pastorie kil en tochtig. Vader wreef in zijn koude handen en ging zuchtend op de bank zitten. Jenny bood hem een kopje thee aan, dat hij met een glimlach in ontvangst nam. Ze zag dat zijn handen trilden.

'Bedankt, Jenny, hete thee is precies waar ik zin in heb.' Hij wierp haar een dankbare blik toe. 'Het was niet het best denkbare weer om te reizen, bijna de hele terugreis stond er een koude wind. Gelukkig regende het niet. Viktor zei dat het morgen zou opklaren, het kon zelfs mooi weer worden.'

‘Alstublieft, vader.’ Jenny reikte hem een bordje aan met daarop een boterham met kaas en gemberkoekjes. ‘Ik merkte inderdaad hoe hard het waaide toen ik vandaag op het kerkhof was.’ Ze wierp hem een bezorgde blik toe. ‘U zou niet zo vaak naar de stad moeten gaan. U begint al oud te worden en het is een vermoeiende rit. Kunt u niet een aantal bestuursfuncties neerleggen? Ik maak me zorgen om uw gezondheid.’

De dominee roerde in zijn thee en nam voorzichtig een slokje. Hij antwoordde bedachtzaam. ‘Waarschijnlijk heb je gelijk. Ik voel me niet meer zo kwiek, maar ik ben dan ook niet meer de jongste.’ Hij glimlachte tegen zijn dochter.

Jenny schonk zichzelf nog wat thee in en brak een stukje brood af. ‘Om welke vergadering ging het vandaag, vader?’

‘Van het bestuur van de Armenzorg, bij fabriekseigenaar Rettig thuis.’ De dominee leunde geestdriftig voorover. ‘Een bewonderenswaardig vooruitstrevend man. Stel je voor, hij is van plan nieuwe woningen voor zijn arbeiders te bouwen in de buurt van het centrum, en brandhout zal bij de huur inbegrepen zijn. Maar hij heeft dan ook in Stockholm gestudeerd. Daar lopen ze in alle opzichten op ons voor, zo lijkt het.’

‘Zou hij dat echt doen?’ Jenny keek haar vader verbaasd aan. ‘Dat zou echt nobel van hem zijn. Ik hoop dat de andere fabriekseigenaren een voorbeeld aan hem nemen.’ Ze trok haar neus op. ‘De huidige arbeiderswoningen in Raunistula verkeren echt in een verschrikkelijk slechte staat. Ziekten grijpen daar om zich heen in die vochtige, beschimmelde keten.’

De dominee drukte het servet tegen zijn mond en nam nog een boterham. ‘Daar heb je helemaal gelijk in. Dat zijn echte duivelsnesten. Maar ik geloof heel sterk dat Rettigs voorbeeld gevolgd zal worden door andere fabriekseigenaren.’

Jenny roerde in haar thee en dacht even na. ‘Morgen is er een vergadering van de Damesvereniging. Ik zal deze kwestie ter sprake brengen bij de echtgenote van ereconsul Malm. Als er iemand is die de bal aan het rollen kan krijgen, dan is het Vivi Malm.'

De dominee haalde een leesbril met ronde glazen uit zijn borstzakje en zette die op. Hij pakte de lokale krant *Åbo Underrättelser*, de nieuwsberichten uit Turku, en keek Jenny over zijn bril heen aan. 'Bij mijn weten is de vrouw van ereconsul Malm bijzonder capabel en gerespecteerd. Ze heeft al veel goeds tot stand gebracht. We kunnen alleen maar bewondering hebben voor haar doortastendheid.'

'Inderdaad.' Jenny glimlachte. 'Vivi Malm is ongelofelijk doeltreffend als het erom gaat geld in te zamelen voor het goede doel. Ze kent iedereen in de hogere kringen.'

De dominee ging in zijn schommelstoel zitten en stak een pijp op. Geruisloos schommelend verdiepte hij zich in de krant.

De storm beukte nog steeds in de duisternis en liet de vensters rinkelen. De klok aan de muur tikte zachtjes. Jenny keek vertederd naar haar vader; zoals altijd ging hij zo op in zijn krant dat hij niets meer hoorde of zag. Ze zette het serviesgoed op het dienblad en ging naar de keuken om af te wassen.

2

'De bakker die in de oven keek, vond de broodjes nog wat bleek, ze waren nog wat bleek van boven, dus wierp hij ze nogmaals in de oven...'

Jenny opende haar ogen; ze was wakker geworden van het gerinkel van serviesgoed en het onzuivere gezang dat uit de keuken kwam. Snel kleedde ze zich aan en ging ze kijken of Aina al koffie had gezet. Ze bleef in de deuropening staan en was meteen goedgeluimd toen ze Aina zag. De huishoudster met de appelwangen was neuriënd in de weer en leek iets te bakken voor het avondeten. Aina zong vaak. Ze was een weelderige vrouw, vrolijk en rechtdoorzee, die altijd de handen uit de mouwen stak en voor haar broodheer en zijn dochter zorgde alsof het haar eigen gezin betrof.

Aina schrok toen ze Jenny in de deuropening zag staan en greep naar haar hart. 'Hemeltjelief, is me dat schrikken! Om zo rond te sluipen zonder iets te zeggen!' Ze liet haar met meel bedekte handen wapperen. 'Gaat u maar zitten. De koffie staat al op en ik maak ook een paar boterhammen. Ik ben bezig een appeltaart te bakken voor de koffie vanmiddag.'

Jenny glimlachte en wenste Aina goedemorgen. Ze liep naar de voorraadkast en deed een scheutje melk in haar koffie. Aina had Orvokki voor dag en dauw al gemolken. Dat was de enige koe van de pastorie, maar meer melk hadden ze in dit kleine huishouden ook niet nodig.

Ze kon vandaag maar beter een stevig ontbijt nuttigen, want ze zou samen met Viktor naar Turku afreizen. Het was een rit van slechts drie wersten, oftewel iets meer dan drie kilometer, maar als ze meereed kon ze helemaal tot bij de Domkerk komen, aangezien Viktor in de vissershaven bij de kerkbrug inkopen zou gaan doen. Gezouten vis was nu goedkoop, dus was het een gunstige tijd om voorraden in te slaan voor de winter. Jenny zou van daaraf te voet verdergaan naar het huis van ereconsul Malm. Het gezin woonde dicht bij het gebouw waarin het Hof van Appèl was gehuisvest, in een opzichtig pand met twee verdiepingen. Vanaf de kerkbrug kon ze daar in een paar minuten naartoe wandelen.

Nadat ze haar boterham had opgegeten, liep Jenny terug naar haar kamer om zich te wassen. Ze schonk water uit de lampetkan in de kom, waste haar gezicht en poetste haar tanden. Ze kamde haar lange bruine haar tot het glansde, vlocht het en maakte de vlechten met lange haarspelden losjes boven op haar hoofd vast. Vervolgens zette ze een hoed op het geheel, waarna ze zichzelf in de ovale wandspiegel bekeek. Ze had de blauwe ogen van haar vader geërfd, en de lange, smalle neus en bleke huid van haar moeder.

Ze klopte op haar wangen om een beetje kleur te krijgen. Ze trok een zwarte blouse met een hoge kraag en pofmouwen aan. Die paste goed bij haar lange zwarte rok, die tot haar enkels kwam. Ten slotte knoopte ze het korte, nauwsluitende zwarte jasje dicht, waarvan de randen met fluwelen band waren afgezet. Het kostuum was door een naaister in de stad gemaakt, nog voordat Jenny zwanger was geworden. Ze haalde haar mooiste stadsschoenen uit de kast: zwarte leren laarsjes met een hoge schacht en een klein hakje. Het was niet eenvoudig om die aan te trekken, omdat de lange rij piepkleine knoopjes aan de zijkant moest worden dichtgemaakt met een knoophaak. Verder stopte ze nog een pen en papier in haar tas, evenals haar almanak en wat geld, voor de vis die Viktor ging kopen.

Toen Jenny buiten kwam stond Viktor al te wachten met het rijtuig. De wind was gelukkig gaan liggen, maar verder was het herfstachtig grijs en vochtig. Ze klom naast Viktor op de bok. Ze wensten elkaar goedemorgen, en daarna zette Viktor met een geluidje van zijn tong Virkku in beweging. Ze reden door het dorpje Nummenpakka in de richting van de Hämeentie, de hoofdweg naar Turku. Ze kwamen langs de boerderij van Simola; de ingang van de stal was naar de weg gericht. Virkku hinnikte schel in het voorbijgaan, en de paarden in de stal van Simola beantwoordden haar begroeting.

In Nummenpakka woonde voornamelijk arm werkvolk. De grijze krotjes waren opgebouwd uit planken en stonden direct langs de weg. De arbeiderswoningen waren klein en krap; soms woonde een gezin met tien kinderen in één enkele kamer. Ruimte voor iets anders dan bedden was er bijna niet. Wanneer die werden uitgeschoven, bleef er slechts een smal gangetje over tussen het bed en de muur. Jenny had dat al vaak gezien wanneer ze collectegeld langsbracht bij de armste gezinnen, als die getroffen waren door ziekte of overlijden.

Ze trok haar neus op. De mesthoop bij de varkensstal van Lehtonen lag meteen naast de weg en de stank was ondraaglijk. Bruine kippen renden vrij rond op het erf, smerige varkens wroetten in de aarde. Op het plaggendak van de geitenstal stond een geit te blaten. Haveloze kinderen waren op het erf aan het spelen; ze gilden vrolijk en gooiden met een hoepel. De kinderen speelden altijd buiten zolang het licht was, omdat er binnen geen ruimte was. Ze bleven staan om te zwaaien. Jenny glimlachte en stak haar hand naar hen op. Ze kende hen allemaal.

Toen ze de bocht om reden, zagen ze een grijze bundel langs de kant van de weg liggen. Jenny kreunde van frustratie. Boer Lehtonen was weer eens dronken in slaap gevallen in de greppel. Hij lag op zijn rug te snurken; er liep kwijl over zijn wang en hij hield zijn vuist om een fles sterkedrank geklemd. Hij had het geld waarmee hij voedsel had moeten kopen voor zijn gezin voor de zoveelste keer opgezopen. Viktor wierp onder zijn vilten hoed vandaan een blik op de boer, gromde een keertje en spuugde toen in de berm.

Nadat Virkku een half uur had gelopen, kwamen ze in Turku aan. Midden op het plein Nikolaintori verrees de Domkerk; Jenny verbaasde zich er altijd weer over hoe hoog de toren was. Ze boog haar hoofd achterover en staarde in de hoogte. De kauwen maakten behoorlijk wat lawaai in de toren; van tijd tot tijd vlogen ze als een grote zwarte zwerm de lucht in. Virkku's hoeven klepperden op de kasseien toen ze langs de kerk reden.

Rond de Domkerk en op de oever van de rivier stonden de stenen huizen van welvarende burgers en functionarissen. Dit waren huizen met twee woonlagen, in tegenstelling tot de rode, gele en grijze houten huizen met witgeschilderde kozijnen elders, die alleen een begane grond hadden. Na de Grote Brand van Turku in 1827 waren er loofbomen tussen de gebouwen geplant.

Viktor liet Virkku tot stilstand komen achter de andere paarden aan de rand van het plein en bond de teugels vast aan een dwarsbalk die tussen twee bomen was bevestigd. Virkku kreeg een voederzak om haar hals gehangen, en loom zwaaiend met haar staart begon ze het mengvoer te vermalen. Jenny haalde geld uit haar handtas voor Viktor zodat die inkopen kon gaan doen; ze spraken af dat ze over drie uur weer huiswaarts zouden keren. Viktor liep de oever af naar de rivier, waar de bewoners van de eilandjes voor de kust hun boten hadden aangelegd om aardappelen, appels en houten vaten met gezouten vis te verkopen. Vanuit de vissershaven klonk luid geschreeuw: '*Köp fisk! Köp fisk!*' riepen de vrouwen in het Zweeds. De meeuwen krijsten terwijl ze om visafval vochten.

Jenny vervolgde haar weg naar het huis van ereconsul Malm, dat aan de rand van het Nikolaintori lag, achter het Hof van Appèl.

De voorzijde van het huis van de ereconsul werd gesierd door hoge witte pilaren, met daarbovenop een balkon dat omgeven was door een decoratief smeedijzeren hek. Jenny liep de buitentrap op, schikte haar hoed wat beter op haar hoofd en klopte op de deur. Een jonge dienstmeid kwam opendoen en bracht haar naar de salon op de begane grond, waar al enkele leden van de Damesvereniging waren. Ze zaten op een met gele zijde beklede zitgroep, in het gezelschap van de gastvrouw. De gordijnen waren van dezelfde stof en op de salontafel stond een boeket zijden rozen. De wanden waren met behang bekleed en er hingen zeegezichten van bekende kunstenaars. De ereconsul was een enthousiast kunstliefhebber; behalve schilderijen verzamelde hij oosterse porseleinen voorwerpen, die her en der in de salon tentoongesteld waren.

De gastvrouw zag Jenny in de deuropening staan en kwam met gestrekte armen naar haar toe. 'Ach, wat fijn dat jij ook kon komen! Neem maar plaats op de bank, naast de anderen. Je kunt je overjas en je hoed aan Emma geven. We krijgen zo meteen thee geserveerd, met scones en honinggebakjes.'

Vivi Malm was net de vijftig gepasseerd, een donkerharige, knappe vrouw. Ze had een statige houding en stond bekend om haar goede smaak. Ze was koppig, beschaafd, enorm energiek en charmant. Ze was zeer geliefd in aristocratische kringen.

De Damesvereniging was een jaar of vijf eerder opgericht en telde een stuk of tien leden, allemaal invloedrijke vrouwen uit de hogere kringen. De vereniging zamelde geld in door uiteenlopende evenementen en feesten te organiseren en had als doel kinderen uit arme gezinnen de kans te geven naar school te gaan, want de dames waren er stellig van overtuigd dat onderwijs de enige manier was om aan het juk van de armoede te ontsnappen.

Jenny begroette de andere dames. In de leunstoel zat Elviira, de echtgenote van glasmeester Westling, met naast haar Augusta Nasaroff, wier man handelaar was. Naast Jenny op de bank zat Olga von Willebrandt; haar echtgenoot was aanklager bij de stedelijke rechtbank. Het waren allemaal achtenswaardige vrouwen die de middelbare leeftijd inmiddels voorbij waren. Ze groetten Jenny hartelijk terug.

De dienstmeid kwam, gehuld in een zwarte jurk en een wit schortje, met een ratelend serveerwagentje de salon binnen en begon kopjes en bordjes op de salontafel te zetten. De krachtige geur van thee zweefde de kamer in. Mevrouw Malm ging aan het andere uiteinde van de bank zitten en keek haar gasten enthousiast aan.

'Ziezo, dierbare dames. Het wachten is alleen nog op Helene van Heideken en Hanna Cedercreutz en dan kunnen we beginnen. Fredrika Berg en Eva Aminoff zijn helaas verhinderd, maar de meerderheid is aanwezig, dus is het quorum gehaald.'

Op hetzelfde moment deelde de dienstmeid mee dat Helene en Hanna waren gearriveerd; ze kwamen enigszins buiten adem de salon binnen. 'Onze excuses voor het feit dat we te laat zijn. We zaten in hetzelfde rijtuig en het was druk op de kerkbrug.'

'O, dat geeft niet, we waren nog niet begonnen.' Vivi Malm keek hen met een glimlach aan. 'Geef jullie jassen en hoeden maar aan Emma en kom dan bij ons zitten.'

De dames begonnen de vergadering met het uitwisselen van nieuwtjes. Toen Vivi Malm haar thee ophad, tikte ze met haar lepeltje tegen haar kopje. De gasten richtten hun aandacht op de gastvrouw.

'Mijn beste dames, welkom op de najaarsvergadering van de Damesvereniging. Zoals ik in de uitnodigingsbrief al aangaf is het de bedoeling om te bepalen welke activiteit we dit najaar organiseren om geld in te zamelen voor de armlastigen. Heeft iemand een voorstel?'

De dames keken elkaar aan en Olga von Willebrandt nam het woord. 'Afgelopen jaar hadden we een schaatsfestijn op de Aurajoki. Dat was een groot succes. Maar ik stel voor om het volgende schaatsfestijn pas aan het eind van de winter te organiseren, en om dit najaar een gemaskerd bal te houden.'

De dames slaakten enthousiaste kreetjes. 'Dat is een geweldig idee! Het vorige gemaskerd bal was bij de familie Petrelius thuis, maar dat is al weer een paar jaar geleden,' zei Helene von Heideken.

Mevrouw Von Willebrandt knikte haar tevreden toe. 'Aangezien ik degene ben die met dit voorstel komt, denk ik dat we het bal ook bij ons thuis moeten houden, in het paleis van de stedelijk aanklager.'

Ook dat voorstel kon op een goedkeurend geroezemoes rekenen. Na een korte discussie werd afgesproken dat het gemaskerd bal op de eerste zaterdag in december zou plaatsvinden, en dat er uitnodigingen zouden worden verstuurd aan de aristocraten in de stad. Het entreegeld was inclusief bowl en cocktailhapjes.

Ze praatten nog een tijdje over de aankleding van het feest en andere details. Augusta Nasaroff zou bij het Muzikale Genootschap van Turku informeren naar een orkest. Een kwartet was waarschijnlijk voldoende, en wellicht wilden de musici wel gratis optreden, aangezien het om een liefdadigheidsevenement ging. Mevrouw Malm beloofde de uitnodigingen te schrijven en te versturen.

De gastvrouw wierp een blik op de vergulde wandklok. 'Dit najaar kiezen we dus voor een gemaskerd bal. Zijn er verder nog kwesties waarover gesproken moet worden?'

Jenny zette haar theekopje op het schoteltje. 'Mijn vader, dominee Stenroos, vertelde gisteren dat fabriekseigenaar Rettig van plan is nieuwe woningen te laten bouwen voor zijn arbeiders in Turku, en dat brandhout bij de huurprijs inbegrepen zal zijn. Ik vind dat we deze kwestie ook aan de andere fabriekseigenaren in de stad moeten voorleggen. Ik heb gehoord dat men ook in Tampere nieuwe arbeiderswoningen bouwt, in de buurt van de Finlayson-textielfabriek. De leefomstandigheden van het werkvolk zijn vandaag de dag bijna ondraaglijk. Als we daarin verbetering kunnen aanbrengen hier in Turku, dan heeft iedereen daar baat bij, volgens mij.' Ze keek vragend in het rond. Er werd voorzichtig geknikt.

Helene von Heideken vroeg het woord. 'De directeur van de Crichton-scheepswerf is een familievriend van ons. Ik kan deze kwestie bij zijn echtgenote ter sprake brengen. Als Rettig het initiatief al heeft genomen, kunnen de andere fabriekseigenaren niet achterblijven. Ik geloof dat we daardoor een goede onderhandelingspositie hebben.'

Ze spraken af dat Vivi Malm contact zou opnemen met Magnus Dahlström, de directeur van de Aura-suikerfabriek, en Jenny beloofde John Barker te contacteren. Hij was eigenaar van de katoenmolen op de oever van de Aurajoki en een van de grootste werkgevers van Turku.

Toen er verder geen kwesties meer werden aangedragen, spraken de dames af dat de volgende vergadering op 1 november zou plaatsvinden. Mevrouw Malm verklaarde de vergadering voor gesloten en de dames liepen vrolijk babbelend naar de hal om hun jassen aan te trekken. Ze waren enthousiast over het gemaskerd bal en spraken al uitgebreid over hun vermommingen. Jenny luisterde er met een half oor naar, want in gedachten was ze al bezig een brief aan de heer Barker op te stellen.

Vader zat met een wit servet om zijn hals op Jenny te wachten bij de eettafel. Hij had de hele middag aan zijn zondagspreek gewerkt. Aina had de tafel in de eetkamer gedekt. Terwijl ze de vleesbouillon aten die als voorgerecht werd opgediend, informeerde de dominee naar de vergadering van de Damesvereniging. Jenny vertelde hem over het gemaskerd bal en zei dat ze had beloofd contact op te nemen met John Barker over de arbeiderswoningen.

De dominee trok zijn wenkbrauwen lichtjes op. 'Ik ken John Barker niet erg goed, heb hem maar een paar keer ontmoet, tijdens een vergadering. Maar hij kwam op mij over als een kille, strenge man. Wees erop voorbereid dat je niet al te warm wordt ontvangen.'

Jenny legde enigszins ontstemd haar lepel op haar bord. 'Ik heb de heer Barker nog nooit ontmoet, maar volgens mij is dat alleen maar een voordeel. Zo kan ik mijn aangelegenheid onbevooroordeeld aan hem voorleggen. Ik verstrek alleen de feiten en daarna is het aan hem om te bepalen wat hij doet. Maar dit is het juiste moment om de kwestie ter sprake te brengen, nu Rettig het initiatief heeft genomen.'

De dominee lachte even en keek zijn dochter goedkeurend aan. 'Je bent precies je moeder. Dat was een bijzonder moedige vrouw, en zonder moed krijgt een mens in deze wereld niets voor elkaar.'

Jenny werd even door een gevoel van medeleven overvallen. Mama was gestorven toen zij nog maar zes was. Ze kon zich haar moeder slechts vaag herinneren, maar wist nog dat ze vaak in een witte jurk met een hoge kraag gekleed ging en haar lange donkere haar in een knotje droeg. Mama had haar vaak op schoot genomen, had opgewekt gelachen en haar met een tedere blik aangekeken. Ze was aan de tering overleden. Sindsdien was Jenny de oogappel van haar vader.

Als hoofdgerecht diende Aina een stoofschotel van snoek, aardappelen en wortels op. Na het eten trok Jenny zich terug in haar kamer, waar ze pen en papier uit de la van het bureautje pakte. Ze dacht lang na, doopte de pen in de inktpot en schreef een brief waarin ze haar aangelegenheid beleefd onder de aandacht bracht en om een audiëntie bij de heer Barker verzocht. Ze verzegelde de brief en bracht hem naar Viktor, zodat die hem op de post kon doen. Daarna trok ze haar werkkleding aan en ging ze naar buiten om de moestuin om te spitten.

Enkele dagen later kwam er een reactie van patroon John Barker. Hij was bereid Jenny de daaropvolgende dag in zijn werkkamer aan de Linnankatu 34 te ontvangen, om twee uur 's middags. De heer Barker schreef dat hij het druk had, maar dat hij misschien wel een paar minuten kon vrijmaken.

Jenny glimlachte om de norse toon van de brief. Ze kon zich maar beter goed voorbereiden op de ontmoeting. Toch verwachtte ze dat ze één enkele fabriekseigenaar wel de baas kon. Ze had zich al eerder ingezet voor de rechten van arbeiders en wel ergere dingen meegemaakt.

3

Aina trok de veters van het korset strak aan, en Jenny grimaste. Meestal gebruikte ze dat akelige ding niet, maar vandaag wilde ze haar groene dameskostuum van mousseline aantrekken. Het kostuum had een hoge kraag en een snit die de draagster lang en slank deed ogen, en hoewel het korset oncomfortabel was, creëerde het ook een statige indruk. En statig wilde ze lijken nu, om haar aangelegenheid overtuigend te kunnen presenteren.

Terwijl Aina terugliep naar de keuken om een kip te plukken, trok Jenny het nauwsluitende korte jasje met de fluwelen boorden en de leren knoopjeslaarzen aan. Ze stak haar haar op met een wrong en bevestigde de kleine zwarte, met zijde versierde hoed met een hoedenspeld op haar kapsel, zodanig dat de hoed iets schuin op haar voorhoofd stond. Ook deed ze de gouden, traanvormige oorbellen in die ze van haar moeder had geërfd. Het geheel oogde zakelijk en stijlvol.

Ze hoorde het paard hinniken op het erf, griste haar handtas van de spiegelcommode in de gang en haastte zich naar buiten. Viktor was bezig Virkku in te spannen, omdat hij naar de markt op het Aleksanterintori ging om vlees en kaas te kopen. Jenny kon tot aan het centrum met hem meerijden.

Het was een heldere dag en de grond zag nog wit van de rijp. Jenny ademde de frisse herfstlucht in. Er lag een dun laagje ijs op de regenplassen dat kraakte onder de hoeven van het paard. Op de Hämeentie passeerden ze boerenvrouwen met sjaaltjes om hun hoofd; ze trokken melkbussen op karren voort om hun melk op de markt te verkopen. In de buurt van de kazerne marcheerde een detachement van Russische soldaten. Jenny wierp een steelse blik op hen. Ze had het niet zo op soldaten. In hun vrije tijd leefden ze een zondig leven; dan waren ze dronken en vielen ze vrouwen lastig. Maar de Russische functionarissen en hun vrouwen waren wel beschaafd en gedroegen zich eerbaar. Jenny was hen al vaak tegengekomen tijdens feesten van de hogere kringen.

Aan de rand van het marktplein stonden jongetjes die kranten verkochten. Ze riepen schel om de aandacht van de voorbijgangers. Jenny stapte uit het rijtuig en begaf zich naar de Aurakatu. Ze was van plan met een huurkoets haar weg te vervolgen; er stond een lange rij, wachtend op passagiers. Ze tilde de zoom van haar rok op om de dampende paardenmest te ontwijken die hier en daar op de weg lag. Erbarmelijk magere honden zigzagden tussen de langsrijdende voertuigen door. De bestuurders van de huurkoetsen zaten op de bok te knikkebollen in hun donkerblauwe overjassen. Sommige stonden langs de weg te praten en goedkope tabak te roken; Jenny moest hoesten toen ze de bittere geur opsnoof.

Ze klom op de achterbank van de eerste huurkoets in de rij. De baardige koetsier zat met de armen over elkaar geslagen te snurken; zijn kin drukte tegen zijn borstkas. Toen Jenny het adres tegen hem riep, schrok hij wakker, en hij knipperde even met zijn ogen. Hij wierp een verbaasde blik achterom en gromde toen eindelijk tegen zijn paard dat het in beweging moest komen.

De katoenmolen van Barker lag helemaal aan het andere eind van de Linnankatu, vlak bij het kasteel van Turku, een rit van ongeveer twee wersten. Jenny was ruim op tijd op weg gegaan, om vooral niet te laat te komen. Haar maag kneep een beetje samen. Hoewel ze het niet had willen toegeven aan haar vader, was ze toch gespannen over de ontmoeting met de heer Barker. In gedachten herhaalde ze wat ze wilde zeggen.

Vader had verteld dat John Barker, een Engelsman, destijds naar Tampere was gekomen om de Finlayson-fabriek op te zetten. Toen hij daarmee klaar was, had hij in Turku zelf een fabriek opgericht. In het begin had die niet meer dan een handvol arbeiders gehad, maar inmiddels waren het er bijna honderd. Het aantal panden groeide ook nog steeds, en de fabriek vulde nu al het hele perceel op de oever van de Aurajoki. De meeste arbeiders waren vrouwen, die lange dagen maakten voor de helft van het loon dat mannen kregen.

Jenny snoof in gedachten. De wereld behoorde de mannen toe; zij hadden de macht om over vrouwen te beslissen, en over de lonen van vrouwen. Ze dankte de Schepper voor het feit dat ze een wijze vader had die haar had laten studeren. Ooit zouden ook vrouwen naar de universiteit kunnen en dezelfde rechten hebben als mannen. Dat wilde ze geloven, en ze wilde er alles aan doen om dat voor elkaar te krijgen. Ze wist zeker dat vrouwen net zo intelligent en bekwaam waren als mannen als ze daartoe de mogelijkheid kregen, maar vrouwen als zij, die een opleiding hadden genoten, werden geschuwd door de samenleving. Vrouwen hoorden voor het huishouden en de kinderen te zorgen.

De huurkoets kwam voor een hoog stenen gebouw tot stilstand, en Jenny schrok op uit haar gedachten. Ze betaalde voor de rit en stapte uit. De ingang lag aan de voorkant van het gebouw, zoals tegenwoordig modern was. Ze rechtte haar rug, schikte haar kleren en klopte aan. Even later werd er opengedaan door een in donkere kleding gestoken bediende. Jenny zei haar naam en vertelde dat ze een afspraak had met directeur Barker. De bediende knikte en begeleidde haar de hal in, die de hele begane grond besloeg. Ze liepen de trap op naar de eerste verdieping. Jenny keek nieuwsgierig om zich heen.

De keuken lag in een hoek aan de kant van de binnenplaats. Meteen ernaast bevond zich een servieskamer, en daar weer naast de eetzaal.

De deuropeningen werden afgedekt door groene fluwelen gordijnen met kwastjes eraan; zo kon je niet van de ene kamer in de andere kijken. Ze liepen dwars door de schitterend ingerichte zaal. Het parket had een schaakbordpatroon, op de muren zat lichtgekleurd, gestreept behang, en in de hoek stond een fortepiano. Voor de ramen zag ze bustes van Griekse goden op piëdestals, en een bijzonder grote palm.

De bediende nam haar mee naar een kamer waarvan alle wanden door boekenplanken bedekt werden. Voor het raam stonden een groot bureau en een comfortabel ogende, met leer beklede leunstoel. Op de vloer lagen dikke rode oosterse tapijten en in de lucht hing een subtiele geur van sigaren. De kamer oogde onopgesmukt en mannelijk maar desondanks behaaglijk.

Ze nam plaats op een stoel met leuningen van houtsnijwerk. De vergulde stolpklok op het bureau wees vijf voor twee aan. Jenny glimlachte tevreden: ze was in elk geval op tijd.

Aan de tegenoverliggende muur hing een portret, zo te zien door een Hollandse meester geschilderd, van een somber ogende man die haar afkeurend aankeek. Om zijn hals had hij een witte kraag die aan een molensteen deed denken. Had de heer Barker dit schilderij uitgekozen om zijn gasten onzeker te maken? Hoe was iemand überhaupt in staat te eten met zo'n kraag rond zijn nek? Helemaal als het om soep ging. Jenny proestte het uit.

Ze verplaatste haar blik naar het sigarenkistje op het bureau, dat versierd was met ivoorgravures. Ze probeerde vanuit haar ooghoeken de titels van de boeken op de planken te lezen. Het ging voornamelijk om Engels- en Duitstalige werken over de zakenwereld. Ze ging nerveus verzitten en richtte haar blik op de klok. Was de heer Barker hun afspraak vergeten of liet hij met opzet op zich wachten? Moest ze wellicht op zoek gaan naar de bediende en hem vragen hoe het zat? Ze voelde zich ongemakkelijk. Ze had nog steeds haar jas aan en had het warm, en het korset drukte tegen haar ribben. Het kostte moeite om adem te halen terwijl ze zat, en het zweet stroomde over haar rug. Ze begon geïrriteerd te raken.

Precies op het moment dat ze wilde opstaan kwam er een man de kamer binnen. Hij was lang en breedgeschouderd en ging gekleed in een goed zittend zwart pak met vest. Jenny schrok. De man was bijzonder knap. Zijn korte donkere haar was naar achteren gekamd en hij had een krachtige, brede kin die door een kort zwart baardje werd bedekt. Uiterlijk oogde hij zelfverzekerd en sterk.

Hij bleef staan en keek verbaasd. Vervolgens nam hij Jenny van top tot teen op. 'Mevrouw Malmström, neem ik aan?' Jenny knikte, en de man kwam naar haar toe en gaf haar een hand. 'Ik ben Fredrik Barker, John Barkers zoon. Mijn vader heeft het erg druk momenteel, dus heeft hij mij gemachtigd deze kwestie namens hem te behandelen.' Hij keek haar onderzoekend in de ogen. Jenny werd rood; ze had het liefst haar blik neergeslagen.

'Met uw permissie, maar ik had niet verwacht dat u zo jong zou zijn,' vervolgde hij. 'Mijn vader had het over de weduwe van een predikant.'

Jenny's hoofd gonsde. Ze wist niet dat John Barker een zoon had. Waarom had ze nog nooit iets over hem gehoord? Ze schraapte haar keel en probeerde haar verbazing te verbergen. 'Dat klopt, meneer Barker. Mijn man, Matias Malmström, was hulpprediker in Lieto. Hij is drie jaar geleden gestorven.'

'Mijn oprechte deelneming,' zei Fredrik Barker, en hij gebaarde haar weer plaats te nemen. Zelf ging hij achter het bureau zitten. Hij strekte zijn lange benen uit en leunde ontspannen naar achteren. 'Hoe kan ik u van dienst zijn, mevrouw Malmström?'

Jenny merkte dat ze naar zijn benen zat te staren en werd opnieuw rood. Ze rechtte haar rug en keek Barker in de ogen. Ze ademde diep in en probeerde zich niets aan te trekken van de vlinders in haar buik.

'Als u het goedvindt, kom ik meteen ter zake. U hebt wellicht gehoord dat fabriekseigenaar Rettig in het centrum van Turku woningen laat bouwen voor zijn arbeiders. Het worden moderne onderkomens, en het brandhout is bij de huur inbegrepen. Wij van de Damesvereniging hebben nota genomen van deze welkome ontwikkeling, en nu ben ik hier om te vragen of de fabriek van Barker eveneens geïnteresseerd is in het verbeteren van de woonomstandigheden van haar arbeiders.' Ze hield haar hoofd schuin en keek de man hoopvol aan.

Er volgde een lange stilte. Fredrik Barker keek haar onderzoekend aan, alsof hij haar woorden afwoog. Jenny worstelde tegen de neiging haar blik af te wenden, maar het leek erop dat haar vastberadenheid ging wankelen.

'En in welk opzicht zou u daar baat bij hebben?' vroeg de heer Barker uiteindelijk. Hij leunde voorover en steunde op zijn handen, zonder zijn blik ook maar een moment van haar gezicht te halen.

Jenny knipperde verbaasd. 'In geen enkel opzicht. Wij profiteren hier op geen enkele manier van.'

Barker ging rechtop zitten en snoof. Zijn mond vertrok in een sarcastische glimlach. 'Ik geloof dat we daarover van mening verschillen. De Damesvereniging heeft weliswaar edele en verheven ideeën over het verbeteren van de leefomstandigheden van het werkvolk, maar het enige wat u doet is goedgelovige donateurs misleiden. Beseft u niet dat het volkomen zinloos is het werkvolk te ondersteunen? Dat is weggegooid geld. Het eerste wat die dwazen kopen is drank en flauwekul, als ze daartoe de kans krijgen.'

Jenny keek hem geschokt aan. Ze slikte en schudde toen haar hoofd. 'U hebt het helemaal bij het verkeerde eind, meneer Barker. We zouden hun geen geld geven maar fatsoenlijke woningen, waar de muren niet beschimmeld zijn en geen ziekten rondgaan. Daar heeft een werkgever ook baat bij, als zijn werknemers gezond blijven.'

Fredrik Barker trok een verveeld gezicht. 'De Barker-fabriek heeft altijd voldoende arbeiders. Bovendien krijgen die al meer dan genoeg geld. We zijn een van de grootste werkgevers van de stad.' Hij leunde weer naar achteren. 'Eerlijk gezegd begrijp ik niet waarom Rettig zo gretig onderkomens bouwt voor zijn werknemers. De arbeiders zouden er verstandiger aan doen hun woningen zelf te kopen. We kunnen hun niet alles uit handen nemen. Zo'n ontwikkeling is ronduit gevaarlijk.'

Jenny's mond viel bijna open. Met een dergelijke houding had ze totaal geen rekening gehouden. Ze had zich laten misleiden door het aantrekkelijke uiterlijk van de man. Maar hij was ongelofelijk kil en arrogant. Ze begon kwaad te worden en keek hem streng in de ogen.

'Meneer Barker, mag ik u erop wijzen dat het loon dat u uitbetaalt absoluut niet toereikend is? Het is misschien net genoeg om voedsel van te kopen, maar een vrouw die in haar eentje kinderen grootbrengt verdient niet eens genoeg om de huur te betalen. Hoe haalt u het in uw hoofd dat iemand een fatsoenlijke woning zou kunnen kopen of huren van dat loon?'

Barker liet zijn vulpen ronddraaien tussen zijn vingers. 'Mevrouw Malmström, we betalen het algemeen geldende loon. De werkgever kan er niets aan doen als de werknemers hun geld niet sparen of het niet op de juiste manier investeren. Verder geloof ik niet dat het de onderhandelingen ten goede komt als u zich geringschattend uitlaat over het belang van de Barker-fabriek als werkgever. Daarmee bevordert u de voortgang van uw project geenszins.' Hij keek ongeïnteresseerd naar de klok op het bureau. 'Ik denk dat uw tijd nu op is. Ik zal de bediende roepen om u naar buiten te begeleiden.'

Zelden was Jenny zo onbeschoft door iemand behandeld. Ze was niet van plan het nog langer te pikken. Met een rood gezicht kwam ze overeind. 'Niet nodig, ik vind zelf de weg wel naar buiten.' Ze knikte zo waardig mogelijk, rechtte haar rug en marcheerde de kamer uit.

Fredrik Barker staarde haar na en trok zijn wenkbrauwen op.

Jenny liep bijna rennend de trap af. De bediende staarde haar vragend na terwijl ze naar de voordeur stormde. Ze rukte de deur open en moest zich inhouden om te voorkomen dat ze hem achter zich dichtgooide.

Uiteraard was er nergens een huurkoets te bekennen op dat moment, dus besloot ze lopend terug te keren naar de Aurakatu. Haar bloed kookte. Wat een arrogante, vreselijke man! Ze was nog nooit zo schaamteloos en minachtend behandeld. Hij had geen enkele sympathie voor de minderbedeelden. En dat soort mensen had de macht om over het bestaan van talloze mensen te beslissen! Ze hoopte dat ze Fredrik Barker nooit meer zou tegenkomen, zolang ze leefde.

Ze deed geen enkele poging haar woede te onderdrukken toen ze met wapperende rokzomen op weg ging. De gordijnen op de bovenverdieping bewogen even; Fredrik Barkers lange, donkere verschijning stond bij het raam en keek toe terwijl Jenny over de kasseien in de richting van het centrum beende.

De dominee zat in de studeerkamer op zijn dochter te wachten toen die met een huurkoets terugkeerde bij de pastorie. Jenny liep naar haar kamer om zich om te kleden en ging toen op zoek naar haar vader. Die zat in zijn schommelstoel de *Sanomia Turusta* te lezen, het nieuws uit Turku. Ze begon geïrriteerd door de kamer te ijsberen. Vader liet de krant langzaam zakken en keek over zijn bril heen naar haar. 'Jenny, waarom ben je zo overstuur?'

'Vader, die ontmoeting was echt vreselijk,' antwoordde ze handenwrijvend. 'John Barker had geen tijd om met me te praten en stuurde in plaats daarvan zijn zoon. Ik ben nog nooit zo'n arrogante en onplezierige man tegengekomen! Hij koestert geen enkele sympathie jegens minderbedeelden, en ik kon hem er niet toe overhalen mee te werken aan het verbeteren van de woonomstandigheden van hun arbeiders.'

'Zijn zoon, zei je?' De dominee rookte zijn pijp en dacht even na. 'Ik heb inderdaad van de Dahlströms vernomen dat die is teruggekeerd bij zijn familie. Hij heeft minstens zeven jaar in het buitenland gewoond en handelswetenschap gestudeerd. Hij is begin dertig, geloof ik. Ik kan me hem vaag herinneren. Een vrij lange, donkerharige jongeman. Jammer dat hij zo te horen de waarden van zijn vader deelt.'

Vader pakte de krant weer op. 'Maar moet je eens luisteren wat er in de krant staat: "Dr. A.V. Jahnsson en meester K. Vanhanen hebben een afdeling van de Finse Vereniging opgericht in Turku. Volgens Vanhanen moet er een Finstalige krant komen in de stad, een krant die in Zuidwest-Finland het Finse nationale standpunt vertegenwoordigt en die de liefhebberijen en ideeën over de Finse identiteit van de lokale gemeenschap onder de aandacht brengt. Deze nieuwe krant krijgt de naam *Aura*."'

Hij legde de krant neer en mijmerde hardop: 'Ik heb al veel goeds gehoord over deze heer Vanhanen. Hij is afgestudeerd aan de universiteit van Helsinki en geeft les aan het Finstalige lyceum in Turku. Momenteel volgt hij een studie rechtsgeleerdheid, omdat hij wil opkomen voor de rechten van Finstalige arbeiders.'

Jenny was voor de boekenkast blijven staan om iets te lezen te zoeken. Enthousiast riep ze uit: 'Wat een moedige en bewonderenswaardige man! Hij zal ongetwijfeld veel vijanden maken, maar zijn inspanningen bieden hoop. De levensomstandigheden van het werkvolk zijn vreselijk. We kunnen niet toekijken terwijl mensen worden uitgebuit. Ik hoop dat ik deze heer Vanhanen een keer kan ontmoeten. Het zou interessant zijn om met hem te praten.'

Vader blies de rook uit en keek toe terwijl die omhoog kringelde. 'Dat kan sneller gebeuren dan je denkt. Ik heb gehoord dat hij komende vrijdag aanwezig zal zijn bij een lezing voor Pinello's Educatiekring.'

4

Doctor Pinello had een aantal jaren geleden de Educatiekring opgericht. Mensen die daaraan wilden meedoen betaalden een kleine jaarlijkse bijdrage, die werd gebruikt om sprekers uit te nodigen die bij doctor Pinello thuis een voordracht hielden over interessante onderwerpen. Na iedere lezing werd er een kleinschalig diner aangeboden, waarbij meestal nog levendig over het onderwerp werd nagepraat. Jenny's vader was een goede vriend van doctor Pinello en was van begin af aan betrokken geweest bij de kring. Ook Jenny woonde van tijd tot tijd zulke avonden bij.

De lezing was ditmaal bijzonder interessant, omdat hij door Georg Wallin werd gegeven, een professor in oosterse literatuur aan de universiteit van Helsinki. Hij had meerdere excursies naar het Nabije Oosten gemaakt, helemaal naar Mekka zelfs, waar maar weinig westerlingen naartoe durfden te gaan. Mensen die het verkeerde geloof aanhingen werden daar ter dood veroordeeld.

De zaal was al bijna gevuld toen Jenny binnenkwam. Vader was in de hal achtergebleven om een praatje te maken met de predikant van de Domkerk, dominee Renwall. Een vrolijk geroezemoes vulde de kamer. Nieuwsgierig wierp ze een blik om zich heen. Het merendeel van de aanwezigen kende ze al. Er waren docenten van verschillende lycea, predikanten met hun echtgenotes, gemeenteraadsleden en andere aristocraten. Ze begroette hen met een hoofdknikje. Op de voorste rij zag ze dokter Jahnsson zitten, met naast hem een blonde, nog vrij jonge man in een bruin kostuum. Jenny sloeg hem nieuwsgierig gade. Kon dat die krantenman zijn over wie vader het had gehad?

De wandklok sloeg eenmaal. De lezing zou over een kwartier beginnen en er kwamen nog steeds mensen binnen. Het leek erop dat de spreker ditmaal de hele zaal zou vullen. Toen ineens schrok Jenny. Geen vergissing mogelijk: de lange, donkerharige man die nu binnenkwam was Fredrik Barker, in het gezelschap van zijn vader. Die was minder lang en gedrongener, maar de gelijkenis was opvallend. Fredrik bleef staan en keek om zich heen, op zoek naar bekende gezichten waarschijnlijk. Jenny merkte dat ze zat te staren; ze bloosde en wendde snel haar blik af. Ze dacht terug aan de vernederende ontmoeting van laatst; ze wilde absoluut niets met die man te maken hebben.

Vader was nog in de hal en Jenny zat in haar eentje op een stoel vlak bij de muur. Ze was net bezig de schilderijen te bekijken toen ze een lage stem achter zich hoorde. 'Goedenavond, mevrouw Malmström. Ik had niet gedacht dat u zich interesseerde voor de culturen van het Nabije Oosten.'

Vol verbazing draaide Jenny zich om naar Barker, die achter haar had plaatsgenomen. Zijn vader was nergens te bekennen. Jenny keek naar zijn knappe gezicht en knikte zo zuinigjes als ze kon. 'Goedenavond, meneer Barker. Waarom dacht u dat?'

Hij glimlachte hooghartig. 'Vrouwen geven toch zeker niets om wetenschappelijke onderwerpen? Ze zijn alleen geïnteresseerd in de Parijse hoedenmode van het komend voorjaar.'

Jenny werd bleek van ergernis. Maar toen ineens zag ze een geamuseerde twinkeling in zijn ogen. Hij zat haar duidelijk te jennen. Ze probeerde haar geduld te bewaren. 'U hebt gelijk, meneer Barker, ik interesseer me normaal gesproken alleen voor hoedenmode; mijn kleine vrouwenhersentjes zijn ook niet in staat om ingewikkelde onderwerpen te bevatten.' Ze hield haar hoofd een tikje schuin en voegde er met een honingzoete stem aan toe: 'Maar gelukkig zijn er hier een heleboel wijze mannen aanwezig die mij na afloop misschien het een en ander kunnen uitleggen.'

Fredrik Barker kneep zijn ogen tot spleetjes. Toen gooide hij zijn hoofd achterover en begon hij hardop te lachen. 'Mevrouw Malmström, u bent voortreffelijk!' Hij werd weer serieus en boog zich naar Jenny toe. Ze rook de geur van zijn dure aftershave. Hij liet zijn stem veelbetekenend zakken. 'Ik zal u graag na afloop van de lezing uitleggen wat professor Wallin bedoelde.' Hij trok zijn wenkbrauwen suggestief op.

Jenny was verbijsterd. Fredrik Barker was echt ongelofelijk brutaal. Ze had zin om hem met haar handtas op het hoofd te slaan. Maar ze wist zich te beheersen en keek hem waardig aan. 'Dit gesprek is volkomen lachwekkend. Dank u, ik zal uw hulp niet nodig hebben. Ik heb al andere mannen ontdekt in de zaal die wijzer zijn dan u.' Ze keerde hem demonstratief de rug toe.

Gelukkig was er voor in de zaal beweging te zien, en de dominee voegde zich nu ook bij zijn dochter. Hij zag dat Fredrik Barker achter haar zat. Die ging staan en stak hem een hand toe.

'Dominee Stenroos, naar ik aanneem? Ik ben Fredrik Barker, de zoon van John Barker. Ik heb vorige week al kennisgemaakt met uw dochter, in mijn werkkamer.' De mannen gaven elkaar een hand. 'Inderdaad, inderdaad,' zei de dominee, terwijl hij de jonge man welwillend bekeek. 'Ik kan me u nog herinneren van toen u een klein jongetje was. Ik neem aan dat u uw studie hebt afgerond en het leerproces bij uw vader voortzet?'

'Dat klopt. Ik heb nog veel te leren, maar het is de bedoeling te zijner tijd mijn vader op te volgen.'

'Dat is zeer waardevol,' zei de dominee, en hij knikte tevreden. 'De Barker-fabriek is een grote werkgever en uiterst belangrijk voor de stad.'

Jenny draaide met haar ogen en snoof. Ze had een hekel aan dergelijke vleierij. Het enige wat de Barker-fabriek deed was arbeiders uitbuiten!

Fredrik Barker wierp haar een geamuseerde blik toe en wendde zich toen weer tot de dominee. 'Dank u, meneer Stenroos. Ik geloof dat de fabriek nog lange tijd in Turku zal blijven. De binnenlandse markt is hier goed, en ook de uitvoer naar Rusland lijkt zich veelbelovend te ontwikkelen.'

John Barker zag zijn zoon bij Jenny en de dominee staan en voegde zich bij het gezelschap. Ze schudden elkaar de hand. Het viel Jenny op dat John Barker een man was die wist wat hij waard was, met een gelaatsuitdrukking die kalme onverschilligheid verried. Hij had alleen de bovenste knoop van zijn jasje dichtgedaan, zodat de dikke gouden horlogeketting die uit het zakje van zijn vest stak goed te zien was. 'Aangenaam u weer eens te zien na lange tijd, dominee Stenroos, evenals uw charmante dochter.' Hij maakte een buiging voor Jenny.

Op dat moment stapte doctor Pinello het kleine podium voor in de zaal op om de gast van die avond aan te kondigen. Professor Wallin trad naar voren en het publiek stond op om te applaudisseren.

Jenny en de dominee gingen zitten, John en Fredrik Barker namen achter hen plaats. Jenny voelde dat Fredrik Barker zijn blik op haar gericht had en rechtte haar rug. Ze begreep niet waarom haar nekharen zo overeind gingen staan van die weerzinwekkende man. Ze spande zich tot het uiterste in om naar de voordracht te luisteren.

Professor Wallin was een voortreffelijk spreker en al snel luisterde Jenny gefascineerd toe. Wallin was vermomd als arts aan zijn excursie begonnen en vertelde verhalen over de Egyptische piramiden, de mythologie van het oude Egypte en de islam. Hij was lange tijd samen met bedoeïenen door de woestijn getrokken en uiteindelijk had hij met een karavaan kunnen meereizen naar Mekka. Hij was vele malen beroofd, maar toch wist hij steeds weer te overleven en terug te keren naar het Westen.

Wat Jenny betreft was de lezing veel te snel voorbij; het applaus was overweldigend.

Er verzamelde zich een groep bewonderaars rond de oriëntalist om nog meer vragen te stellen, maar Jenny liep onder begeleiding van haar vader naar een andere zaal, waar voor het diner was gedekt. Dominee Stenroos zag dat dokter Jahnsson in het gezelschap van een jonge man plaatsnam aan de lange tafel, en hij haastte zich naar hen toe om hen te begroeten, samen met Jenny. De dominee maakte een praatje met de mannen. De jonge man keek ondertussen nieuwsgierig naar Jenny.

'Doctor Jahnsson. Wat fijn om u weer eens te zien na lange tijd. Een bijzonder interessante lezing, vindt u niet?'

Doctor Jahnsson was een slanke, al wat oudere man met een grijze baard en een ronde bril. Glimlachend schudde hij de hand van de dominee. 'Bijzonder interessant, inderdaad.' Hij wendde zich tot Jenny. 'Wat fijn dat uw dochter ook is meegekomen. Mag ik mijn jonge collega Kosti Vanhanen aan u voorstellen? Hij geeft eveneens les aan het Finstalige lyceum.'

De jonge man richtte zijn blik weer op Jenny en glimlachte. Hij had een vrij bleek, slank gezicht en droeg slonzige kleren, maar zijn ogen keken intelligent en er lag een eerlijke, directe blik in, vond Jenny. 'Aangenaam kennis te maken, juffrouw...?'

Jenny schudde zijn hand. 'Mevrouw Malmström. Mijn man was hulpprediker in Lieto, maar hij is drie jaar geleden gestorven.' Ze wendde zich tot haar vader. 'Dit is mijn vader, de predikant van de kerkgemeente in Kaarina, dominee Waldemar Stenroos.'

De mannen maakten een buiging en gaven elkaar een hand. Kosti Vanhanen was attent en hielp Jenny plaats te nemen op haar stoel, waarna hij naast haar ging zitten. De dominee en dokter Jahnsson zaten eveneens naast elkaar en voerden een gesprek.

Jenny en de heer Vanhanen wierpen een blik op het menu; iedere dinergast had een kaartje voor zich op tafel staan waarop het menu was afgedrukt. Als voorgerecht werd er Franse uiensoep geserveerd, gevolgd door een hoofdgerecht van koude kip met verschillende soorten kaas. Toen de bedienden begonnen met het opdienen legde Jenny haar servet op haar schoot, waarna ze haar buurman aankeek. 'Wat plezierig om u eindelijk te ontmoeten, meneer Vanhanen. Mijn vader en ik lazen vorige week in de krant dat u een Finse Vereniging heeft opgericht in Turku en dat u ook een nieuwe krant gaat beginnen om als uw spreekbuis te dienen. U rust duidelijk niet op uw lauweren?'

De heer Vanhanen glimlachte en knikte. 'Dat klopt, mevrouw Malmström. Ik wil u graag mijn motieven uiteenzetten. Ik ben opgegroeid in Taivassalo, als zoon van een boer. Van kinds af aan al wind ik me op over de manier waarop de Finstalige bevolking wordt behandeld, en ik wil er alles aan doen om deze misstand recht te zetten. Het mag niet zo zijn dat de meerderheid van de Finse bevolking achtergesteld wordt.'

Jenny keek hem goedkeurend aan. 'Wat mij betreft hebt u helemaal gelijk, en de moed waarmee u aan dit project bent begonnen is bewonderenswaardig. Ik vrees dat u een heleboel vijanden gaat maken.'

Vanhanen glimlachte verheugd. 'Dank u, mevrouw Malmström. Het is fijn om te horen dat u in elk geval aan onze kant staat.'

Fredrik Barker leunde lui tegen de deurpost, nam een slokje van doctor Pinello's voortreffelijke bowl en hield hen vanaf de andere kant van de zaal in de gaten. Jenny wierp hem een afkeurende blik toe. Daar had je ongetwijfeld vijand nummer een.

Tot Jenny's opluchting kwam Barker niet bij hen in de buurt zitten maar nam hij samen met zijn vader naast doctor Pinello en professor Wallin plaats aan het midden van de tafel – de ereplek. Jenny zou ook graag naar de overpeinzingen van de professor hebben geluisterd, maar toch had ze ook een interessante avond in het gezelschap van de heer Vanhanen. Hij was een intelligente gesprekspartner en ze wisselden uitbundig van gedachten over de positie van arbeiders in de samenleving. Jenny's wangen gloeiden en haar ogen glansden. Van tijd tot tijd gebaarde ze onstuimig wanneer ze enthousiast over een bepaalde kwestie sprak. Op die momenten voelde ze de blik van Fredrik Barker op zich rusten, maar ze waakte ervoor zijn kant op te kijken.

Nadat ze samen met haar vader met de huurkoets naar huis was teruggekeerd, tolde haar hoofd gewoon. Het was een veelbewogen avond geweest en ze wilde in haar bed kruipen om aan alle gebeurtenissen terug te denken. Ze had genoten van de lezing, en de heer Vanhanen was aangenaam gezelschap geweest, maar ongewild spookte de irritante verschijning van Fredrik Barker haar steeds weer door het hoofd.

5

'Ik kan alleen maar bewondering hebben voor de moed van professor Wallin. Wat een spannende avonturen heeft hij beleefd! Ik denk dat ik een keer naar de boekhandel van Frenckell ga om te kijken of ze iets over de Egyptische piramiden hebben, zozeer is mijn interesse voor egyptologie gewekt.'

Jenny en haar vader zaten aan het ontbijt in de eetkamer van de pastorie, en Jenny dacht nog steeds terug aan de lezing van de voorgaande avond.

De dominee was net bezig boter op een warm broodje te smeren dat Aina die ochtend had gebakken. 'Je hebt helemaal gelijk, het was een uitstekende lezing. Ik zag dat je gepassioneerd met de heer Vanhanen zat te praten. Wat vind je van zijn radicale gedachten?'

Jenny schonk haar vader koffie in en glimlachte. 'Hij is een uitzonderlijke jongeman. Mensen als hij hebben we nodig als we willen dat de samenleving ooit rechtvaardiger wordt. Zijn moed is bewonderenswaardig. Fabrieksdirecteuren als Fredrik Barker willen hun werknemers alleen maar uitbuiten zonder zich ook maar iets van hun lot aan te trekken.'

De dominee nam een slok koffie en tuitte zijn lippen. 'Denk eraan, Jenny, dat we anderen niet te snel mogen veroordelen. De fabrieken zorgen er wel voor dat de mensen hier werk hebben, en zonder dat werk zouden hun leefomstandigheden nog beroerder zijn. Veranderingen komen langzaam tot stand. Ik was absoluut niet verbaasd toen je zei dat de Barker-fabriek niet wilde meedoen aan dat woningproject. Alles op zijn tijd. Misschien dat de Barkers zich ooit op een andere manier zullen inzetten voor het goede doel, als ze zien dat de andere fabriekseigenaren het goede voorbeeld geven.'

Jenny snoof. 'Ik geloof er niets van, voor zover ik hen ken.' Ze schonk zichzelf nog een keer koffie in. 'Maar goed, wat staat er vandaag bij u op het programma?'

'Om twee uur vanmiddag ga ik het kind van de Nurmi's dopen. Daarna bereid ik de preek van zondag voor. En jij?'

'Ik was van plan Kaisa Wahlroos te bezoeken. Ze is al lange tijd bedlegerig. Ik ben bang dat het tering is.'

De dominee richtte bezorgd zijn blik omhoog. 'Dat God haar moge zegenen. Vraag haar of ze wil dat ik haar ook een keer kom bezoeken.'

'Uiteraard, vader.'

Het gezin Wahlroos woonde in Nummenpakka, op de top van de Kuuvuori. Het was een hele klim om er te komen, maar het huis lag niet ver van de pastorie, dus besloot Jenny lopend te gaan. Wahlroos zelf verleende her en der hand-en-spandiensten en moeder Kaisa werkte bij de katoenmolen van Barker. Tenminste, dat had ze gedaan totdat ze door haar ziekte aan huis werd gebonden. Ze hadden vijf kinderen, en Jenny wist dat ze het heel moeilijk hadden nu een van de broodwinners in bed moest blijven.

Een koude, harde wind blies dwars door Jenny's jas, en ze zette er flink de pas in. De ochtendlucht was koud en grijs, en een lichte motregen bevochtigde haar gezicht. Haar schoenen waren binnen afzienbare tijd bedekt met modder en paardenmest. Ze bleef even staan om haar rokzoom op te tillen en haar schoenen te bekijken. 'Verdorie!' riep ze uit. Die schoenen waren waarschijnlijk geruïneerd. Gelukkig had ze een vooruitziende blik gehad en haar slechtste paar aangetrokken.

Peni van Simola stond vastgebonden aan zijn hok en blafte schel toen Jenny langs het hek liep, maar toen hij de buurvrouw herkende, begon hij met zijn opgekrulde staart te kwispelen.

'Ik ben het maar, Peni! Geen enkele reden om te keffen!' riep Jenny hem toe, en ze begroette de dienstmeid Maiju, die midden in de tuin op een ladder stond en bezig was winterappels te plukken.

Jenny had twee zakken meel en een zak gort bij zich. De kinderen van Wahlroos renden haar tegemoet toen ze het erf op kwam. Ze gaf hun allemaal een zakje suikerklontjes, die ze speciaal voor hen uit de voorraadkast in de keuken had gepakt. Ze namen het juichend in ontvangst. Jenny fronste. De kinderen droegen kapotte, vieze vodden. Ze renden met blote benen rond, hoewel het al oktober was. Hun knieën zaten onder de korstjes.

Het oudste kind, Martta, greep haar bij de hand. Ze zag bleek en haar ogen lagen diep in hun kassen. 'Bedankt, mevrouw Malmström, en Gods zegen. Bent u voor mama gekomen? Ik zal u naar haar toe brengen. Papa is niet thuis.'

Ze gingen een donkere kamer met een laag plafond binnen; de kamer had maar één klein raampje. De lucht was bedompt en vochtig. In de gang rook het naar urine.

De vrouw des huizes, Kaisa, lag naast de houtkachel in bed. Ze oogde bleek en vermoeid maar haar ogen waren open.

'Mama, mevrouw Malmström is op bezoek! Ze heeft ons suiker gegeven!' riep Martta uit.

Kaisa richtte haar blik op Jenny en glimlachte vermoeid. 'Kijk eens aan, mevrouw Malmström. Komt u verder. Martta, breng mevrouw Malmström een stoel en zet thee voor ons.'

Jenny ging op de stoel zitten die Martta haar bracht en pakte Kaisa's hand vast. 'Goedendag, Kaisa. Ik kom vragen hoe het met u gaat.'

'Het kon beter, als ik eerlijk ben. Ik lig nu al een maand ziek op bed en het lijkt maar niet beter te worden.'

'Is de dokter geweest om u te onderzoeken?'

Kaisa likte haar droge lippen. 'Daar hebben we het geld niet voor, maar Aalruuska is geweest en heeft een of andere mixtuur gegeven. Ik heb die ook iedere dag ingenomen, maar het lijkt niet echt te helpen. Geen idee wat ik heb.'

Een doordringende rookgeur kwam de kamer binnen toen Martta theewater kookte op de ronde houtkachel. Misschien zat er een scheur ergens in de schoorsteen.

Jenny hoestte een keer. 'Hoe zit het, hebben jullie genoeg te eten?' vroeg ze, terwijl ze met haar blik een slaperige vlieg volgde die op het vuile vensterglas zoemde.

'Soms wel, soms niet. De baas heeft ook geen werk gehad de laatste tijd en de Barker-fabriek betaalt geen ziekengeld. Ik had kunnen aanbieden dat Martta in mijn plaats kwam werken maar ik had het hart niet een kind van negen daarheen te sturen. Bovendien hebben we haar hier thuis nodig voor het huishouden en de kinderen. Maar we hebben ons min of meer weten te redden. In elk geval zijn we nog niet omgekomen van de honger,' zei Kaisa, en ze poogde te glimlachen.

De ellendige omstandigheden van het gezin stemden Jenny verdrietig. Ze had hen allemaal wel willen meenemen om in de pastorie te komen wonen, maar ze wist dat dat niet ging. Er waren in de parochie tientallen gezinnen die in dergelijke omstandigheden leefden. De parochie moest hen allemaal proberen te helpen, al was het maar een beetje.

Ze haalde de zakken met meel en gort uit haar tas en gaf die aan Martta. 'Ik heb wat voedselhulp van de parochie meegebracht. Martta, misschien kun jij pap koken van de gort. Als je die nu alvast laat weken, kunnen jullie vanavond pap eten.'

Kaisa kneep zwakjes in haar hand. 'Dat God u moge zegenen, mevrouw Malmström. U bent zo goed.'

Jenny kneep in Kaisa's hand en probeerde te glimlachen.

Martta bracht hun slappe thee en twee kaneelbeschuiten. Ze zette de kopjes voorzichtig op een tafeltje naast het bed en legde de beschuiten op een schoteltje. Een omgekeerde houten kist deed dienst als tafel, waar een smerige, gestreepte lap stof overheen was gespannen zodat niet te zien was wat eronder stond.

Kaisa fleurde zienderogen op toen Jenny nieuwtjes vertelde over de parochianen. Vervolgens vroeg ze of Jenny uit de Heilige Schrift kon voorlezen. Ze las de Bergrede, Kaisa's favoriete Bijbelfragment. Kaisa's lippen bewogen geruisloos mee terwijl Jenny las. Ten slotte baden ze samen het Onzevader.

Jenny maakte zich op om te vertrekken. 'De dominee vroeg mij te vragen of u wilt dat hij een keer bij u langskomt.'

Kaisa glimlachte. 'Dat zou een grote eer voor me zijn. De dominee is hier altijd welkom.'

Jenny nam afscheid van Kaisa en de kinderen en liep met een zwaar gemoed terug naar de pastorie. De kraaien die op het hek zaten vlogen op toen ze afsloeg naar de hoofdweg. De grijze lucht en de regen maakten haar nog somberder terwijl ze haar rok optilde en over de plassen heen probeerde te springen. Ze zou de rok voor de zekerheid in de grote ketel wassen, om te voorkomen dat de wantsen zich verspreidden in de pastorie. Hoe kon het toch zijn dat God de wereld zo oneerlijk had geschapen dat sommigen in overvloed leefden en anderen in armoede?

Het was zondag, en Jenny en Aina hadden het meteen 's ochtends al druk. Ze moesten koffiebrood en koekjes bakken, want na de kerkdienst werd er koffie geserveerd aan de vrijwilligers en geestelijken van de parochie. Na de koffie was er zondagsschool voor de kinderen, in de salon van de pastorie. Ook voor hen werd er iets lekkers gebakken.

Toen de koffiebroodjes klaar waren, trok Jenny haar zondagse kleren aan en haastte ze zich naar de kerk. De klokken luidden al. De dominee was al uren eerder van huis gegaan. In de hal van de kerk ontmoette Jenny tot haar verrassing de heer Vanhanen; zo te zien stond hij op haar te wachten.

'Daar bent u dan toch, mevrouw Malmström.' Hij maakte een buiging en stak zijn arm naar haar uit. 'Mag ik u naar uw plek begeleiden? Ik had al verwacht u hier aan te treffen.'

Jenny keek hem stomverbaasd aan. Wat deed hij hier? Ze groette terug en pakte toen toch zijn arm vast, en samen liepen ze langzaam door het lange middenpad van de kerk.

De heer Vanhanen glimlachte. 'Vergeeft u me als ik een opdringerige indruk wek, maar ik heb aan u gedacht sinds we bij doctor Pinello thuis kennismaakten. Onze opvattingen en ideeën kwamen zozeer overeen dat ik u opnieuw wilde ontmoeten. Ik ging ervan uit dat u naar de preek van uw vader zou komen luisteren en ben daarom hierheen gekomen.'

Ditmaal ging hij gekleed in zijn beste zondagse pak. Jenny voelde zich gevleid.

'Maakt u zich geen zorgen, meneer Vanhanen. Het is een genoegen u weer te ontmoeten. Wilt u misschien na afloop van de dienst koffie komen drinken bij de pastorie?'

'Als het geen moeite is, dan kom ik graag,' antwoordde hij verheugd.

De cantor begon het openingslied te spelen, dus was er geen gelegenheid om verder te praten. De heer Vanhanen ging aan de mannenkant zitten en Jenny liep naar haar eigen plekje op de eerste rij.

Na de dienst maakte Jenny voor de kerk een praatje met verschillende parochianen, en ze stelde de heer Vanhanen aan hen voor. Hij gedroeg zich als een verfijnde gentleman, begroette de mensen met een buiging en glimlachte tegen iedereen. Jenny sloeg hem bewonderend gade.

Terwijl ze samen terugliepen vertelde Jenny over de geschiedenis van de pastorie van Kaarina. Vanhanen luisterde geïnteresseerd toe en stelde vragen over de groentetuin. Hij vertelde dat hij in Taivassalo was geweest om aardappelen te rooien, en enthousiast begonnen ze de verschillende aardappelrassen te vergelijken. Jenny schrok toen ze zag dat Aina naar haar stond te gebaren bij het keukenraam, en ze besefte dat ze aan de late kant was. Ze bracht haar gast naar de salon. Vader was nog niet terug van de kerk, maar er zaten al diverse geestelijken in de kamer aan wie ze de heer Vanhanen voorstelde. Ze liet hen alleen zodat ze over het onvoorspelbare oktoberweer konden praten en haastte zich naar de keuken om Aina te helpen. De dominee kwam nu ook binnen met een aantal gasten en liep samen met hen naar de salon om de anderen te begroeten. Aina en Jenny brachten koffie, kaneelbroodjes en koekjes binnen op twee grote dienbladen en begonnen koffie in te schenken. Jenny wierp een blik op de heer Vanhanen, die in een gesprek verdiept was met de dominee.

Ze kregen geen gelegenheid meer om onder vier ogen te praten, maar Jenny liep naar de deur om afscheid te nemen toen hij vertrok. De heer Vanhanen maakte een buiging. 'Mijn grote dank voor de uitnodiging. Ik heb een bijzonder aangenaam gesprek gevoerd met uw vader. Hij is een zeer wijze en geleerde man.'

'Dank u, meneer Vanhanen, het genoegen was geheel aan onze kant,' zei Jenny met een glimlach.

Hij pakte haar hand vast en keek ernaar. 'U hebt bijzonder mooie, kleine handen.' Hij richtte zijn blik op. 'Staat u mij toe te zeggen dat ik vooral heel gelukkig ben omdat ik u weer heb mogen spreken. Ik heb zelden een vrouw ontmoet die zo intelligent en aantrekkelijk is als u, mevrouw Malmström.'

Jenny trok haar hand terug en schudde verward haar hoofd. Eerlijk gezegd had ze het niet zo op dergelijk gevlei. 'Dat zal toch niet, meneer

Vanhanen. Maar hopelijk komen we elkaar in de toekomst bij een andere gelegenheid nog eens tegen.'

'Daar ben ik van overtuigd,' zei hij. Vervolgens zette hij zijn hoed op en nam afscheid. Hij stak kwiek het erf over, bleef bij de poort staan en zwaaide nog een keer.

Jenny hief haar hand op en glimlachte. Wat een vastberaden en intelligente man. Ze had grote waardering voor zijn normen en waarden en hoopte dat ze hem op een of andere manier zou kunnen helpen met het bereiken van zijn doelen. Maar toch was er iets in zijn doen en laten wat haar aan het weifelen bracht.

6

'Beste dames,' begon mevrouw Malm, terwijl ze haar blik op de leden van de Damesvereniging richtte. 'De organisatie van het gemaskerd bal verloopt uitstekend. We hebben al driehonderd kaartjes verkocht. Van de opbrengst kunnen we lesboeken kopen voor de lancasteriaanse school en de zondagsschool voor arbeiders. Ik ben uiterst tevreden.'

De dames knikten elkaar verheugd toe. Ze waren opnieuw bij Vivi Malm thuis samengekomen om de laatste dingen te bespreken die nog geregeld moesten worden, want het gemaskerd bal zat eraan te komen.

De vrouw van de ereconsul sloeg het gezelschap glimlachend gade. 'Verder ben ik bij Magnus Dahlström geweest, en hij heeft beloofd contact op te nemen met Rettig en eveneens betere woningen te bouwen voor zijn arbeiders. Daar heb ik ook geen moment aan getwijfeld; Magnus Dahlström en zijn broer hebben de stad altijd ondersteund als ze daartoe de kans hadden. Hij is echt een nobele gentleman. Maar hoe is het jullie vergaan, Jenny en Helene?'

Helene von Heideken keek de kring van theedrinkende dames rond. 'De heer Crichton, de directeur van de scheepswerf, heeft niet direct toegezegd dat hij meedoet aan het project. Hij heeft beloofd erover na te denken.'

'Juist, en dat is ook heel begrijpelijk. Het gaat om een aanzienlijke investering,' zei mevrouw Malm. Toen wendde ze zich tot Jenny. 'En Jenny, heb jij met John Barker gesproken?'

Jenny nam een slok thee. 'Ik heb een ontmoeting met zijn zoon gehad, Fredrik Barker, en die wil absoluut niets ondernemen om de leefomstandigheden van hun arbeiders te verbeteren. Hij liet duidelijk doorschemeren dat die maar voor zichzelf moesten zorgen.'

De dames slaakten kreetjes en keken elkaar ongelovig aan. Mevrouw Malm fronste. 'Ik kan bijna niet geloven dat de Barkers zich zo kil opstellen. Is het een idee dat je probeert met de vader te spreken?'

Jenny huiverde bij de gedachte. Ze was Fredrik Barker een paar keer bijna tegen het lijf gelopen in de stad, maar was steeds snel de straat overgestoken of een winkel binnengestapt. Ze wilde hen niet spreken, vader noch zoon. Ze keek de dames verontschuldigend aan. 'Ik geloof helaas niet dat dat zin heeft. Volgens Fredrik Barker deelde zijn vader dat standpunt.'

Vivi Malm dacht even na. 'Misschien kan ik een keer naar John Barker toe gaan.' Ze keek de dames vragend aan, die goedkeurend knikten.

Jenny was opgelucht. 'Dat zou fijn zijn, mevrouw Malm. Mogelijk luistert directeur Barker beter naar u dan naar mij.'

'Goed dan.' Mevrouw Malm knikte. 'Ik zal meteen volgende week een afspraak met hem maken.'

Na de bijeenkomst had Jenny bijna een uur de tijd voordat Viktor haar zou komen halen. Ze besloot de kerkbrug over te steken en naar de boekwinkel van Frenkell te wandelen, die op de hoek van de Linnankatu was gelegen. Ze was daar vaste klant.

De eigenaar van de zaak was J.W. Lillja, die ook de krant *Sanomia Turusta* uitgaf. Johan Granlund stond als verkoper in de winkel; hij was dichter en een liefhebber van literatuur. Granlund was vrijgezel en woonde in een tuinhuis achter de boekhandel, waar hij van tijd tot tijd een discussiekring voor heren hield die door geestelijken, schrijvers en wetenschappers werd bijgewoond. Ook Jenny's vader had daar weleens aan deelgenomen.

Jenny liep de buitentrap op en opende de deur van de winkel; het belletje klingelde. De winkel was klein, een tikje onopgeruimd en schemerig. De tocht die door de geopende deur kwam liet stofpluizen opwaaien. Ze ademde de geur van de winkel in en sloot haar ogen. Niets rook zo lekker als boeken.

De heer Granlund stond met opgerolde mouwen op een krukje en was bezig boeken op een plank te zetten. Hij zag Jenny binnenkomen en groette haar opgewekt. 'Kijk eens aan, goedemiddag, mevrouw Malmström! Het is alweer enige tijd geleden dat u hier bent geweest.' Hij stapte van zijn krukje en veegde zijn handen af aan zijn broek. 'Wat vond u van Runebergs *Hanna*? Het leek me interessant voor u omdat de gedichten in een pastorie zijn gesitueerd.'

'Fijn dat u het vraagt, meneer Granlund,' zei Jenny met een verheugde glimlach. 'Runeberg hanteert de taal echt prachtig, maar ik vond de bundel iets te romantisch en onrealistisch.' Ze zweeg even. 'Eerlijk gezegd ergerde ik me aan die Hanna, omdat ze totaal geen eigen wil leek te hebben.'

Granlund knikte en glimlachte. 'Ah, inderdaad, mevrouw Malmström. Ik ben het volledig met u eens.' Hij hief zijn wijsvinger. 'In dat geval kan ik u iets heel interessants te lezen geven.' Hij draaide zich om, pakte een boek uit de kast en bekeek het omslag. 'Dit hier. Minna Canth is een schrijfster en journaliste uit Kuopio en heeft een nieuw boek uitgebracht met de titel *Hanna*. Er wordt beweerd dat het als tegenhanger voor Runebergs *Hanna* is bedoeld.' Granlund reikte haar het boek aan. 'Misschien wilt u hier eens mee kennismaken?'

Jenny's gezicht klaarde op. 'Dank u, heel graag.'

Ze had in de krant over Minna Canth gelezen dat die radicaal was en op realistische wijze durfde te schrijven, dat ze de dingen zei zoals ze waren. Jenny trok zich een stukje terug om in het boek te bladeren. Op dat moment begon het deurbelletje te klingelen; Fredrik Barker kwam de winkel binnen. Jenny's hart begon te bonken. Ze verstopte zich achter een boekenkast midden in de winkel en deed of ze aan het lezen was.

'Goedemiddag, meneer Barker, hoe kan ik u van dienst zijn?' vroeg Granlund.

Barker leunde ontspannen tegen de toonbank en oogde stijlvol in zijn grijze wollen wandelkostuum en bolhoed. 'Ik heb een goed Russisch woordenboek nodig, en het beste briefpapier dat u hebt.'

Granlund maakte een buiging. 'Uitstekend, meneer Barker. Er is net een doos met het fijnste Franse briefpapier binnengekomen. Met uw permissie zal ik die even uit de achterkamer gaan halen.'

Barker knikte en Granlund verdween achter de dikke fluwelen gordijnen. Barker keek even om zich heen en liep toen langzaam op de boekenkast af waarachter Jenny zich verstopt had. Ze hield haar adem in en keek wanhopig om zich heen. Ze kon niet vluchten. Barker pakte een boek van de plank en zag toen Jenny aan de andere kant van de kast staan. Hun blikken ontmoetten elkaar.

Hij keek verrast en tilde zijn bolhoed op. 'Goedendag, mevrouw Malmström. Ditmaal bent u er zo te zien niet in geslaagd mij uit de weg te gaan.'

Jenny keek naar zijn gelaatsuitdrukking, maar blijkbaar maakte hij geen grapje. 'Ik weet niet wat u bedoelt,' zei ze, en ze probeerde haar gezicht in de plooi te houden.

'Volgens mij wel,' pareerde hij.

Ze wierp hem een kille blik toe om aan te geven dat hij het weleens bij het rechte eind kon hebben.

Barker draaide zijn hoofd bij om Jenny's boek te kunnen bekijken. 'Mag ik weten wat u aan het lezen bent?'

Ze probeerde het boek achter haar rug te verstoppen, maar gaf het toen met tegenzin alsnog aan hem.

Fredrik las hardop: '*Hanna* door Minna Canth. Ik heb van deze mevrouw Canth gehoord, ze is een voorvechtster van de vrouwenbeweging.' Hij richtte zijn blik op en kneep zijn ogen tot spleetjes. 'U bent toch geen radicaal, mevrouw Malmström?'

Jenny rukte het boek weer uit zijn handen. Het irriteerde haar dat hij zo lang was en dat ze noodgedwongen naar hem moest opkijken. 'En wat dan nog? Dat gaat u niets aan!'

Hij boog zich naar haar toe. 'Met alle respect, maar het gedachtegoed van die emancipatievoorvechtsters is tamelijk absurd.' Hij rolde met zijn ogen. 'Dat vrouwen het recht moeten krijgen hetzelfde werk te verrichten als mannen, en dat ze aan de universiteit moeten kunnen studeren. Een belachelijke gedachte. Wie moet thuis dan de kinderen verzorgen en grootbrengen? Wie moet de man ondersteunen in zijn carrière?' Barker keek haar provocerend aan.

Jenny's gezicht werd rood van ergernis. Die man hoefde alleen maar zijn mond te openen om haar overstuur te maken. Ze probeerde haar stem onder controle te houden toen ze bijtend antwoordde: 'Kinderen kunnen net zo goed door een bediende worden verzorgd, en hebben beide ouders niet het recht om hun kinderen groot te brengen? Heeft een man niet veel meer aan een vrouw die gestudeerd heeft dan aan een vrouw die alleen maar verstand heeft van de hoedenmode van het komend voorjaar?' Ze keek hem met vlammende ogen aan.

Zijn gelaat verstrakte, hij rechtte zijn rug en sloeg zijn armen over elkaar. 'Ik ben het niet met u eens. En het merendeel van de mannen evenmin. En er is niets wat jullie vrouwen daaraan kunnen doen.'

Ze staarden elkaar aan als de twee vechtende auerhanen op het beroemde schilderij van Ferdinand von Wright.

Het was een geluk dat de heer Granlund op dat moment uit de achterkamer kwam, want Jenny had Fredrik Barker wel kunnen wurgen.

'Hier is het briefpapier. Zal ik het inpakken?' De heer Barker wendde zich langzaam tot Granlund.

'Graag, dank u.'

'En u, mevrouw Malmström, bent u tevreden met uw boek?'

'Uiterst tevreden, meneer Granlund.' Ze wierp een triomfantelijke blik op Barker. 'Ik wil graag alle boeken van Minna Canth kopen die u hebt.'

Granlund was verheugd. 'Zonder meer, mevrouw Malmström. Ik had al verwacht dat haar werk u zou bevallen.'

Fredrik Barker maakte een geluid waaruit zijn minachting bleek en betaalde toen voor zijn aankopen. Hij griste zijn pakketje mee en liep zonder een woord te zeggen naar buiten. Het belletje klingelde luid toen hij de deur achter zich dichtgooide.

Granlund krabde aan zijn oorlelletje. 'Waar werd hij nou ineens zo kwaad om?'

'Ik heb echt geen idee,' zei Jenny met een glimlach. Ze betaalde en liep met het stapeltje boeken onder de arm triomfantelijk neuriënd terug naar de Kirkkopuisto, het park bij de Domkerk. Haar aankopen hadden een flinke bres in haar spaargeld geslagen, maar dat was het dubbel en dwars waard geweest. Deze ronde had zij gewonnen. Ze zou geen duimbreed wijken voor een arrogante snoever als Fredrik Barker.

7

De bessenmousse borrelde op het fornuis en de hele keuken van de pastorie geurde naar bosbessen. Jenny stond net in de pan te roeren toen Aina haar plotseling een brief bracht met het stempel van de Barker-fabriek erop. Ze bekeek de envelop wantrouwig en gaf de pollepel door aan Aina. Haastig liep ze naar haar kamer, waar ze de brief openscheurde en op haar bed ging zitten om hem te lezen.

Geachte mevrouw Malmström,

Onze eerste ontmoeting is op onbevredigende wijze verlopen, en ik kreeg de indruk dat u de rol van onze fabriek als werkgever in twijfel trok. De kwestie zit mij nog steeds enigszins dwars, en ik zou uw oordeel graag willen bijstellen. Ik nodig u uit nogmaals onze gast te zijn en zou u bij die gelegenheid een rondleiding willen geven door onze fabriek. Schikt het u komende dinsdag om twee uur 's middags? Ik zie uit naar uw antwoord.

Met vriendelijke groet,
Fredrik Barker

Jenny liet de brief op haar schoot zakken. Ze was verbijsterd. Dit kwam geheel onverwacht. Ze had de indruk gekregen dat Fredrik Barker onder geen beding met haar te maken wilde hebben. Wat zat hij nu te bekokstoven? Ze wist zeker dat er een addertje onder het gras zat. Of had Vivi Malm inmiddels met John Barker gesproken en Fredrik ertoe overgehaald de brief te sturen?

Ze kwam overeind en liep naar haar bureautje. Wat er ook achter stak, waarschijnlijk zat er niets anders op dan de uitnodiging aan te nemen. Misschien was er toch nog een kans dat de Barker-fabriek meedeed aan het woningproject. Ze voelde er totaal niets voor Fredrik Barker weer te zien. Hij irriteerde haar met zijn hooghartige gedrag, en daardoor verloor ze haar geduld.

De dinsdag daarop klopte Jenny om precies twee uur op de decoratieve voordeur van de familie Barker. Ditmaal deed Fredrik Barker verrassend genoeg zelf open. Zijn overjas had hij al aan; het was duidelijk dat hij op zijn gast had staan wachten. Fredrik schonk Jenny een charmante glimlach, maar ze hield hem wantrouwend in de gaten.

'Goedendag, mevrouw Malmström. Ik pak alleen mijn hoed nog, dan gaan we meteen door naar de fabriek.' Hij zette zijn hoed op en knoopte zijn lange zwarte jas dicht, die een modieuze koetsierskraag had. Hij stak zijn arm uit naar Jenny: 'Mag ik u begeleiden?'

Jenny keek wantrouwend naar zijn arm.

Fredrik barstte in lachen uit. 'Niet bang zijn. Ik bijt niet. Ik beloof dat ik me als een gentleman zal gedragen.'

Jenny werd rood van ergernis maar legde haar hand toen toch op zijn arm, omdat ze dat uit beleefdheid ook niet kon weigeren.

Zij aan zij liepen ze over de Linnankatu. Jenny keek af en toe steels naar Fredrik. Hij oogde onmiskenbaar knap. In de hele stad Turku was geen knappere, stijlvollere man te vinden.

Haar steelse blikken ontgingen hem niet. Hij keek terug, met ogen die fonkelden van pret. 'Nou, mevrouw Malmström. Kan dat wat u ziet uw goedkeuring wegdragen?'

Jenny werd opnieuw rood en beet op haar lip. 'Ik dank u voor de uitnodiging, meneer Barker. Ik kijk uit naar de rondleiding in uw fabriek,' zei ze geforceerd.

Fredrik begon nog breder te glimlachen. 'Ik heb een uur gereserveerd voor de bezichtiging, en daarna drinken we thee bij mij in de salon.'

Jenny keek hem wantrouwend aan. Ze was van haar stuk gebracht door zijn onverwachte vriendelijkheid. 'Dat is absoluut niet nodig. Ik wil u niet van uw kostbare tijd beroven. Bovendien heb ik onze knecht verzocht mij over een uur op te halen.'

'Onzin. Ik heb de hele middag voor u gereserveerd. Ik kan uw knecht op de hoogte laten brengen door iemand van mijn personeel. Mijn bediende zal u dan later terugbrengen naar de pastorie in Kaarina.'

'Ik weet echt niet of –' mompelde Jenny.

Fredrik onderbrak haar: 'Geen uitvluchten verzinnen, mevrouw Malmström. Ik regel alles.'

De katoenmolen lag op slechts een steenworp afstand van het huis van de Barkers, verder in de richting van het kasteel van Turku. Hij lag op de oever van de Aurajoki, waar de vrachtschepen gemakkelijk konden aanleggen om de katoen te lossen.

Fredrik nam Jenny door de poort van de fabriek mee naar de binnenplaats. Een poortwachter die gekleed ging in een dubbelrijs zwarte jas en een uniformpet maakte een buiging voor hen.

Het enorme stenen gebouw van twee verdiepingen was evenwijdig aan de rivier gebouwd. Aan beide zijden bevonden zich pakhuizen, die samen een gesloten binnenplaats vormden. Fredrik bleef in het midden daarvan staan en gebaarde naar het hoofdgebouw.

'Mijn vader kwam destijds naar Finland om de textielfabrieken van Finlayson op te zetten in Tampere. Daarna richtte hij zijn eigen fabriek op in Turku. Deze katoenmolen kwam in 1847 gereed. In het begin hadden we slechts negen medewerkers. Toen de vraag groeide, werd de fabriek uitgebreid. Vandaag de dag werken er al meer dan honderd mensen.'

Jenny keek door de grote roedenvensters de fabriek in, waar arbeiders tussen gigantische spinmachines rondliepen.

Fredrik opende de zware deur en begeleidde haar naar binnen. 'Momenteel hebben we een katoenspinnerij, een weverij, een katoendrukkerij en een ververij, verdeeld over twee verdiepingen. Het hele productieproces loopt op stoom. De kaard- en spinmachines heeft mijn vader zelf gebouwd.'

Jenny hoorde hoe trots hij klonk. Ze liepen verder door de middengang.

'De vraag groeit nog steeds. Momenteel is er bijzonder veel vraag uit Sint-Petersburg, dat voor ons goed toegankelijk is via de waterwegen. Op die manier blijven de vrachtkosten laag. Het plan is om hiernaast een nog grotere weverij te plaatsen, een van vier verdiepingen.' Fredrik keek Jenny onderzoekend aan. 'Kunt u me nog volgen, mevrouw Malmström? Ik verveel u hopelijk niet met mijn verhaal?'

Jenny had aandachtig geluisterd. Ze hield haar hoofd schuin en antwoordde: 'Absoluut niet, meneer Barker, gaat u gerust verder.'

Hij glimlachte en wierp haar een langdurige blik toe, die ze tot in haar tenen kon voelen. Vervolgens opende hij een deur die toegang bood tot een grote hal waar tientallen spinmachines bezig waren katoendraden te spinnen. Het was een lawaai van jewelste. De lucht was troebel van de stofpluizen, en Jenny moest hoesten. Fredrik bood haar zijn zakdoek aan. Hij moest schreeuwen om boven het lawaai uit te komen. 'Neemt u deze maar. Het stof slaat op de longen, maar daar went u zo aan!'

Ze gingen langs de kant staan om de werkzaamheden te volgen. De arbeiders maakten een knicksje voor hun directeur, die op zijn beurt een buiging maakte en zijn hoed even optilde.

Alle arbeiders aan de spinmachines waren vrouwen. Ze werden in de gaten gehouden door een opzichter – een man. Aan de overkant van de hal zag Jenny een zwerm kinderen van zo'n tien tot veertien jaar oud. Ineens blies de opzichter schel op een fluitje, waarop de kinderen naar de machines renden om de volle spoelen voor lege te verwisselen. Fredrik zag tevreden hoe gezwind ze hun werk deden.

'Op deze verdieping worden verschillende katoendraden getwijnd. En er wordt kettingdraad gerold en inslagdraad op spoelen gewikkeld. We kunnen nu verder lopen naar de weverij!' riep hij, terwijl hij Jenny de hal uit begeleidde.

Ze kwamen in een gang. Jenny was opgelucht toen het hakkende lawaai van de spinmachines achter de gesloten deur verdween.

Fredrik glimlachte naar haar. 'Wat vindt u tot nog toe van de omstandigheden in onze fabriek, mevrouw Malmström?'

Jenny kon zich niet stilhouden. 'Waarom zijn al uw medewerkers vrouwen?'

Fredrik keek haar verbaasd aan. 'Tja, we zouden ook mannen in dienst kunnen nemen, maar die weigeren te werken voor zo'n laag loon.'

'En dat vindt u rechtvaardig?' snauwde Jenny.

Fredrik haalde zijn schouders op en beantwoordde haar tartende blik. 'Ik weet niet of het rechtvaardig is of niet, maar dat is hoe de arbeidsmarkt er momenteel uitziet. Als vrouwen bereid zijn voor een lager loon te werken dan mannen, dan is dat toch niet onze schuld?'

Jenny had nog wel veel meer willen protesteren, maar Fredrik nam haar mee naar de weverij op de tweede verdieping. Het lawaai van de zware machines was oorverdovend. Bij ieder weefgetouw stond iemand om de machine te bedienen. Het ging in alle gevallen om vrouwen van uiteenlopende leeftijden, en er liepen ook kinderen rond, die als hulpje dienstdeden. Ze zagen er vermoeid uit. Jenny wist dat ze die dag al zes uur bij de machines hadden gestaan, met nog eens zes uur te gaan. De opzichter liep in zijn kostuum met vest heen en weer en hield het werk in de gaten. Van tijd tot tijd controleerde hij op zijn zakhorloge hoe laat het was.

'Hier wordt ongebleekte, gebleekte en geverfde katoen geweven!' riep Fredrik boven het lawaai uit.

Er hing niet zo veel stof in de lucht als in de spinnerij, maar toch begon Jenny weer te hoesten. Het leek Fredrik het beste om haar naar buiten te begeleiden.

In de gang slaagde Jenny er eindelijk in haar hoestbui te onderdrukken. 'Hoe is het in vredesnaam mogelijk om bij zo veel lawaai en stof te werken? Hebt u dan helemaal geen medelijden met die arme kinderen? Er zouden helemaal geen kinderen moeten rondlopen hier.'

Fredrik keek haar geduldig aan. 'Uw meelevende natuur siert u, maar hebt u er weleens bij stilgestaan dat onze fabriek werk biedt, bij uitstek aan de minderbedeelden, die daardoor in hun levensonderhoud kunnen voorzien? En die anders hun tijd ijdel zouden moeten doorbrengen en voor galg en rad zouden opgroeien? Het alternatief is gebrek lijden en tot de bedelstaf veroordeeld worden.' Hij leunde dichter naar Jenny toe. 'In hongerjaren betekende werken in een fabriek dat men zijn kinderen voor de hongerdood kon behoeden. Een vroege gewenning aan werk heeft een gunstig effect op de rest van hun leven. Naar mijn mening bewijst de Barker-fabriek de samenleving een grote dienst.'

Jenny voelde het weer gebeuren: ze begon haar geduld te verliezen. Met gloeiende ogen staarde ze Fredrik aan. 'Meneer Barker, is het weleens in u opgekomen dat als uw arbeiders een fatsoenlijk loon kregen, hun kinderen naar school zouden kunnen gaan in plaats van zich twaalf uur per dag hier te moeten uitsloven? Wilt u in alle ernst beweren dat u een fabriek de juiste omgeving vindt voor kinderen?'

Fredrik haalde een hand door zijn haar en wierp een blik op zijn zakhorloge. 'Mevrouw Malmström, ik merk dat we wederom van mening verschillen, maar ik wil geen ruzie met u maken. Wilt u de ververij nog zien?' Hij nam haar weer mee naar de begane grond.

Jenny probeerde te kalmeren. Ze had opnieuw haar zelfbeheersing verloren en sprak zichzelf vermanend toe. Ze wist dat haar boosheid het woningproject absoluut niet ten goede zou komen. Integendeel. Het was nu uitgesloten dat de Barker-fabriek daaraan zou meewerken.

In de hal op de benedenverdieping bevonden zich grote bassins met daarin verfvloeistoffen in verschillende kleuren. In deze hal stonden geen dreunende machines en er zweefde geen stof in de lucht, maar de krachtige chemicaliën roken zo sterk dat je ogen ervan prikten.

De opzichter kwam hen begroeten en begon vervolgens de verschillende fasen van het verven toe te lichten. Jenny zag dat er onder de arbeiders ook oude omaatjes waren. De opzichter brulde tegen hen dat ze sneller moesten werken. Haastig probeerden de oudjes met hun kromme vingers de geverfde strengen garen op de droogrekken te tillen.

Jenny wierp vol afschuw een blik op Fredrik, maar die leek de situatie absoluut niet uitzonderlijk te vinden. Toen ze bij een droogrek waren aangekomen, kreeg een van de omaatjes een hoestbui die op geen enkele manier tot bedaren kwam. De anderen kwamen naar haar toe om haar te ondersteunen, en de oude vrouw haalde een zakdoek uit haar zak. Jenny zag dat er bloed op zat.

'Breng haar weg!' brulde Fredrik.

Jenny kon er niet meer tegen. 'Nu is het genoeg!' siste ze. 'Ik dacht dat ik alle vormen van uitbuiting al was tegengekomen in deze fabriek, maar dit spant de kroon! Hebben jullie geen enkel medelijden of respect voor andere mensen? Hoe bestaat het dat jullie oude mensen als vee behandelen?'

Ze liep op het omaatje af, dat zo verbaasd was over haar woede-uitbarsting dat ze gestopt was met hoesten. De hele hal was stil en volgde vol verwondering de gebeurtenissen. Jenny boog zich naar de oude vrouw toe. 'Luister eens, mevrouw, ik ben mevrouw Malmström en mijn knecht komt mij zo meteen ophalen. Als u met mij meegaat, breng ik u naar een arts.'

Het omaatje keek haar doodsbang aan. 'Nee, mevrouw. Ik kan niet weg hier. Anders verlies ik mijn werk.'

Woest draaide Jenny zich om, en ze tierde tegen Fredrik Barker: 'Als u dat doet, kunt u er zeker van zijn dat ik in iedere krant in Turku schrijf hoe gruwelijk jullie de mensen behandelen.' Ze rechtte haar rug en staarde Fredrik met vlammende ogen aan. 'Nou, hoe zit het? Mag ik deze arme vrouw meenemen naar de dokter zonder dat ze haar werk kwijtraakt?'

Fredrik keek haar kwaad aan. 'Ik wilde net hetzelfde voorstellen aan mevrouw Haapanen, voordat u tekeer begon te gaan.' Hij liep naar het angstige omaatje toe en pakte haar bij de schouders vast. 'Weest u niet bang, mevrouw Haapanen. Uiteraard mag u uw werk houden, maar u moet uw longen laten onderzoeken door een arts. Opzichter Helander neemt u mee en laat de dokter bij u komen. Daarna moet u naar huis gaan om te rusten, maar zodra u weer op krachten bent, kunt u terugkeren op het werk.'

Jenny was verstard van verbazing. Fredrik Barker sprak vloeiend Fins.

Mevrouw Haapanen maakte een knicksje naar haar werkgever. 'Dank u, dank u. U bent te goed voor mij.'

Zonder een woord te zeggen draaide Jenny zich om, en ze verliet bijna rennend de hal. Ze was alweer buiten voordat Fredrik haar had ingehaald. Hij greep haar arm vast en draaide haar hardhandig om. Hij schreeuwde bijna. 'Wat had dat te betekenen? Waarom maakte u in vredesnaam zo'n scène, in het bijzijn van mijn ondergeschikten ook nog?'

Jenny had al bijna haar kalmte herwonnen. Ze keek Barker provocerend aan en tilde haar kin op. 'U hebt vast ook een goede verklaring voor het feit dat u oude mensen voor u laat werken?'

Fredrik richtte zich tot zijn volle lengte op en spreidde zijn armen. 'Die ouderen zouden anders in het armenhuis zijn beland, omdat ze geen familie hebben die voor hen kan zorgen. Hier kunnen ze hun brood verdienen, en bovendien komt er één keer per maand een arts naar de fabriek bij wie onze arbeiders gratis op consult kunnen.' Hij greep haar bij de schouders vast en keek haar kwaad in de ogen. 'Kunt u nou echt niet inzien dat de dingen altijd goede en slechte kanten hebben? Wij fabriekseigenaren zijn geen verdorven uitbuiters, hoezeer u ons ook in een kwaad daglicht wilt stellen. Ik geloof niet dat u zo dom bent dat u weigert de waarheid onder ogen te zien.'

Jenny was ontdaan. Er schoten haar allerlei gedachten door het hoofd. Enerzijds begreep ze wel wat Fredrik Barker bedoelde, maar haar moraal liet niet toe dat er geld werd verdiend ten koste van nooddruftige mensen. Met trillende stem zei ze: 'Hartelijk dank voor de rondleiding door uw bedrijf, meneer Barker. Het spijt me dat ik mijn kalmte verloor. Ik ben u erkentelijk voor het feit dat u mevrouw Haapanen hulp hebt geboden. Prettige dag nog.' Ze knikte en liep toen zo snel als ze kon door de poort van de fabriek het terrein af.

De poortwachter keek haar na en tilde zijn hoed op. Fredrik Barker bleef midden op de binnenplaats achter met een gefrustreerde blik in zijn ogen.

8

Hyrry sprong op het bureau, en Jenny joeg hem weg voordat hij het inktpotje nog een keer omstootte. Ze verfrommelde de brief waaraan ze was begonnen en gooide hem op de grond. De kat vond dat een leuk nieuw spelletje en sloeg de prop papier met zijn pootje onder het bed, om er vervolgens achteraan te rennen.

Jenny schaamde zich. Ze probeerde een verontschuldiging te formuleren aan Fredrik Barker, maar wist niet goed wat ze moest schrijven. Ze had wel degelijk gemeend wat ze zei, woord voor woord. Maar het was onvergeeflijk om op die manier publiekelijk je kalmte te verliezen, en ze had Fredrik ongetwijfeld in verlegenheid gebracht in het bijzijn van zijn ondergeschikten. Haar oren werden nog steeds rood als ze terugdacht aan wat er gebeurd was.

Ze moest toegeven dat Fredrik de situatie met mevrouw Haapanen netjes had opgelost. Jenny keek naar buiten, naar de esdoorns in de tuin, en liet haar hoofd op haar handen rusten. Ze had nooit gedacht dat die arrogante Fredrik Barker Fins zou spreken, de taal van de arbeiders. De man zat vol verrassingen.

Ze schudde haar hoofd. Tegen het woonproject kon ze nu in elk geval wel gedag zeggen. Zelfs Vivi Malm zou er niet in slagen de Barkers bij het project te betrekken nu zij alles had verpest. Gelukkig was niemand op de hoogte van haar bezoek aan de fabriek. Maar het zou gênant zijn om Fredrik Barker tegen het lijf te lopen na alles wat er was gebeurd. Ze besloot de stad voortaan te mijden als de pest, om te voorkomen dat ze hem per ongeluk zou tegenkomen. Ze stond op en boog zich voorover om Hyrry te helpen, die met zijn nageltjes vastzat in de franje van de gehaakte sprei.

Het lot had zich Jenny's stille wens blijkbaar ter harte genomen, want ze kwam Fredrik Barker wekenlang nergens tegen. Niet dat ze kans had gezien naar de stad te gaan, want Aina en zij hadden genoeg te doen: ze moesten kaarsen gieten, zeep koken, de was doen, strijken en eten koken. Het regende dag in, dag uit, en buiten waren alleen nuances van grijs en bruin te zien. De zon liet zich nog maar een paar uur zien overdag. De wegen werden zo modderig dat ze moeilijk begaanbaar waren.

Op de ochtend van Allerheiligen was het eveneens somber weer. Jenny ging al vroeg naar het graf van haar man en zoontje en nam een lantaarn mee. Ze kwam bij de vertrouwde grafsteen onder de den aan en boog haar hoofd om te bidden.

Kosti Vanhanen had de week daarvoor een brief gestuurd en meegedeeld dat hij op Allerheiligen naar de kerkdienst zou komen, en dat hij hoopte haar weer te mogen ontmoeten. Jenny wist niet goed hoe ze met zijn directe toenaderingspogingen moest omgaan. Enerzijds bewonderde ze hem en zijn intelligentie en edele principes. Maar er was nog maar zo weinig tijd verstreken sinds de dood van Matias. Ze rouwde nog steeds om hem.

Op zijn sterfbed had Matias haar verzocht het leven voort te zetten en opnieuw te trouwen, omdat ze nog jong was. Jenny voelde een brok in haar keel. Matias was zo'n goede man geweest, begripvol en teder. Na zijn dood had ze troost geput uit het feit dat ze in verwachting was van zijn kind, maar ook Mikael was haar afgenomen. Ze veegde haar ooghoeken droog en schrok op toen er een kraai naar een tak van de den vloog en veeleisend kraste. Ze streelde de grafsteen, zoals ze altijd deed, en liep toen terug naar de pastorie.

Om kwart voor tien ging ze op weg naar de kerk, waar de andere kerkgangers ook al arriveerden in hun zwarte zondagse kleding. Ditmaal stond de heer Vanhanen haar buiten op te wachten, en hij liep haar tegemoet. Jenny keek snel even om zich heen, van haar stuk gebracht en geïrriteerd. De mensen zouden nog gaan denken dat ze een paar vormden!

Hij tilde zijn hoed op. 'Mijn beste mevrouw Malmström. Het verheugt me zeer om u terug te zien. Laten we de hal in gaan, hier buiten staat zo'n koude wind.'

Jenny knikte. De heer Vanhanen begeleidde haar naar binnen en nam haar toen terzijde. Glimlachend keek hij haar aan. 'Mag ik vragen hoe u het maakt?' vroeg hij na een moment van zwijgen.

Jenny keek hem steels aan. 'Ik maak het uitstekend, dank u. En u?'

'Zeer goed, dank u. Ik ben eigenlijk gekomen om u uit te nodigen voor een concert van het Muzikaal Gezelschap van Turku, komende zaterdag in het Academiegebouw.' Hij keek haar smekend aan. 'Het zou me zeer verheugen als u de uitnodiging aannam.'

Jenny weifelde. Ze was weliswaar een groot liefhebber van de concerten van het Muzikaal Gezelschap, maar ze was bang dat ze de heer Vanhanen het verkeerde signaal gaf als ze op zijn uitnodiging inging.

Vanhanen keek haar geruststellend aan. 'Ik merk dat u twijfelt, en misschien vraagt u zich af of mijn voorstel wel gepast is, maar docent Aho, een goede vriend van mij, komt eveneens, samen met zijn echtgenote, dus hoeft u zich daarover geen zorgen te maken. Zegt u alstublieft dat u meegaat.'

Jenny durfde het voorstel niet langer af te wimpelen. 'Dank u. Ik ga graag mee.' Ze schonk hem een lichte glimlach.

De heer Vanhanen knikte tevreden. Meer tijd om te praten was er niet, want de cantor begon de openingshymne al te spelen. Ze liepen beiden naar hun eigen plek.

Na de dienst begeleidde Vanhanen Jenny naar buiten. Ze werden gevolgd door nieuwsgierige blikken. Hij sloeg Jenny's uitnodiging af om samen met de andere kerkgangers koffie te komen drinken in de pastorie, tilde zijn hoed op en nam afscheid. 'Tot ziens, mevrouw Malmström. Ik kom u zaterdag om vijf uur ophalen.'

Jenny staarde hem met gemengde gevoelens na. Hoe bestond het dat ze ermee had ingestemd samen met hem naar een concert te gaan? Hij was er bijzonder goed in anderen te overtuigen.

Om exact vijf uur draaide er een gesloten huurrijtuig de oprit van de pastorie op. Het was een koude en vochtige avond en het leek erop dat er natte sneeuw zou vallen. De heer Vanhanen opende het portier, stak Jenny zijn hand toe en hielp haar beleefd bij het instappen. Ze had verwacht het bevriende echtpaar Aho in de koets aan te treffen en schrok toen ze zag dat ze alleen met hem zou reizen.

Vanhanen nam plaats op het bankje en las haar gedachten. Hij keek haar geruststellend aan. 'Meneer en mevrouw Aho gaan te voet naar het concert, omdat ze meteen naast het Academiegebouw wonen. We ontmoeten elkaar in de vestibule.'

Jenny was van haar stuk gebracht door de situatie en nam op het bankje tegenover hem plaats. Vanhanen gaf de koetsier een teken door tegen het plafond te kloppen en het rijtuig kwam met een schokje in beweging. Jenny kneep kwaad in de armleuning. Ze ergerde zich aan het eigenmachtige optreden van de man. Ze zou in geen geval hebben toegezegd mee te gaan als ze had geweten dat ze gedwongen zou zijn alleen met hem in de koets te zitten. Ze zweeg en staarde uit het raampje, wat tamelijk zinloos was, aangezien het aardedonker was buiten. Alleen het ritmische geklepper van paardenhoeven en het geratel van de wielen was te horen. Gelukkig was Vanhanen evenmin in de stemming voor een praatje en liet hij haar met rust, maar Jenny voelde dat hij naar haar zat te staren.

Het oude Academiegebouw lag naast de Domkerk. Toen het rijtuig tot stilstand kwam, kon Jenny een zucht van opluchting niet onderdrukken. De heer Vanhanen hielp haar bij het uitstappen. Voor de trap naar het gebouw waren vuurtjes aangestoken om de gasten te verblijden. Ze gingen naar binnen en lieten hun overjassen bij de bedienden in de vestibule achter. Jenny had haar avondjurk van zwarte ritselende zijde aangetrokken, die een open halslijn had. Aan haar handen droeg ze lange zwarte handschoenen, en ze had een zwartfluwelen buideltasje bij zich waar ze zelf zwarte kraaltjes op had geborduurd.

Docent Aho en zijn vrouw stonden al te wachten in de vestibule, en Vanhanen stelde hen aan Jenny voor. De docent was een jonge, ernstig ogende man, en zijn vrouw was klein en ingetogen. Jenny mocht hen meteen. Nadat ze kort wederwaardigheden hadden uitgewisseld, draaiden ze zich om en keken ze bewonderend om zich heen.

Het Academiegebouw was een van de mooiste panden van de stad. De vloeren waren van donker- en lichtgekleurd gepolijst marmer en hadden een schaakbordpatroon. De zaal had een wit koepelvormig plafond dat werd gedragen door donkere marmeren zuilen, naar het voorbeeld van de zuilen bij de Oude Grieken. De gigantische kroonluchters aan het plafond straalden en wierpen een warm licht over de zaal.

De heren brachten hun dames naar hun zitplaatsen. De zaal was al bijna helemaal gevuld. Jenny zag her en der bekenden en knikte naar hen. Ze keek een tikje angstig om zich heen, maar tot haar opluchting zag ze nergens Fredrik Barker tussen de concertgangers.

Om precies zes uur kwam het orkest van het Muzikaal Gezelschap samen met de dirigent het podium op, dat met bloemstukken was gedecoreerd. Het publiek klapte enthousiast. Volgens het programma zou het orkest voor de pauze de ouverture uit *Die Zauberflöte* van Mozart spelen. Jenny genoot van de muziek en glimlachte in zichzelf. Ineens legde de heer Vanhanen heimelijk zijn hand op de hare. Jenny sidderde. Ze wilde haar hand het liefst wegtrekken, maar was bang hem te beledigen. In plaats daarvan sloot ze haar ogen en probeerde ze te vergeten dat hij naast haar zat. De melodieën die het orkest speelde weerkaatsten tegen de muren en waren een genot om naar te luisteren. Al snel ging Jenny er helemaal in op.

Tijdens de pauze brachten Kosti Vanhanen en docent Aho hun gezelschap naar de salon, waar mousserende wijn en punch werd geserveerd. De heer Vanhanen bracht hun een dienblad met schuimwijn en hief glimlachend het glas. 'Dit is een uiterst bijzondere avond voor mij. Staat u mij toe een toost uit te brengen op onze gracieuze dames en ons gemeenschappelijke project.'

Nadat ze hadden geklonken proefden ze de wijn, en Jenny vroeg nieuwsgierig: 'Mag ik vragen om welk project het gaat?'

De heer Vanhanen wierp haar een tevreden blik toe. 'Uiteraard. Docent Aho en ik hebben vandaag een arbeidersvereniging opgericht in Turku. Het eisenpakket omvat een tienurige werkdag, gratis onderwijs voor iedereen en stemrecht voor arbeiders. We gaan er alles aan doen om deze hervormingen erdoor te krijgen in de senaat.'

Jenny keek de heren verrast aan en hief toen met stralende ogen het glas. 'Ik hoop oprecht dat uw project een groot succes zal worden.'

Ze lieten hun glazen klinken, en Jenny leunde dichter naar de heer Vanhanen toe. Die legde bezitterig zijn arm om haar heen. Ditmaal had ze daar geen probleem mee, en ze beantwoordde zijn blik met een glimlach.

Na de pauze speelde het Muzikaal Gezelschap de *Noodlotsymfonie* van Beethoven, en die paste goed bij Jenny's gemoedstoestand. Ze voelde zich hoopvol en daadkrachtig. De wereld kon veranderen, de toekomst kon beter worden en de man die naast haar zat speelde een belangrijke rol daarin. Ze keek even naar Kosti Vanhanen, die knipoogde en stiekem in haar hand kneep.

Op de terugweg sprak Vanhanen enthousiast over de doelstellingen van zijn arbeidersvereniging. Hij had zijn studie rechtsgeleerdheid afgerond en was nu van plan al zijn kennis en energie in te zetten voor het behartigen van de arbeidersbelangen. Jenny luisterde geïnteresseerd toe.

'Ik bewonder u, meneer Vanhanen. U krijgt daadwerkelijk dingen voor elkaar in plaats van alleen maar te praten. Misschien kunt u zich ook gaan inzetten voor de rechten van vrouwen? U vindt het vast ook niet juist dat vrouwen niet aan de universiteit kunnen studeren en dat ze onder het gezag van hun echtgenoot staan?' Ze keek hem vragend aan.

Hij schudde ongelovig zijn hoofd. 'Ik had niet gedacht dat u iemand bent die de vrouwenbeweging steunt.' Hij leunde voorover en zei behoorlijk fel: 'Eerlijk gezegd vind ik dergelijke standpunten schadelijk, en degenen die ze verbreiden hebben geen idee van de samenleving waarin ze verkeren! Waarom zouden vrouwen moeten studeren? Dat is toch volkomen zinloos! Vrouwen hebben de heilige plicht om echtgenote en moeder te zijn, om voor de kinderen en het huishouden te zorgen. Het is de taak van de man om te werken en geld te verdienen voor zijn gezin.' Vanhanen zweeg even en leunde naar achteren. 'Ik ben van mening dat het gevaarlijk is om vrouwen over hun eigen zaken te laten beslissen. Een vrouw kan toch zeker nooit zo goed haar rechten kennen als haar echtgenoot of vader dat doen? Mannen hebben de plicht voor hun dochters en vrouwen te zorgen en voor hen op te komen.'

Jenny keek hem verbijsterd aan. Meer dan die paar opmerkingen was er niet nodig om het vergulde laagje dat hij in haar ogen had gehad te laten afbladderen. Ze zweeg en trok haar handschoenen recht. Wat schijnheilig om betere omstandigheden te eisen voor arbeiders maar vrouwen geen enkel recht toe te kennen. Ze begon te walgen van de heer Vanhanen. Hij zag er op een of andere manier heel anders uit nu, tegenover haar zittend in zijn zwarte pak, met een gezicht als van een wassen pop en een onbuigzame blik.

De buitenverlichting van de pastorie dook op in de duisternis, en Jenny was opgelucht. Ze opende zelf de deur van het rijtuig en sprong al bij het hek uit de koets. 'Hartelijk dank, meneer Vanhanen. Het was een gedenkwaardige avond,' riep ze, waarna ze haastig in de donkere tuin verdween.

Vanhanen riep haar nog iets na, maar ze bleef niet staan. Even later hoorde ze dat het rijtuig keerde en zijn rit vervolgde. Ze ademde diep in. Dat had er nog aan ontbroken, dat hij mee naar binnen had gewild.

Ze liep rechtstreeks naar haar kamer en trok kwaad haar kleren uit. Ze had zich wederom laten misleiden door het uiterlijk en het plezierige gedrag van een man. Ze had nu echt meer dan genoeg van mannen.

9

De eerste sneeuw viel in de laatste week van november en bedekte het hele rivierdal van de Aurajoki onder een dik wit glazuur. De tuin bij de pastorie leek wel een sprookjesland. Her en der staken de stelen van uitgedroogde planten uit de sneeuw, en de sparren kregen witte mutsen. Net als iedere winter hing Jenny voor de vogels een haverschoof en talg op aan een driepoot. Die kwamen er meteen op af, alsof ze al op haar hadden zitten wachten.

Het was nu niet meer mogelijk om je met een rijtuig te verplaatsen; in plaats daarvan werden de paarden voor de slee gespannen. Het ijs op de Aurajoki was nog niet sterk genoeg, maar zodra dat het geval was, kon je helemaal tot aan het centrum van Turku langlaufen als je wilde. In januari zou het ijs al dik genoeg zijn om een paard met een slee erachter te dragen. Daarmee werd de reistijd van de pastorie in Kaarina naar Turku tot de helft teruggebracht.

De kerst zat eraan te komen, en ook in de pastorie werd begonnen met de voorbereidingen. Jenny's vader vertelde dat haar tante, de weduwe Loviisa Helin, de kerst bij hen zou doorbrengen. Haar tante woonde in een kleine woning in Naantali, samen met haar bediende. De man van tante Loviisa was zeekapitein geweest maar was een jaar of twintig geleden al gestorven.

Jenny mocht Loviisa niet bijzonder graag. Na de dood van haar moeder had haar tante gemeend zich met Jenny's opvoeding te moeten bemoeien, en ook nu nog bleef ze kritiek leveren op Jenny. Ze vond haar nichtje onbeholpen en onconventioneel. Toch probeerde Jenny zich vreedzaam op te stellen jegens de zus van haar vader. Zo vaak kwam die uiteindelijk ook niet op bezoek.

Ook voor de dominee was de kerst een drukke tijd. Er werden meer kerkdiensten gehouden dan anders, en hij ging bij de zieken en ouderen langs om kerstwensen over te brengen. Jenny maakte een lijst van dingen die gedaan moesten worden. Aina en zij begonnen met het maken van de kerstworsten. De *kotikalja*, een traditionele moutdrank zonder alcohol, moest op tijd worden gebrouwen, en er moest het een en ander bij de kruidenier worden besteld.

De voorbereidingen werden echter onderbroken door het gemaskerd bal van de Damesvereniging. Jenny was van plan zich als een van de mythologische figuren uit de Griekse oudheid te verkleden, maar wilde daar eerst meer over te weten komen. Ze haalde een boek over het onderwerp bij haar vader uit de kast, en nadat ze het had doorgelezen besloot ze als de muze Kalliope te gaan.

Kalliope was de oudste en wijste muze van de kunst en de wetenschap. Het kostuum was eenvoudig te maken; ze hoefde alleen maar vele ellen dun wit katoen te halen en die met broches of veiligheidsspelden vast te maken bij de schouders, en een wit koord om haar middel te binden als ceintuur. Als zinspeling kon ze een dichtbundel in haar hand houden. Het was ook een heel praktisch kostuum, want tijdens feesten werd het altijd verstikkend warm binnen. Jenny had bruin haar dat tot haar middel kwam. Aina kon haar helpen dat in Griekse stijl samen te binden. In vaders boek stond een duidelijke tekening die als voorbeeld kon dienen.

De dominee had eveneens een kaartje voor het bal gekocht en was van plan zijn toga aan te trekken. Toen Jenny lachend had gevraagd of hij zich niet met wat meer fantasie kon kleden, had hij met een knipoog gezegd dat hij als Maarten Luther ging.

Wel ergerde Jenny zich toen ze hoorde dat Fredrik Barker en zijn vader tien toegangskaartjes hadden gekocht.

Het was donker, en de gaslantaarns langs de Aurajoki waren al aangestoken toen Jenny en haar vader als een van de eersten bij het paleis van de stedelijk aanklager arriveerden. Het statige, twee verdiepingen tellende stenen pand lag op de oever van de Aurajoki, dicht bij de hoger gelegen haven. Virkku was voor de slee gespannen en Viktor bracht hen tot aan de buitentrap van het paleis. Hij hielp Jenny en de dominee onder de schapenvachten vandaan te kruipen die hen tijdens de rit tegen de kou hadden beschermd. Ze spraken af dat hij hen om elf uur zou komen halen. Op de traptreden waren ter decoratie kleine sparren in de sneeuw gezet, en er brandden vuurtjes in ijzeren ketels.

Jenny had de oude lange jas van vossenbont van haar moeder over haar kleren aangetrokken. Ze was tevreden met haar kostuum, dat goed gelukt was. Aina had haar haar gekruld met een ijzeren tang die ze op het fornuis had opgewarmd en had het merendeel van de krullen boven op haar hoofd vastgemaakt met haarspelden; de rest mocht loshangen. Jenny had haar ogen geaccentueerd met zwart kohlpotlood. Ze had zichzelf bijna niet herkend toen ze het resultaat in de spiegel bekeek. Ook Aina had haar handen enthousiast ineengeslagen en geroepen: 'Lieve hemel. Mevrouw is echt een plaatje!'

Stedelijk aanklager Von Willebrandt stond samen met zijn vrouw in de vestibule om de gasten te verwelkomen. De aanklager was een grote man, met wangen die bedekt werden door imposante bakkebaarden. Hij sloeg de gasten welwillend gade door zijn monocle. Jenny en haar vader werden vriendelijk ontvangen.

Nadat ze hun overjassen bij de bedienden hadden afgegeven, zette Jenny een witte domino op: een masker dat alleen de bovenste helft van haar gezicht bedekte, met uitzondering van de ogen. Ook pakte ze de *Odyssee* van Homerus uit haar handtas, een boek met een statige leren kaft. De dominee keek zijn dochter goedkeurend aan. 'Als ik niet wist dat je mijn dochter was, zou ik beweren dat je rechtstreeks uit het oude Griekenland afkomstig bent. Een bijzonder geslaagd kostuum, het staat je werkelijk heel goed.'

Jenny glimlachte tevreden. Ze liepen de trap op naar de eerste verdieping, waar zich een grote feestzaal bevond die schitterend was gedecoreerd. De bedienden hadden slingers van sparrentakken gemaakt en die rond de hele zaal opgehangen. Bij een buffet dat langs de muur was opgesteld kon men drankjes halen; midden op de tafel stond een piramide van ijsblokjes die door kaarslantaarns in verschillende kleuren werd belicht. Dat was een geniale vondst, want het ijs zorgde meteen ook voor wat koelte in de zaal.

Ze wilden zich net onder de gasten mengen om vrienden en bekenden te zoeken toen ze achter zich een enthousiaste uitroep hoorden. 'Jenny, wat geweldig om jou eindelijk weer eens te zien! Je ziet er prachtig uit!'

Jenny draaide zich om naar de lange slanke vrouw die als zigeunerprinses verkleed was. 'Beata Dahlström! Wat een verrassing!' riep ze verheugd, en ze omhelsde haar vriendin.

Beata was de dochter van een reder, en samen hadden ze de particuliere meisjesschool van Augusta Heurlin bezocht, die bedoeld was voor meisjes uit de hogere kringen. De school lag op de hoek van het Nikolaintori, een plein vlak bij de Domkerk. Ze waren goede vriendinnen geworden. Na hun schooltijd was Beata uitgehuwelijkt aan een jongen uit de rijke familie Dahlström, en inmiddels had ze twee jonge dochters. Jenny en Beata zagen elkaar zo nu en dan nog, en ze correspondeerden ook.

De dominee en Beata begroetten elkaar hartelijk, maar al snel ging de dominee naar de andere kant van de zaal om kennissen van hem te groeten.

Beata keek haar vriendin vol bewondering aan. 'Je ziet er echt betoverend uit, Jenny. Ik herkende je haast niet.' Ze stak haar arm door die van Jenny en samen gingen ze een beetje afgezonderd staan om te kunnen praten. 'Vertel eens hoe het met je gaat. Het is alweer bijna een half jaar geleden dat we elkaar voor het laatst gezien hebben.'

Ze wisselden wederwaardigheden uit en sloegen tegelijkertijd de gemaskerde gasten gade die in een gelijkmatige stroom de zaal binnenkwamen. Jenny herkende mevrouw Malm, die als koningin Victoria verkleed was. Haar man was vermomd als Otto von Bismarck, met helm en al. Achter hen liepen een circusdirecteur met een hoge hoed en een groep vrolijke acrobaten en jongleurs. Vervolgens was het de beurt aan een angstaanjagend ogende roversbende. Jenny en Beata probeerden te raden wie er onder de vermommingen schuilgingen, maar ze herkenden niemand, zo goed hadden de rovers hun gezichten donker gemaakt met roet. Ook hadden ze hun hoeden diep over hun ogen getrokken.

Jenny schrok toen ze de lange gestalte van Fredrik Barker gewaarwerd. Hij zag er adembenemend uit in zijn zeeroverskostuum. Hij droeg een wit overhemd met pofmouwen en kanten manchetten, een bruinleren vestje en een kniebroek. De open kraag onthulde een deel van zijn behaarde borstkas. Zijn donkere haar zat in de war en een van zijn ogen was afgedekt met een zwart lapje. De zwarte baard was niet bijgeknipt. Aan zijn riem hing een dolk in een foedraal.

Fredriks blik ging de zaal rond en bleef op Jenny hangen. Ze trok zich snel terug in de schaduw van een palm bij de deur. Ze wilde hem niet ontmoeten. Gelukkig was het niet moeilijk hem te ontwijken, want de zaal was al bijna afgeladen. Het geroezemoes was zo luid dat je je stem moest verheffen om gehoord te worden. Vanuit haar schuilplaats zag Jenny geamuseerd dat Fredrik werd omsingeld door jonge vrouwen die zijn aandacht probeerden te trekken. Hij was een man die door vrouwen werd bewonderd en begeerd. Een mooie blonde prinses in een roze jurk hing aan Fredriks arm en lachte luid om iets wat hij zei.

Achter in de zaal was een klein podium opgesteld voor het orkest. Dirigent Fichtelberger stond al klaar in zijn rokkostuum, tikte met zijn dirigeerstok tegen de muziekstandaard en probeerde de aandacht van het publiek op zich te vestigen. 'Attentie, attentie! Maakt u plaats voor het orkest! Maakt u plaats voor het orkest!'

De menigte ging aan de kant toen het zeskoppige kamerorkest met zijn instrumenten naar het podium liep. Daarna besteeg ook fabrieks-eigenaar Rettig het platform. Hij was een indrukwekkende verschijning, zo in zijn pak en met zijn lange volle baard. Zijn snor was zorgvuldig opgekruld met was.

Rettig tikte met een lepeltje tegen zijn glas, waarop de mensen zwegen om naar hem te luisteren. Hij verhief zijn stem. 'Geachte aanwezigen. Ik heet u allen van harte welkom op het gemaskerd bal van de Damesvereniging.' Hij richtte zijn blik op Vivi Malm, die helemaal vooraan stond. 'Ik wil mijn bijzondere dank uitspreken aan de Damesvereniging, die zulk edel en belangrijk werk verricht ten bate van de minderbedeelden in onze stad. De opbrengst uit de kaartverkoop van dit feest wordt gebruikt om schoolboeken aan te schaffen voor de armenschool.' Hij hief zijn glas. 'Ik stel voor driemaal hoera te roepen voor de vrouwen van de Damesvereniging!'

De hele zaal weergalmde toen de feestgangers het glas hieven en 'Hoera! Hoera! Hoera!' riepen. Jenny glimlachte naar Beata, blij met deze erkenning.

Rettig bracht de aanwezigen met een handgebaar weer tot zwijgen. 'We hebben de afgelopen weken de aandacht gevestigd op het feit dat de arbeiders betere woningen nodig hebben, en wel in het centrum van de stad. Ze zijn nu gehuisvest in bouwvallige krotten in Raunistula en Puolalanmäki, waar besmettelijke ziekten, armoede en misdaad heersen. We hebben onderhandelingen gevoerd, en tot mijn vreugde kan ik u mededelen dat de tabaksfabriek van Rettig, de katoenmolen van Barker, de Aura-suikerfabriek en de Crichton-scheepswerf samen een corporatie gaan oprichten die moderne woningen gaat bouwen voor de arbeiders van deze bedrijven. De huur mag niet hoger zijn dan de onderhoudskosten plus een lage rente.'

De mededeling werd met geroezemoes en een uitbundig applaus ontvangen. Daarna hief Rettig opnieuw het glas. 'En dan wens ik u nu een zeer geslaagd feest toe. Geniet u van de avond!'

Fichtelberger zwaaide met zijn dirigeerstok en het orkest zette de eerste dans in.

Jenny was helemaal verbouwereerd. Kon het echt waar zijn dat drie fabrieken en de scheepswerf zich bij het woningproject hadden aangesloten? Dat was echt ongelofelijk. En de fabriek van Barker nota bene. Dat had ze nooit durven hopen. Vivi Malm had vast en zeker met John Barker gesproken en hem weten over te halen. Ongelovig schudde ze haar hoofd. Mevrouw Malm was echt formidabel.

Beata liep de dansvloer op met een protserige Russische officier en Jenny stapte op koningin Victoria af. Mannen keken haar na terwijl ze zich een weg baande door de menigte. Koningin Victoria was net in een levendig gesprek gewikkeld met de gastvrouw. Jenny pakte haar arm vast. 'Bedankt, mevrouw Malm. U ben echt ongelofelijk. Hoe hebt u in vredesnaam John Barker weten om te praten?'

Vivi Malm lachte verrast. 'Dat heb ik niet, Jenny. Toen ik bij de heer Barker op bezoek was, vertelde hij dat zijn zoon al had ingestemd met het project. Hij was van gedachten veranderd. Je zou dus eigenlijk Fredrik Barker moeten bedanken.'

'Weet u dat heel zeker?' Jenny keek haar verwonderd aan.

Mevrouw Malm glimlachte. 'Heel zeker. Hij had zelf contact opgenomen met Rettig.'

Peinzend liet Jenny haar arm zakken. 'Bedankt.'

Ze nam met een hoofdknikje afscheid en ging toen bowl halen, nog steeds verbaasd. Wat had Fredrik Barker ertoe gebracht van mening te veranderen? Hadden de andere fabriekseigenaren druk op hem uitgeoefend?

Ze schrok op toen een donkerharige besnorde man met een witte tulband en cape haar hand vastpakte. De sultan grijnsde zo breed dat zijn witte tanden zichtbaar waren. Toen zag Jenny dat het Kosti Vanhanen was. Haar ogen werden groot. 'Goeie genade, meneer Vanhanen, bent u het echt?'

Hij lachte vrolijk en riep boven de muziek en het geroezemoes uit: 'Is dit geen schitterend kostuum? Kunt u raden wie ik ben?'

'Geen idee!' riep Jenny.

'Professor Wallin! Ik ben vermomd als Georg Wallin die vermomd is als sultan. Wat een vindingrijkheid, hè?'

Hij spreidde zijn armen en lachte. Jenny lachte met hem mee.

Vanhanen keek haar bewonderend aan. 'Uw kostuum is werkelijk beeldschoon. U straalt gewoon. Welke mythische Griekse figuur bent u?'

Jenny bloosde van voldoening. 'Kalliope, de muze van de dichtkunst.'

Vanhanen rolde met zijn ogen. 'Ah, dat had ik moeten weten. U hebt zelfs een boek bij u.' Hij bood haar zijn arm aan. 'Mag ik u ten dans vragen, o beeldschone Kalliope?'

Jenny ging schoorvoetend op zijn verzoek in. Hun laatste ontmoeting lag haar nog vers in het geheugen, maar toch liep ze achter hem aan de menigte in.

Tijdens het dansen sloeg Jenny de feestgangers gade, en ze had het gevoel dat iemand haar aandacht naar zich toe trok. Ze zag Fredrik Barker midden in de zaal, dansend met de roze prinses, en huiverde even toen ze zijn blik ontmoette. Ze zette haar voeten verkeerd neer en trapte op de tenen van de heer Vanhanen. Snel verontschuldigde ze zich, en ze wendde haar hoofd af toen ze voelde dat ze rood werd. Gegeneerd beet ze op haar lip. Moest ze naar Fredrik Barker toe gaan en hem bedanken? Verwachtte hij dat van haar? Ze wilde niet op hem afstappen, maar misschien moest ze haar trots inslikken. Uiteindelijk had hij een enorme concessie gedaan.

De heer Vanhanen praatte tijdens het dansen over koetjes en kalfjes, maar het kostte Jenny moeite zich te concentreren. Ze draaide nog een paar rondjes met de sultan en toen stopten ze met dansen om een glas bowl te drinken. Vanhanen maakte de weg vrij voor haar.

Toen ze hun glazen hadden leeggedronken, kwam er een rover naar hen toe om Jenny ten dans te vragen. Vanhanen liet zijn gezellin met tegenzin gaan. Na de rover danste ze met een knappe man die zich voorstelde als koning Salomo. Ze herkende hem: het was architect Kajanus. Daarna was Jenny zo moe van het dansen en de hitte dat ze de koning vroeg of ze even mocht pauzeren. Hij begeleidde haar naar de kant, maakte een buiging en verdween toen in het feestgedruis.

Het was benauwend heet in de feestzaal en het zweet stroomde over Jenny's voorhoofd. De zaal leek te deinen en ze voelde zich misselijk. Tot haar afschuw merkte ze dat ze te veel bowl had gedronken. Ze zigzagde door de mensenmassa naar de trap en ging naar de tweede verdieping, waar het damestoilet zich bevond.

Boven was er gelukkig niemand, en de lucht was heerlijk koel daar. Ze veegde met een zakdoekje haar bezwete gezicht af en liep toen verder door de gang. Om de hoek botste ze bijna tegen de brede borstkas van Fredrik Barker. Jenny wankelde. Fredrik greep haar bij de arm vast.

'Neemt u me niet kwalijk,' begon Jenny, maar vervolgens zweeg ze.

Er lag een vreemde glans in Fredriks ogen. 'Wat een prettig toeval weer, mevrouw Malmström. U hebt de hele avond aan mij weten te ontkomen, maar uiteindelijk lopen we elkaar toch steeds weer tegen het lijf. Is het misschien zo dat u mij beter wilt leren kennen?'

Jenny rukte haar arm los en probeerde niet naar zijn behaarde borstkas te kijken. 'Ik heb geen enkele behoefte om u te leren kennen, meneer Barker,' antwoordde ze kalm, hoewel haar hart tekeerging. 'In een huis van deze omvang is het gelukkig niet moeilijk uw gezelschap te mijden. En er lopen toch zeker genoeg vrouwen rond hier die veel interessanter zijn dan ik.'

Barker trok een wenkbrauw op en lachte even. 'Ik had niet gedacht dat u een jaloers type zou zijn.'

'Meneer Barker, u hebt een veel te hoge dunk van uzelf,' snauwde Jenny. 'Waarom in vredesnaam zou ik jaloers zijn?'

Barker werd weer serieus en bekeek haar kostuum. 'Pallas Athena, naar ik aanneem?'

Jenny fronste haar wenkbrauwen. 'Nee, geenszins. Ik heb niet eens een speer bij me.'

Fredrik kwam nu heel dicht bij haar staan, en hij liet zijn blik van top tot teen over Jenny gaan. Zijn stem klonk schor toen hij in haar oor fluisterde: 'Nu weet ik het, u bent een sirene. Mag ik u erop wijzen dat u er bijzonder charmant uitziet vanavond?'

Jenny voelde zich tot aan haar hals rood worden, en haar hele lichaam tintelde. Ze liet haar blik zakken. 'Dank u, heer zeerover.' Heel even wist ze niet wat ze moest zeggen, maar toen herinnerde ze zich de openingstoespraak van de heer Rettig. 'Ik wil u en uw vader bedanken voor het feit dat u zich bij het woningproject hebt aangesloten. Dat kwam als een grote verrassing voor mij, en ik moet zeggen dat dat besluit mij bijzonder gelukkig heeft gemaakt.' Ze glimlachte verlegen en frummelde aan een plooi van haar kostuum.

Fredrik stak zijn arm uit en liet zijn hand over een plukje haar op Jenny's voorhoofd gaan. Ze schrok en deinsde bijna terug. 'Dat was geheel aan u te danken, mevrouw Malmström.'

Jenny was verbijsterd. Wat voor spelletje werd hier gespeeld? Ze slikte. 'Hoezo?'

'Ik laat het aan u over daarnaar te gissen.' Hij pakte haar gezicht vast en drukte een brandende kus op haar lippen.

Jenny was verlamd van verbijstering. Fredriks lippen verslonden de hare. De hele wereld deinde. Het bloed ruiste heet door haar aderen. Zijn kussen waren zo hartstochtelijk dat haar benen haar bijna niet meer konden dragen. Maar toen nam haar verstand toch weer de overhand. Ze kreunde en duwde Fredrik van zich af. 'Neemt u me niet kwalijk, meneer Barker,' zei ze met verstikte stem, en ze vluchtte door de gang naar het damestoilet.

Fredrik staarde haar met brandende ogen na.

Er was gelukkig niemand in de toiletruimte aanwezig. Jenny ging op het bankje zitten, trillend door het schokkende voorval, totdat het bonken van haar hart afnam en ze weer beter kon ademen. Ze was volledig overstuur en dat vond ze absoluut niet fijn. Ze drukte een trillende hand tegen haar lippen. Er spookte haar van alles door het hoofd. Fredrik Barker had haar gekust! Waarom? Ze had roddels over hem gehoord; er werd beweerd dat hij heel veel vrouwen had gehad. Hoe kon iemand als zij, de bescheiden weduwe van een predikant, de interesse wekken van een man als hij?

Jenny bekeek zichzelf in de spiegel. Ze had rode vlekken in haar hals en haar haar zat in de war. Maar haar lippen vormden een kleine glimlach. Niemand had haar ooit op die manier gekust. Ze berispte zichzelf meteen. Ze had zich op onvergeeflijke wijze laten gaan en toegestaan dat ze werd gekust. Het kon niet anders of ze had te veel bowl gedronken. Godzijdank was niemand getuige geweest van het voorval. Iedereen zou haar uitlachen.

Ze deed haar witte domino af en maakte haar gezicht nat met koud water. Welke motieven Fredrik Barker ook mocht hebben, zij zou zich geen tweede keer door hem laten verleiden. Ze wachtte nog even tot ze helemaal gekalmeerd was. Toen perste ze haar lippen vastberaden op elkaar en liep ze de toiletruimte uit. Fredrik Barker stond gelukkig niet meer in de gang.

De rest van de avond danste Jenny met Kosti Vanhanen en diens collega's van het lyceum en ging ze Fredrik zoveel mogelijk uit de weg. Ze was nog steeds verontwaardigd over wat er gebeurd was en het lukte maar niet om haar emoties tot bedaren te brengen.

Ze voelde Fredriks blik een paar keer op zich gericht terwijl ze met Kosti Vanhanen walste. Het was alsof er een brandende pijl in haar stak. Godzijdank vroeg hij haar geen enkele keer ten dans.

Eindelijk werd het elf uur, en Jenny was opgelucht toen ze samen met haar vader naar huis kon terugkeren. De heer Vanhanen begeleidde hen tot aan de slee en dekte haar af met de schapenvachten. Toen de slee in beweging was gekomen, stond hij nog steeds op straat om haar uit te zwaaien. Jenny keek niet achterom.

De belletjes aan het lamoen klingelden toen ze de Hämeentie op draaiden. Jenny was zwijgzaam en keek naar de sterren. Ze was nog steeds geschokt door de gebeurtenissen van die avond. Haar ademhaling steeg als wasem op in de lucht.

De dominee wierp een blik op zijn dochter. 'Het spijt me, Jenny, dat je omwille van mij zo vroeg moest vertrekken. Maar een dergelijke hitte en mensenmassa komen mijn oude botten niet echt ten goede.'

Jenny keek hem aan en schudde haar hoofd. 'In geen geval, vader. Zelf had ik ook geen zin om nog ergens anders naartoe te gaan.'

De dominee keek haar onderzoekend aan. 'Ik zag dat je veel tijd met de heer Vanhanen doorbracht. Voel je je wellicht tot hem aangetrokken?'

Jenny schrok. 'Nee,' zei ze snel. 'Ik bedoel, ik heb bewondering voor zijn waarden en doelstellingen, maar ik voel me niet tot hem aangetrokken.'

De dominee keek peinzend naar de lucht. 'Volgens mij heeft hij wel gevoelens voor jou.'

'Ik hoop van niet,' zei Jenny zachtjes, waarna ze de schapenvacht dichter om zich heen trok.

Het was een onrustige nacht. Jenny had hoofdpijn van het teveel aan bowl en haar gedachten kwamen maar niet tot rust. Ze dacht steeds weer opnieuw aan Fredrik Barkers kussen. Zijn lippen hadden haar meegevoerd op een manier die haar helemaal verhitte.

Waarom had Fredrik haar gekust? Wilde hij daarmee zeggen dat hij zich omwille van haar bij het woningproject had aangesloten? Hij kón niet in haar geïnteresseerd zijn. Speelde hij een spelletje, of dreef hij zelfs de spot met haar? Jenny staarde naar het plafond. Ze hadden niets gemeenschappelijk, Fredrik en zij. En toch had hij iets opwindends, iets wat ze niet precies kon benoemen.

Ze moest toegeven dat ze zich zeer tot hem aangetrokken voelde. Steeds als ze elkaar tegenkwamen sprongen de vonken over. Maar ook het gezicht van Kosti Vanhanen spookte haar door het hoofd. Kon het echt zo zijn dat hij gevoelens voor haar had? Op zich had hij dat wel duidelijk laten blijken, maar meende hij het serieus? Stel dat Vanhanen haar ten huwelijk zou vragen? Wat zou daarop haar antwoord zijn? Ze respecteerde hem, maar zijn opvattingen over de positie van de vrouw waren schokkend. Ze kon niet trouwen met een man die zo over vrouwen dacht. Maar Fredrik Barker dacht er precies zo over. Jenny draaide zich zo woest op haar andere zij dat het bed ervan schudde. Zolang ze ongehuwd was, kon ze alle eisen die mannen stelden naast zich neerleggen. Als weduwe had ze volledig het recht te handelen zoals ze het voor zichzelf het best achtte, en het laatste wat ze wilde was trouwen.

Jenny duwde tegen haar kussen en draaide het om. De mannen brachten haar helemaal van haar stuk. Ze besloot niet langer aan hen te denken. Nadat ze het avondgebed had uitgesproken sloot ze haar ogen, maar Fredrik Barker dook opnieuw op voor haar geestesoog. Uiteindelijk viel ze toch in slaap, en ze droomde onrustig over sultans en zeerovers.

10

Gelukkig had Jenny geen tijd om nog lang aan Fredrik Barker of Kosti Vanhanen te denken, want ze werd volledig in beslag genomen door de kerstdrukte. Ze moest kerstkaartjes schrijven en versturen. Ze ging bij de allerarmsten langs om parochiale voedselhulp te brengen, waaronder gort, winterappels en gezouten vis, en ook wollen sokken die door het naaiclubje waren gebreid. De grote schoonmaak moest plaatsvinden. Kleden moesten worden uitgeklopt en de vloeren met loog gewassen worden. Voor dat karwei kregen ze hulp van Maiju, de dienstmeid van de buren.

Tante Loviisa arriveerde op 23 december bij de pastorie. Haar slee stond vol met kisten en koffers, want ze was van plan meerdere weken te blijven. Jenny liep samen met Aina naar de slee om de bagage naar binnen te dragen. Ze stak haar hand uit en hielp haar tante bij het uitstappen. Loviisa was klein en liep enigszins krom, maar ze keek met een oplettende blik in haar ogen om zich heen.

'Welkom in de pastorie, tante Loviisa.' Jenny boog zich voorover om haar tante te omhelzen. 'Fijn dat u bij ons de kerst komt doorbrengen.'

Tante Loviisa bekeek Jenny met haar scherpe blik. 'Ja, ja. Uiteraard doe ik dat, waarom zou ik in mijn eentje thuiszitten met de kerst als mijn naaste verwanten op slechts een halve dag reizen bij mij vandaan wonen? Waarom ben je zo mager? Eet je wel genoeg? Je moet eten, anders word je ziek. En hou je rug recht. Niets is zo belangrijk voor de uiterlijke verschijning van een vrouw als een goede houding.'

Jenny rechtte haar rug.

Tante Loviisa pakte haar grote handtas van de slee. Ze tuitte afkeurend haar mond. 'Zo, waarom heb je me nog niet meegenomen naar binnen? We blijven toch hopelijk niet de hele dag hier staan? Ik kan wel een dodelijke ziekte oplopen!'

Inwendig slaakte Jenny een zucht. Het bezoek van haar tante zou weleens langer kunnen lijken dan het in werkelijkheid duurde.

De dominee was op ziekenbezoek, dus begeleidde Jenny haar tante naar de logeerkamer, die naast de kamer van de dominee was gelegen. Viktor had op verzoek van Jenny extra hard gestookt, zodat het er bijzonder warm was; Jenny wist dat tante Loviisa het altijd koud had. Ze had ook een vaas met sparrentakken en kerstversiering op de vensterbank gezet om haar tante te behagen.

'Alstublieft, tante. Rust u maar even uit. Vader is als het goed is zo weer terug en dan dineren we samen in de eetkamer.'

'Gelukkig heb je eraan gedacht de kamer goed warm te stoken. Ik ben niet gekomen om te zitten rillen hier.' De oude weduwe keek nors om zich heen. 'Die gordijnen zijn echt stokoud, die hingen er al toen je moeder nog leefde. Je moet echt eens wat beter je best doen in dit huishouden.'

'Ja, tante,' zei Jenny, en met de tanden op elkaar geklemd verliet ze de kamer. Vader had verteld dat zijn zus altijd al een moeilijk mens was geweest, en had troostend gezegd dat ze maar een paar weken zou blijven. Samen zouden ze het wel overleven.

Aina en zij waren net bezig het avondeten op tafel te zetten toen dominee Stenroos arriveerde. Hij ging meteen zijn zus begroeten. Aina en Jenny hadden tantes lievelingsgerecht bereid: ragout van niertjes, met bessengelei en aardappelen. Haar ontevreden stortvloed van woorden was tot in de eetkamer te horen terwijl de dominee zijn zus daarheen begeleidde.

'Ik vind het maar vreemd dat Jenny nu al drie jaar weduwe is. Waarom heb je haar nog niet uitgehuwelijkt? Zo jong is ze niet meer, en ze wordt alleen maar ouder. Nog even en dan wil niemand haar meer hebben.'

De dominee trok een stoel onder de tafel vandaan en hielp zijn zus plaats te nemen. 'Helaas kan ik daar op geen enkele manier invloed op uitoefenen. Jenny is volwassen en als weduwe is ze bevoegd om zelf over haar aangelegenheden te beslissen. Dat geldt ook voor de vraag of ze opnieuw wil trouwen of niet.'

'Wat een onzin!' snauwde tante, terwijl ze haar broer verontwaardigd aankeek. 'Natuurlijk kun jij daarop invloed uitoefenen; dat is zelfs je plicht als vader. Jij heb ook niet meer zo lang te leven, en wat moet er dan van Jenny worden? Ze blijft met niets achter!'

Jenny begon er genoeg van te krijgen dat er over haar werd gepraat alsof ze er niet bij was. 'Tante Loviisa, maakt u zich niet onnodig zorgen over mij. Vader maakt het goed en gaat nog lang niet dood, als God het wil, en ook daarna zal ik best in staat zijn in mijn levensonderhoud te voorzien.'

'En hoe dan wel, als ik vragen mag?'

Jenny wierp een onzekere blik op haar vader. 'Ik kan misschien lerares of gezelschapsdame worden.'

'Flauwekul!' riep tante Loviisa. 'Je gaat trouwen, en daarmee uit!' Ze klopte met haar knokkels op de tafel om haar woorden kracht bij te zetten. 'Dat is de enige manier om je toekomst veilig te stellen. Als je vader geen man voor je wil zoeken, dan kan ik wel navraag doen.'

Jenny en de dominee keken elkaar hulpeloos aan. 'Dat is echt niet nodig, tante. Ik beloof u dat ik ga trouwen zodra ik een geschikte man ontmoet.' Het was een leugentje om bestwil, maar Jenny stond het zichzelf toe. Haar tante was echt onmogelijk.

Loviisa keek haar nichtje tevreden aan en knikte. 'Heel goed, ik wist wel dat je verstandig zou worden.' Ze hield haar hoofd iets schuin en kneep haar ogen tot spleetjes. 'Vertel eens, is er iemand die in jou geïnteresseerd is?'

'Geen idee, tante. Ik geloof van niet.' Jenny moest aan Kosti Vanhanen denken.

De heer Vanhanen was een week eerder persoonlijk langsgekomen om haar een in bruin papier gewikkeld pakje te geven. Met een twinkeling in zijn ogen had hij haar laten beloven dat ze het pas op kerstavond zou openmaken. Jenny had zich gegeneerd omdat ze er niet aan gedacht had iets voor hem te kopen.

Aina en Viktor hadden hun kerstcadeautjes al ontvangen. Aina kreeg vele ellen gestreept katoen en Viktor nieuwe leren laarzen. Aina had een gilletje geslaakt van vreugde en Viktor had zijn cadeau tevreden mompelend in ontvangst genomen. Aina had zakdoeken met hun intialen erop geborduurd voor Jenny en de dominee. Viktor gaf de dominee een zakje pijptabak, dat hij verheugd in ontvangst nam. Jenny kreeg van Viktor een pollepel die hij zelf uit hout had gesneden. Jenny omhelsde hen en wenste hun een zalig kerstfeest en Gods zegen toe.

Maar het meest had ze zich verbaasd toen postbode Nummelin een pakje van Fredrik Barker afleverde. Ze had de envelop eromheen opengemaakt; er kwam een in mooi papier gewikkeld geschenk tevoorschijn waarop in Fredriks energieke handschrift was geschreven: 'Zalig kerstfeest, mevrouw Malmström. Uw Fredrik Barker.' Ze kon bijna niet wachten tot ze haar cadeaus mocht openen.

11

Op de ochtend van 24 december werd Jenny vroeg wakker. Er was nog veel te doen. De boom moest worden opgetuigd, de tafel in de salon moest gedekt en er moesten gemberkoekjes worden gebakken.

Op de boerderij van buurman Simola waren in het najaar varkens geslacht, en boer Simola had de dominee en zijn gezin een varkensbout gegeven als kerstcadeau. Aina had die de voorgaande dag al gebraden.

Viktor had vroeg in de ochtend een kerstboom naar de salon gebracht. Jenny versierde die met zilverkleurige linten en kettingen van wit papier. De kaarsjes zou ze 's avonds pas aansteken. Viktor had een grote ster van zilverpapier in de top bevestigd. Ze zouden het kerstmaal in de salon nuttigen, en Jenny begon de tafel te dekken.

Ze spreidde het mooiste linnen tafelkleed uit op de tafel en hing rode linten van zijde aan de kroonluchter die erboven hing. Het Engelse porseleinen servies, met een winterlandschapsmotief, had ze van haar moeder geërfd. Ze legde het tafelzilver ernaast, dat dienstmeid Maiju de voorgaande week al had opgepoetst. Jenny vouwde mooie lelies van de servetten en zette zilveren kandelaars in het midden van de tafel. Tevreden keek ze naar het resultaat van haar werk.

Aina en Viktor waren al naar hun eigen huisje teruggekeerd om de kerst te vieren. Jenny redde zich ook wel in haar eentje met het opdienen van de gerechten. Viktor had het paard Virkku en de koe Orvokki wat lekkers gebracht, en de stalkatten hadden melk gekregen. Jenny had haverschoven in de appelbomen gehangen voor de vogels.

Ze liep naar de keuken om koffie te zetten, stak de kaars aan die op tafel stond en ging zitten om in alle rust van haar ochtendkoffie te genieten. Dromerig keek ze uit het raam. De duisternis had een blauwe gloed en de sneeuw glansde in de maneschijn. Een hazenstelletje sprong rond in de tuin en knabbelde van de haverschoof aan de driepoot. Toen de dieren klaar waren met eten, verdwenen ze achter elkaar aan achter de schuur. Jenny's gemoed vulde zich met een vredig kerstgevoel. Ze nam een hap dadelcake, nam een slok koffie en kon niet verhinderen dat ze begon te mijmeren. Waar zou Fredrik Barker op dit moment mee bezig zijn? Waarschijnlijk lag hij in een zijden pyjama in zijn hemelbed te slapen. Ze glimlachte, gooide het koffiedik in de vuilnisemmer en ging aan het werk.

Tante Loviisa sliep lang uit en kwam rond negen uur de eetkamer binnen om koffie te drinken met de dominee. Ze droeg een zwarte wollen rok, een jasje en een grijze wollen omslagdoek. Op haar hoofd had ze een wit mutsje dat versierd was met wit kant. Ze keek met een ontevreden gezicht om zich heen. 'Het is de dag voor kerst. Jenny, waarom heb je er niet voor gezorgd dat de ramen gelapt zijn? Ik kan duidelijk zien dat dat niet gebeurd is.' Ze richtte haar blik op de vloer. 'En dan deze kleden. Zijn die wel uitgeklopt?'

Jenny schonk haar koffie in en keek haar geduldig aan. 'Jawel hoor, tante. De ramen zijn in het najaar gelapt en Maiju heeft de kleden vorige week uitgeklopt. Alles is zo'n beetje klaar.'

'Maar die ramen zijn vies! Die hadden nogmaals gewassen moeten worden!'

De dominee schraapte zijn keel en legde zijn paplepel op zijn bord. 'Ik ben van mening dat Jenny, Aina en Maiju uitstekend werk hebben verricht. We kunnen nu welgemoed tot rust komen en Kerstmis vieren. Ik ga na het ontbijt een aantal zieken bezoeken. Jenny kan jou in de tussentijd vast wel gezelschap houden, lieve zus.'

Jenny besefte dat hij het gesprek een andere wending wilde geven en keek haar vader dankbaar aan. 'Uiteraard. Ik kan tante misschien voorlezen in de studeerkamer. En we zouden kerstliedjes kunnen zingen.'

Tante Loviisa trok haar neus op. 'Ik zing geen kerstliedjes.'

'Of hymnen, dat kan ook,' zei Jenny op verzoenende toon, en in gedachten telde ze langzaam tot tien.

In de studeerkamer las Jenny hardop voor uit *Fänrik Ståls sägner*, de verhalen van vaandrig Stål, de gedichtenbundel van J.L. Runeberg over de Finse Oorlog van 1808-1809, totdat haar tante begon te knikkebollen. Loviisa ging maar wat graag in op Jenny's voorstel om een middagdutje te doen. Jenny juichte inwendig toen haar tante zich geeuwend terugtrok in haar kamer. Ze wilde nog bij de families Wahlroos en Lehtonen langsgaan om de kinderen snoepgoed te geven, en Maiju een lap linnen. Aina en zij hadden de karamelsnoepjes zelf gemaakt, van suiker en boter, en ze in goudpapier gewikkeld.

De oude boer Simola liep op het erf in zijn lappenschoenen. Zijn bontmuts stond scheef op zijn hoofd. Hij was op weg naar de sauna om die op te warmen toen Jenny het erf op stapte. De boer riep dat Maiju bij de put was om water te halen. Jenny bedankte hem nogmaals voor de varkensbout.

'Graag gedaan, hoor!' riep hij terug. 'Tuurlijk moet het gezin van de dominee een varkensbout hebben. Het was nog een goedmoedig dier ook. Zalig kerstfeest!'

Een zalig kerstfeest wenste Jenny hem eveneens; ze zwaaide en begaf zich toen naar de put, waar Maiju net bezig was een emmer omhoog te halen. Jenny liep naar haar toe om te helpen.

Maiju probeerde dat te beletten. 'Dat hoeft niet, mevrouw. Ik kan het wel alleen. U maakt alleen maar uw kleren vies.' Ze tilde een emmer water omhoog en zette die op de grond.

'Zalig kerstfeest, Maiju. Ik heb een cadeautje voor je meegebracht. Maar je mag het vanavond pas openmaken.'

Maiju keek stomverbaasd naar het pakje. 'Voor mij? Maar ik heb... Ik hoor toch geen...' Ze barstte in tranen uit.

Jenny omhelsde de jonge vrouw. 'Wat krijgen we nu, Maiju? Zo verdrietig is dat toch niet? Het is maar een cadeautje,' zei ze lachend.

'Daar is het niet om, het is van geluk!' Maiju droogde haar ogen. 'Heel erg bedankt, mevrouw.' Ze maakte een knicksje en nam het pakje voorzichtig aan.

'Zalig kerstfeest dan maar, Maiju. Ik ga nu door naar de familie Wahlroos.'

Maiju keek nog steeds overweldigd. Toen ineens liet ze een brede glimlach zien. 'Een zalige kerst, mevrouw Malmström, en Gods zegen!'

Goedgeluimd liep Jenny verder. Ze had Maiju zo'n groot plezier gedaan.

Het was een behoorlijke klim naar de top van de Kuuvuori, en Jenny hijgde. Ze had gehoord dat Kaisa Wahlroos nog steeds bedlegerig was, maar de ziekte was gelukkig niet verder gevorderd. Wahlroos zelf had werk kunnen krijgen op de nabijgelegen boerderij van Frants.

De kinderen Wahlroos waren buiten aan het spelen met die van buurman Lehtonen. Ze jaagden op ratten. De gezondheidscommissie betaalde een kleine premie voor iedere staart. Tot haar opluchting zag ze dat de kinderen in elk geval iets van schoeisel droegen: het merendeel lappenschoenen, en de oudsten zelfs schoenen van leer. Die waren weliswaar versleten, maar toch.

Toen ze Jenny bij het hek zag staan, renden de kinderen op haar af. 'Mevrouw Malmström is er!' Lachend rommelde ze in haar tas. 'Goedendag, kinderen. Ik heb wat snoepgoed voor jullie meegebracht, voor de kerst. Als jullie op leeftijdsvolgorde in de rij gaan staan, de jongste voorop en de oudste achteraan, dan krijgt iedereen een zakje snoep.'

De eerste in de rij was Aapo Wahlroos, een ferm knaapje van pas drie jaar oud, en helemaal achteraan stond Juho, de oudste zoon van boer Lehtonen. Iedereen wachtte braaf op zijn of haar beurt. Vol medelijden keek Jenny naar de vieze en voddige kleren van de kinderen. Maar de kinderen leken er zelf geen last van te hebben. Ze glimlachten blij toen Jenny elk van hen een papieren zakje gaf en een zalig kerstfeest wenste. 'Jullie mogen de snoepjes meteen opeten, maar je hebt er langer iets aan als je er zachtjes op zuigt.'

De kinderen keken met fonkelende ogen naar hun snoepzakjes, alsof het om een kerstwonder ging. Aapo verstopte dat van hem meteen onder zijn trui, zodat de oudere kinderen het niet konden afpakken. Samen met de andere jongens rende hij de helling af; zijn smerige muts wiebelde op zijn hoofd. Droefgeestig keek Jenny hem na. Mikael zou nu ongeveer van Aapo's leeftijd zijn geweest, als hij had mogen leven. En er kwamen nog andere dingen naar boven waar ze nu niet aan wilde denken.

Glimlachend draaide ze zich om naar Martta, en ze verborg haar verdriet. Het meisje droeg een opgelapte jurk, de oude, te grote schoenen van haar moeder en een geruite omslagdoek waar een groot gat in zat. Jenny had nog één zakje om weg te geven. 'Martta, hier zitten gedroogde pruimen in. Ik zag ze bij de kruidenier liggen. Als je ze in water kookt en met gort mengt, krijg je een lekkere pap. Jullie hebben vast nog wel wat over van de gort die ik vorige week heb meegebracht.'

Martta maakte een knicksje en pakte het zakje aan. 'Ja, mevrouw Malmström.' Ze glimlachte dankbaar. 'Heel erg bedankt en een zalig kerstfeest voor u en de dominee.'

Jenny wist dat dit waarschijnlijk het enige was wat het gezin met de kerst zou eten. 'Groet je moeder en vader van mij en wens hun een zalig kerstfeest toe. Ik ga ditmaal niet naar binnen. Er moet nog veel gedaan worden thuis.'

'Dat zal ik doen, mevrouw Malmström. Tot ziens!'

Jenny zwaaide naar de kinderen en ging toen weer op weg naar huis. Er was nog veel te doen, en het begon al te schemeren.

Tante Loviisa sliep nog steeds toen Jenny bij de pastorie aankwam, maar vader was al terug van zijn ziekenbezoeken. Hij zat in de studeerkamer met een vergrootglas zijn verzameling insecten te bekijken, die hij in een oude sigarenkist bewaarde. De dominee keek over zijn leesbril naar zijn dochter. 'Daar hebben we Jenny. Waar ben je geweest?'

Jenny pakte een wit schort van de kapstok en trok dat aan. 'Ik ben bij de Simola's geweest om Maiju een pakje te geven, en ik heb snoepgoed naar de kinderen van Wahlroos en Lehtonen gebracht. Ze wensen ons allemaal een zalig kerstfeest.'

De dominee lachte en legde de gouden tor die hij met een pincet vasthield terug in de sigarenkist. 'Dat zijn flinke bengels, vooral die jongens van Lehtonen. Gaat het al wat beter met Kaisa Wahlroos?'

'Ik had geen tijd om bij haar op bezoek te gaan, maar vorige week was ze in elk geval een stuk beter. Maar ik moet nu snel met de kerstmaaltijd aan de slag. Houdt u tante Loviisa gezelschap wanneer ze wakker wordt. Ik kan de koffie hier in de studeerkamer serveren.'

De dominee was inmiddels weer zodanig verdiept in zijn insectenboek dat hij niet hoorde wat Jenny zei. Hij richtte zijn blik op en staarde voor zich uit. 'Die Darwin kon weleens gelijk hebben.'

Jenny schudde glimlachend het hoofd en ging naar de keuken.

Daar pakte ze het oude kookboek van haar moeder uit de kast; het was al versleten door het intensieve gebruik, en de hoeken van de kaft waren afgerond. Er vielen losse blaadjes tussen de bladzijden vandaan, waar moeder in haar krullerige handschrift recepten op had geschreven die ze van anderen had gekregen. Het boek was een van Jenny's dierbaarste bezittingen en ze koesterde het als een schat. Ze bladerde erin en zocht het recept van moeders beroemde koolraapschotel. Vader wilde dat ze die ieder jaar met de kerst maakte. Het was een ongelofelijk lekker gerecht; het geheim was dat je veel boter en room moest toevoegen. Op de achterkant van moeders kookboek stond het recept van oma's gemberkoekjes genoteerd.

Jenny had al een bakplaat met gemberkoekjes gebakken en net de koolraapschotel in de oven gezet toen ze de stem van tante Loviisa in de studeerkamer kon horen. Het was al donker buiten. De koffie stond klaar onder de theemuts en ze bracht de pot samen met wat koekjes naar de kamer.

Tante Loviisa zat naast haar broer op de bank. 'Zo, daar ben je dan eindelijk, Jenny. Je vader zei dat je in de keuken eten stond te koken. Ik kan echt niet begrijpen waarom je dat niet aan de bediende overlaat. Je bent toch zeker de dochter van een dominee.'

'Ach, dat is toch helemaal geen moeite.' Jenny zette het dienblad op de salontafel. 'Aina en ik hadden alles al voorbereid. We wilden dat Aina en Viktor op tijd naar huis konden. Het is maar één keer per jaar kerst, tante Loviisa.'

Haar tante keek ontevreden. 'Ja, ja. Maar jij moet om die reden niet gedwongen worden te zwoegen.'

Wat Jenny betreft was het onderwerp afgehandeld, en ze knikte. 'Geniet van de koffie, vader en tante. Ik moet nog wat doen in de keuken, maar ik denk dat alles tegen vijf uur klaar is.'

Ze ging haar zondagse kleren aantrekken en dekte daarna de tafel in de salon. De kerstboom zag er prachtig uit, zo tussen de roedenvensters. Toen ze de kaarsjes aanstak, leek het wel of de spar tot leven kwam.

Jenny bleef even staan om de gedekte tafel te bewonderen. Aan het ene uiteinde stonden de gekookte aardappelen te dampen in een schaal. Er was sla, roomkaas, geloogde vis en kerstworst. De varkensbout stond midden op de tafel. Ze had de poot met goudpapier versierd. De wortelschotel en koolraapschotel werden in bruine stenen schalen geserveerd, en er hing een heerlijke kerstachtige geur in de salon. Als toetje was er rijstepap en pruimenbrij. Orvokki stond droog, dus die gaf geen melk, maar Viktor had room kunnen kopen bij de boerderij van Simola en daar had Jenny slagroom van geklopt om bij de pruimenbrij en de rijstepap te serveren. Bij het eten werd moutdrank gedronken.

Nadat ze de kaarsen op tafel had aangestoken, ging Jenny haar vader en haar tante halen. Ook zij hadden zich omgekleed en hun zondagse kleren aangetrokken. De dominee pakte de dikke familiebijbel van de commode. Op de titelpagina waren de verbleekte aantekeningen van Jenny's voorvaderen te lezen; iedere geboorte in de familie, ieder huwelijk en overlijden was in een keurig handschrift genoteerd. Vader opende de bijbel met een plechtig gebaar en begon staand het kerstevangelie voor te lezen. Jenny en haar tante luisterden in stilte. De dominee las met zijn kalme stem de eeuwenoude tekst voor die Jenny en tante Loviisa uit hun hoofd kenden.

'En het geschiedde in die dagen, dat er een bevel uitging vanwege keizer Augustus, dat het gehele rijk moest worden ingeschreven...'

Jenny dacht terug aan al die keren dat vader het kerstevangelie had voorgelezen. Dat deed hij ieder jaar. Ze bogen het hoofd, vouwden hun handen en spraken het tafelgebed uit.

Het eten smaakte goed. Zelfs tante Loviisa genoot in alle stilte van de maaltijd. Jenny keek naar haar vader en haar tante; hun gezichten oogden zo vriendelijk in het licht van de kaarsen. Dit hier was haar familie. Anderen had ze niet. Ze voelde zich heel even bedroefd, maar schudde het verdriet toen van zich af. Het was kerst nu, en ze was dankbaar voor alles wat ze hadden. Ze dacht met medelijden aan het gezin Wahlroos. Maar in elk geval hadden ze ook daar pap en pruimenbrij bij de kerstdis.

Nadat hij twee borden had leeggegeten, leunde de dominee tevreden naar achteren, en met een ondeugende blik keek hij beide vrouwen aan. 'Luister eens, dames, ik heb een verrassing voor jullie.'

Jenny keek verbaasd naar haar vader. Wat had hij nu weer bedacht?

De dominee haalde een fles tevoorschijn die hij onder de tafel had verstopt. 'Het is me gelukt om via doctor Pinello aan uitmuntende Italiaanse wijn te komen. Laten we toosten op onze gezondheid.'

Tante Loviisa slaakte verheugd een gilletje en reikte haar broer haar glas aan. 'Italiaanse wijn! Nou goed, dan neem ik één glaasje, ter ere van Kerstmis.'

De dominee schonk in en ze lieten de glazen klinken. 'Zalig kerstfeest!'

De ogen van tante Loviisa fonkelden. Jenny keek er verbaasd naar. Haar tante oogde zowaar gelukkig.

Na het eten trokken ze zich terug in de studeerkamer om glühwein te drinken, en ook was het nu tijd om de pakjes te verdelen. Jenny had een mooie nieuwe pijp gekocht voor haar vader, en de duurste pijptabak die ze in de fabriekswinkel van Rettig had kunnen vinden. Bovendien had ze dikke grijze wollen sokken voor hem gebreid. Vader nam alles tevreden in ontvangst en stak meteen zijn nieuwe pijp op.

Voor haar tante had Jenny de *Verzamelde gedichten* van Runeberg gekocht bij de boekhandel van Frenckell. Tante pakte het boek uit en oogde verheugd. 'Gelukkig heb je voor Runeberg gekozen. Ik kan die nieuwe dichters van tegenwoordig niet uitstaan, die schrijven veel te vrijzinnig.' Tante schudde zo hard met haar hoofd dat haar kanten mutsje ervan wiebelde, en afkerig tuitte ze haar mond. 'Ik begrijp niet dat dergelijke troep wordt uitgegeven.'

Vervolgens was het Jenny's beurt om haar pakjes te openen. Het eerste geschenk was van vader, en Jenny slaakte een gilletje van vreugde. Het was een boek over de Egyptische piramiden. 'Vader, u hebt eraan gedacht! Ik ben bij Frenkell geweest om naar boeken over egyptologie te zoeken, maar daar hadden ze niets. Waar hebt u dit gevonden?'

De dominee liet een brede glimlach zien. 'Ik heb het via Frenkell in Helsinki kunnen bestellen. Het kostte enige moeite, maar ik wist dat het precies het juiste geschenk was voor jou.'

Jenny bekeek het boek vol bewondering en maakte toen het groene fluwelen doosje open dat ze van haar tante had gekregen. Er zat een gouden armband in waarin haar initialen waren gegraveerd. Het was vast en zeker heel waardevol. Jenny deed de armband om en keek er ontroerd naar. Ze omhelsde haar tante. 'Maar tante Loviisa toch. Dit is geweldig mooi. Het was echt niet nodig me zo'n waardevol geschenk te geven. Dank u zeer.'

Bij wijze van uitzondering kwam er een glimlach over tantes gezicht. 'Alsjeblieft, Jenny. Ik wilde je iets moois geven, want vergeet niet dat je een jonge vrouw bent die haar hele leven nog voor zich heeft. Je moet je nog niet terugtrekken uit het volle leven en je als een kluizenaar opsluiten, zoals je vader en ik hebben gedaan. Ga naar dansfeesten en naar het theater en geniet van het leven. Ik ben misschien streng voor je geweest, maar vergeet niet dat ik alles alleen uit liefde heb gedaan.' Ze kneep in Jenny's hand; haar ogen glansden.

Jenny keek verbaasd naar haar tante. Had die te veel rode wijn gedronken?

'Tjonge, dank u. U bent mij ook dierbaar.'

Ze verontschuldigde zich en zei dat ze naar haar kamer ging om het boek te lezen dat ze van haar vader had gekregen. Ze wilde de pakjes van Kosti Vanhanen en Fredrik Barker in alle rust openen, omdat ze niet wilde dat haar tante enthousiast zou denken dat ze aanbidders had. Ze omhelsde haar vader en wenste beiden nogmaals een zalig kerstfeest.

Vader en tante bleven in de studeerkamer om van de kerstsfeer te genieten. De dominee zat in zijn schommelstoel en rookte bij het licht van de kaarsen zijn nieuwe pijp; zijn oudere zus las ondertussen voor uit de gedichtenbundel van Runeberg met haar oude, zeurende stem. Hyrry zocht een goed plekje op een hoekje van de bank, rolde zich op en viel in slaap.

Jenny liep naar de salon om de kaarsjes in de kerstboom uit te blazen; ze durfde die niet de hele nacht te laten branden. Het eten liet ze op tafel staan – voor de huisgeest. Dat was een oude gewoonte. En wellicht kwam ze zelf ook nog een hapje nemen, want ze was van plan de hele nacht te lezen.

Ze haastte zich naar haar kamer en haalde vol ongeduld de twee pakjes onder haar bed vandaan. Als eerste maakte ze dat van Kosti Vanhanen open; er zat een boek in van Zacharias Topelius, *Vanha kaunis Suomi*, het mooie oude Finland. Ze bladerde erin. Het leek haar een interessant werk. De Finse landschappen – een soort bestuurlijke districten – werden erin gepresenteerd, en het bevatte ook afbeeldingen. Jenny dacht met warmte aan Vanhanen.

Als laatste opende ze met ietwat trillende handen het pakje dat ze van Fredrik Barker had gekregen. Er zat een prachtig gebonden boek in met op de kaft de tekst *Ibsen: Nora*. Ze had nog nooit van Ibsen gehoord. Verwonderd liet ze het boek door haar handen gaan. Waarom had hij een boek voor haar gekocht? Probeerde hij de indruk te wekken dat hij in haar geïnteresseerd was? Ze bloosde toen ze terugdacht aan zijn verhitte kussen.

Ze waste zich snel, trok haar nachtjapon aan, zette de olielamp op haar nachtkastje en dook met het boek onder de dekens. Uit het laatje van haar nachtkastje haalde ze een klein goudkleurig doosje bonbons dat ze speciaal voor dit moment bij de konditorei van Augusta Wiberg had gekocht. Wat kon er fijner zijn dan in de kerstnacht wakker blijven, een boek lezen en chocolade eten? Ze stak een bonbon met een nootje erop in haar mond, slaakte een gelukzalige zucht en begon in het boek van Fredrik te lezen. Al snel was ze helemaal in de ban ervan, en de tijd vervloog.

Nora was een toneelstuk dat tijdens de kerstdagen speelde. De hoofdpersoon, Nora, was moeder van drie kinderen en getrouwd met advocaat Torvald Helmer. In een tijdsbestek van drie dagen komt een keuze die Nora in het verleden heeft gemaakt onverwacht aan het licht. Torvald beschouwde haar als zijn mooie popperige echtgenote wier doen en laten hij kon sturen, maar uiteindelijk weigerde Nora daar nog langer in mee te gaan; ze concludeerde dat ze een zelfstandig denkend individu was, met een eigen wil en eigen krachten. Het luchtkasteel van Torvald stortte in. Aan het eind verliet Nora haar gezin.

Jenny las het boek in één keer uit. Opgewonden legde ze het aan de kant. Wat schreef Ibsen prachtig over de positie van de vrouw, en wat een moedige – maar anderzijds ook wrede – beslissing maakte Nora uiteindelijk. Maar was het juist wat ze deed? Jenny had heel graag met iemand over het boek willen praten, maar ze wist dat het zelfs voor haar vader te radicaal zou zijn. Zou Fredrik Barker het hebben gelezen?

De klok in de salon sloeg viermaal, en Jenny schrok op. Het had geen zin om nog te gaan slapen, want over een paar uur zouden ze naar de kerstmis in de kerk gaan. Ze rekte zich uit, stond op, deed haar peignoir aan over haar nachtjapon en trok wollen sokken aan. Geruisloos glipte ze naar de salon, om te voorkomen dat ze de anderen zou wekken. Onderweg struikelde ze bijna over Hyrry, die uit het niets tussen haar voeten opdook. Jenny schrok en sloeg een hand voor haar mond om vooral niet hardop te giechelen. 'Kom, Hyrry, we gaan varkensbout eten,' fluisterde ze.

De kat miauwde en volgde haar naar de salon.

Terwijl ze bij kaarslicht stukjes varkensbout aan de kat voerde, vroeg ze zich af waarom Fredrik Barker haar uitgerekend dat boek had gegeven. Wat wilde hij daarmee zeggen? Keurde hij Nora's beslissing goed of nam hij er aanstoot aan? Durfde ze hem dat eigenlijk wel te vragen?

12

Tante Loviisa vereerde de pastorie van Kaarina nog twee weken met haar bezoek en wist Jenny's geduld tot het uiterste te beproeven. Na de kerst werd tante weer haar oude zelf en mopperde ze iedere dag opnieuw over iets anders. Jenny en de dominee zochten hun toevlucht in hun werk, maar 's avonds zaten ze samen met tante Loviisa in de studeerkamer om kranten en boeken te lezen en over de toestand in de wereld te praten.

Jenny had Kosti Vanhanen een bedankbriefje gestuurd, maar het lukte haar niet er eentje aan Fredrik Barker te schrijven. Ze wist niet zeker wat hij met zijn geschenk wilde zeggen. Dat kon ze hem misschien vragen als ze elkaar een keertje tegenkwamen. Maar wilde ze hem wel tegenkomen? Ze had zeer gemengde gevoelens. Het kon zijn dat ze zich tot hem aangetrokken voelde, maar hun waarden kwamen hoe dan ook van twee verschillende planeten. Anderzijds had Fredrik ermee ingestemd woningen voor zijn arbeiders te bouwen, maar als hij dat alleen omwille van haar had gedaan, kon dat niet als een verdienste worden beschouwd.

Een paar dagen na het versturen van de bedankbrief kwam Kosti Vanhanen op bezoek in de pastorie. Hij bracht een fles cognac mee voor de dominee.

Ze dronken koffie in de salon. De dominee schonk cognac in voor de heren en de dames kregen een glaasje van de kersenlikeur die Aina in het najaar had gemaakt.

Kosti Vanhanen was aangenaam gezelschap en informeerde ook bij tante Loviisa naar de laatste nieuwtjes over haar woonplaats Naantali.

Na de koffie las de heer Vanhanen voor uit het boek van Topelius dat hij Jenny had geschonken. 'Luistert u eens, mevrouw Helin, wat Topelius over Naantali schrijft: "In de zomer is soms de rook van een stoomschip te zien; ss Runsala of een van zijn opvolgers brengt plezierreizigers mee uit Turku, die hier volop genieten van het gevoel op het platteland te verkeren, precies zoals inwoners van Sint-Petersburg dat in Helsinki doen."'

Hij hief zijn blik van het boek en glimlachte tegen tante Loviisa. 'Is dat niet op ongeëvenaarde wijze uitgedrukt?'

Tante gaf hem tevreden gelijk en keek hem met fonkelende ogen aan.

's Middags reed Kosti met Viktor mee terug naar Turku; bij het afscheid wenste hij iedereen een goed nieuwjaar. Hij keek Jenny veelbetekenend aan terwijl hij haar een hand gaf in de gang. 'Ik hoop werkelijk dat ik u in het komende jaar zo vaak mogelijk mag ontmoeten.'

'Dank u, meneer Vanhanen,' reageerde Jenny verlegen.

Toen hij was vertrokken, wendde tante Loviisa zich enthousiast tot Jenny. 'Wat een charmante heer. Hij heeft duidelijk een oogje op je, Jenny! Ik zag hoe hij naar je keek. Je vader vertelde dat hij docent en krantenman is.' Tante klopte met haar wandelstok op de vloer. 'Je moet nu actie ondernemen en met die man trouwen. Een betere gelegenheid komt er misschien niet meer! Neem mijn advies ter harte: probeer deze meneer Vanhanen zo vaak mogelijk te ontmoeten en gedraag je dan plezierig. En vertel hem in geen geval over die absurde gedachten van je.'

'Ja, tante Loviisa. Natuurlijk zal ik dat niet doen, tante Loviisa.' Jenny probeerde haar gezicht in de plooi te houden.

Na Driekoningen kondigde tante eindelijk aan dat ze terugkeerde naar Naantali. Dat was voor iedereen een opluchting. Virkku werd voor de slee gespannen zodat Viktor tante naar huis kon brengen. De reis zou een halve dag duren en ze kregen proviand mee voor onderweg.

Jenny en de dominee stonden op de buitentrap om hen uit te zwaaien.

Tante Loviisa zwaaide vanonder de schapenvacht toen de slee met een rukje in beweging kwam. 'Vaarwel, en vergeet niet om me te schrijven. Ik ben jullie enige verwante!'

Ze zwaaiden totdat de slee achter de kerk verdween. De dominee en Jenny wierpen elkaar een blik toe en slaakten een zucht. Ze wisten allebei wat de ander dacht.

Januari liep ten einde. Het vuur knisperde huiselijk in de tegelkachel. Jenny zat in de leunstoel en was bezig oude sokken te stoppen. De dominee, die in zijn schommelstoel een brief las, riep ineens uit: 'Luister nou eens, dochterlief. Er is fijn nieuws: de nieuwe predikant van de parochie van Maaria, Ivar Tallgren, is nu eindelijk samen met zijn gezin in de pastorie van Maaria getrokken. Hij nodigt ons vriendelijk uit om komende vrijdag op visite te komen.'

Jenny keek op van haar stopwerkje. 'Wat fijn dat de pastorie van Maaria nu eindelijk bewoond gaat worden. Die staat al zo lang leeg. Weet u al meer over dit gezin Tallgren?'

De dominee stak zijn pijp op en duwde met zijn voet zijn schommelstoel aan. 'Als ik het me goed herinner komen ze uit de provincie Pohjanmaa, maar Ivar Tallgren was voorheen predikant in de gemeente Ruovesi. Naar het schijnt is zijn vrouw Maria bijzonder actief op maatschappelijk vlak en heeft ze een brede interesse. Ik denk dat jullie twee veel gemeenschappelijk hebben. En ze hebben jonge kinderen.'

De parochie van Maaria lag op de andere oever van de Aurajoki, niet ver van de parochie van Kaarina. De middeleeuwse kerk van Maaria was vanuit de tuin van de middeleeuwse kerk van Kaarina te zien. Vanuit beide tuinen had je zicht op de toren van de Domkerk van Turku. Hemelsbreed bedroeg de afstand tussen de parochies slechts een paar wersten, maar met de slee moest je helemaal via de brug in Halinen de Aurajoki oversteken. Toch was het ook dan nog steeds geen lange rit. De dominees van Maaria en Kaarina werkten van oudsher veel samen, omdat hun parochies zo dicht bij elkaar lagen. Jenny keek ernaar uit haar nieuwe buren te ontmoeten.

De pastorie van Maaria lag direct naast de kerk. Dominee Stenroos leidde de slee zelf toen ze het gesloten erf van de pastorie op draaiden. Het gebouw had twee woonlagen en was met geel pleisterwerk afgewerkt. De knecht kwam naar hen toe om zich over Virkku te ontfermen terwijl vader en dochter uitstapten; de gastheer en zijn gezin stonden hen bij de deur op te wachten. Ivar Tallgren was een man van middelbare leeftijd, lang en knap en met donkere ogen, en zijn vrouw was klein, sierlijk en eveneens donkerharig. Haar ogen fonkelden vrolijk toen ze haar gasten begroette.

'Hartelijk welkom in de pastorie van Maaria! Kom snel binnen om op te warmen. We gaan naar de salon om iets warms te eten en te drinken.'

Vier kinderen blikten nieuwsgierig achter hun ouders vandaan. Ook zij gaven de gasten verlegen een hand. De twee oudste jongens heetten Oiva en Kaarlo, daarna kwam hun zusje Aili en tot slot hun broertje Mikko, die schuchter de rok van zijn moeder vasthield en zijn blik niet omhoog durfde te richten. Mevrouw Tallgren vertelde dat het jongste kind, Anna-Maria, al naar bed was.

Predikant Tallgren voerde hen mee naar een gezellige salon. In de rijkelijk gedecoreerde tegelkachel brandde een vuurtje, en de tafel die ervoor stond was gedekt.

'Komt u dicht bij de kachel zitten, hier is het warm,' zei mevrouw Tallgren gebarend. Ivar Tallgren ging naast dominee Stenroos zitten, Jenny en de gastvrouw namen tegenover hen plaats. Mevrouw Tallgren stuurde de kinderen naar de kinderkamer, waar hun juffrouw al zat te wachten, zodat de volwassenen in alle rust konden praten.

Ivar Tallgren hief het glas. 'Zoals mijn vrouw al zei: hartelijk welkom in de pastorie van Maaria. Het is heel fijn dat u bij ons op bezoek bent. We hebben al veel goeds gehoord over de dominee van Kaarina en zijn dochter, en we hopen dat we goede vrienden worden en kunnen samenwerken ten bate van onze parochies. Laten we dus het glas heffen op onze nieuwe vriendschap.' Jenny en dominee Stenroos beantwoordden het gebaar met een glimlach en hielden hun glas omhoog. 'Het genoegen is geheel aan onze kant. We waren bijzonder verheugd over uw uitnodiging,' zei de dominee. 'Het is een vreugde om met u kennis te maken. *Skål* op onze nieuwe vriendschap!'

De avond werd een succes. De kok van de pastorie had een uitmuntende maaltijd bereid. Als voorgerecht kregen ze gerookte witvis en aspic van varkenskopvlees, en zoals de dominee al had verwacht, bleken Jenny en mevrouw Tallgren veel gemeenschappelijk te hebben.

De gastvrouw vertelde dat ze in de stad Raahe Gustava Ekströms matressenschool voor meisjes had bezocht en dat ze dol was op lezen. Dromerig zei ze: 'Als ik toch altijd alleen maar zou mogen lezen, en nooit iets anders hoefde te doen, dan zou mijn aardse geluk compleet zijn.'

Ze had na de matressenschool de onderwijsopleiding in Jyväskylä willen gaan doen, maar haar vader had daar geen toestemming voor gegeven. De heer Montin had zijn zoons een school laten bezoeken, maar voor meisjes was het voldoende dat ze konden koken, de was konden doen en voor het huishouden konden zorgen. Jenny merkte al snel dat de echtgenote van de nieuwe predikant een intelligente, beschaafde en idealistische vrouw was, die zich vol vuur voor haar vaderland wilde inzetten, de positie van de vrouw wilde verbeteren en de armen wilde helpen. Jenny had haar zielsverwante gevonden en luisterde met fonkelende ogen naar haar gastvrouw.

Dominee Stenroos was eveneens in een gesprek verdiept; Ivar Tallgren en hij hadden heel wat te bespreken als het om hun parochies ging. Jenny vertelde over de Educatiekring van doctor Pinello, en zowel predikant Tallgren als zijn vrouw wilde zich daar meteen bij aansluiten. Mevrouw Tallgren bracht naar voren dat er in Raahe een leeskring voor vrouwen was geweest die werken van Franzén, Runeberg en Topelius had gelezen. Jenny raadde haar aan zich bij de Damesvereniging aan te sluiten.

Na het voorgerecht kwam het dienstmeisje de borden halen, en mevrouw Tallgren hielp haar om het hoofdgerecht op tafel te zetten. De schalen en kommen bevatten elandgebraad, champignons in roomsaus, erwten, aardappelen en jam van rode bosbessen.

Jenny wendde zich tot de gastvrouw. 'Vertelt u eens, hebt u weleens werken van Minna Canth gelezen, een auteur uit Kuopio die over de vrouwenbeweging schrijft?

Mevrouw Tallgren knikte. 'Ik heb *Työmiehen vaimo* gelezen, oftewel de vrouw van de arbeider. Dat is echt een schokkend verhaal. Wat een onrecht valt vrouwen toch ten deel doordat onze positie zo zwak is en sommige mannen daar meedogenloos misbruik van maken.'

Jenny begon bezield te raken. 'Ik heb recentelijk haar novelle *Hanna* gelezen. De droom van een jong meisje om te gaan studeren strandt wanneer ze in het huwelijk treedt, waardoor ze geestelijk helemaal verstart.'

Verbolgen sneed mevrouw Tallgren de aardappelen op haar bord fijn. 'Gelijkberechtiging kan het best worden bereikt door meisjes een opleiding te geven. Dat is echt van wezenlijk belang! Meisjes moeten de mogelijkheid krijgen om tot oordeelkundige, gelijkwaardige vrouwen op te groeien, bevrijd van de ketenen van domme vooroordelen.'

Ze praatten langdurig over literatuur, en toen Jenny aangaf dat ze door een lezing van de Educatiekring geïnteresseerd was geraakt in egyptologie, reageerde mevrouw Tallgren heel enthousiast. 'Mevrouw Malmström, ik begrijp u zo goed! In Raahe was ik zaakwaarnemer van de Oudheidkundige Vereniging. Ik hield gesprekken met ouderen over de oorlogstijd in Finland, verzamelde archeologische vondsten en streekverhalen. Ik was zeer verheugd toen ik hoorde dat we naar Turku zouden verhuizen. Deze streek is de bakermat van onze beschaving en ons kerkelijk leven. Hier is het allemaal gebeurd. Ook deze kerk van Maaria is al honderden jaren oud. Weet u toevallig of er hier in de buurt nog meer oudheidkundige monumenten zijn?'

Dominee Stenroos veegde zijn mond af aan zijn servet en schepte nog wat elandgebraad op. 'Nu u ernaar vraagt, mevrouw Tallgren, schiet me te binnen dat de boerderij van Koroinen hier in de buurt ligt. De oude boer Matti heeft verteld dat de ploeg op zijn beste akker, op de landtong waar de Aurajoki en de Vähäjoki samenkomen, stenen omhoog heeft gewoeld waar schrifttekens op staan. Op die landtong liggen ook grote stenen die eruitzien alsof ze het fundament van een groot gebouw hebben gevormd, maar niemand weet of herinnert zich wat voor gebouw dat is geweest.'

'Hoor je dat, Ivar?' Mevrouw Tallgren sloeg haar handen tegen elkaar van enthousiasme. 'Ik moet bij de eerstvolgende gelegenheid met boer Koroinen spreken, en zodra de sneeuw smelt ga ik die plek op de landtong bekijken. Ik ken rijksarcheoloog J.R. Aspelin persoonlijk en kan hem schrijven als dat nodig blijkt.'

Ivar Tallgren glimlachte welwillend naar zijn echtgenote. 'Het lijkt erop dat mijn vrouw een nieuwe interesse heeft gevonden, en dat verheugt me zeer. Ik geloof dat we ons heel snel thuis zullen voelen hier in Maaria.'

Mevrouw Tallgren lachte vrolijk. 'Dat geloof ik ook. Maar laten we ons nu naar de zitkamer begeven om het dessert te nuttigen. Het is me gelukt ingemaakte citroenen, Franse kazen en zoute koekjes te vinden bij de kruidenier!'

De rest van de avond stond in het teken van vrolijke gesprekken, en het was al laat toen Jenny en haar vader vermoeid maar voldaan terugkeerden naar de pastorie van Kaarina.

Jenny lag nog lange tijd wakker in haar bed, bij het licht van een kaars, en luisterde naar de muizen die op zolder rondrenden. Hyrry zat met gespitste oren op het bureautje naar het plafond te staren.

Jenny was in extase over de gesprekken die ze met mevrouw Tallgren had gevoerd. Het was verbijsterend om iemand te ontmoeten die bijna net zo over de dingen dacht als zijzelf. De avond was omgevlogen en ze kon zich niet herinneren wanneer ze voor het laatst zo had genoten van een gesprek. Ze was er meer dan ooit van overtuigd dat vrouwen stemrecht moesten krijgen, en het recht om te studeren. Het onrecht in de wereld maakte haar zo kwaad dat ze er niet van kon slapen. Mevrouw Tallgren had haar rebelse neigingen alleen nog maar verder aangewakkerd!

13

De februarizon en de helderwitte voorjaarssneeuw zorgden ervoor dat iedereen in de pastorie van Kaarina goedgeluimd was. Jenny maakte een lange skitocht over de Aurajoki, helemaal tot aan de boerderij van Paaskunta en terug. Ze keerde 's middags hijgend en met rode wangen terug bij de pastorie en begon toen met de voorbereidingen voor het avondmaal. Ze zette haar ski's en skistokken rechtop tegen de muur van de veranda en stampte de sneeuw van haar voeten.

Aina hoorde dat ze eraan kwam en riep: 'Mevrouw, komt u snel de keuken in, er staat heet bessensap op de hoek van het fornuis. Dat smaakt vast. Hebt u onderweg nog bekenden gezien?'

Jenny ging bij de keukentafel zitten om een beker sap te drinken en keek naar Aina, die voor het raam stond en bezig was brooddeeg te kneden. 'Alleen een paar knechten die ijs aan het zagen waren bij de stroomversnelling in Halinen.'

'Dat waren vast de knechten van Komoinen. Gelukkig hebben wij nog genoeg ijs in de kelder. We hebben denk ik niks extra meer nodig deze winter. Maar grote grutten, ik zou het bijna vergeten.' Ze wapperde met haar handen door de lucht. 'Nummelin heeft een brief gebracht voor u. Ik heb de post op de tafel in de studeerkamer gelegd.'

Jenny bedankte voor het sap en ging op zoek naar de brief. Die was van Beata Dahlström afkomstig. Opgetogen ging ze in de leunstoel zitten om hem te lezen.

Beata schreef hoezeer het haar had verheugd Jenny terug te zien. Ze wilde nog een keer afspreken en nodigde Jenny uit om de komende zaterdag mee te gaan naar de schouwburg. Beata had al kaartjes gekocht. Een rondtrekkend theatergezelschap uit Stockholm zou het stuk *Huller om buller* opvoeren, oftewel 'Heksenketel'. Jenny legde de brief neer en glimlachte. Die dierbare Beata toch.

Ze ging naar haar kamer, haalde haar schrijfmateriaal tevoorschijn en schreef Beata dat ze zich zeer verheugde over de uitnodiging en dat ze graag mee zou gaan. Ze stelde voor om een half uur voor de voorstelling in de vestibule van de schouwburg af te spreken.

Het theater van Turku was de trots van de stad. Het was weliswaar een keer afgebrand, maar de renovatie had in een nog glorievoller gebouw geresulteerd.

Ze omhelsden elkaar in de vestibule. Beata droeg een lila kostuum van mousseline, met een hoge opstaande kraag en een lange rok met sleep. Jenny had haar zwarte avondkostuum met de open halslijn aangetrokken, met korte mouwen van chiffon en lange zijden handschoenen. Over haar schouders droeg ze een zwarte omslagdoek met boorden van kant. De gouden armband die ze met de kerst van haar tante had gekregen, pronkte aan haar pols. Nadat ze hun jas bij de bedienden hadden afgegeven, beklommen ze de trap naar het tweede balkon. Ze hadden goede plaatsen, vooraan bij de reling in het midden, van waaraf je zowel het toneelstuk als de toeschouwers beneden goed kon zien. Het theater had een schitterende inrichting. De stoelen hadden zittingen van rood fluweel en de relingen en de wanden van de loges waren verguld. Een prachtige plafondschildering toonde mollige engelen die omgeven door wolken op bazuinen bliezen. In het midden van het plafond hing een gigantische kroonluchter.

Het was koud in het theater, omdat het buiten hard vroor. De tegelkachels slaagden er niet in de hele zaal te verwarmen. Wasem steeg op uit de monden van de toeschouwers en Jenny rilde van de kou. Ze wreef over haar armen en trok de omslagdoek strakker om zich heen.

Een vrolijk geroezemoes vulde het theater terwijl de toeschouwers naar hun plaatsen liepen. Jenny was bezig nieuwtjes uit te wisselen met Beata toen haar blik de loge aan de linkerkant trof. Haar hart bleef bijna stilstaan. Fredrik Barker had plaatsgenomen in de loge, samen met Amanda, de dochter van handelscommandeur Levy. Jenny kende Amanda nog uit haar schooltijd. Ze hadden allebei de meisjesschool van Heurlin bezocht.

Amanda was een mooie coquette die zich weinig had geïnteresseerd voor school. Haar familie was bijzonder rijk. Het was geen wonder dat ze de aandacht van Fredrik Barker had getrokken.

Heel even voelde Jenny bittere teleurstelling, maar tegelijkertijd werd ze kwaad op zichzelf. Wat had ze zich eigenlijk ingebeeld? Gekust worden door een man als Fredrik Barker had niets te betekenen. Hij speelde alleen maar met de gevoelens van vrouwen. Jenny besefte dat ze ontzettend naïef was geweest.

Ze richtte haar aandacht weer op Beata en glimlachte geforceerd om iets wat die had gezegd. Beata greep haar bij de arm en fluisterde: 'Jenny, zag je dat? Links in de loge zit Amanda Levy, in het gezelschap van een of andere knappe man. Wie zou dat kunnen zijn?' Toen keek ze Jenny onderzoekend aan. 'Ken je hem soms? Hij heeft namelijk al heel wat keren naar jou zitten staren.'

Jenny richtte haar blik op de loge, en haar ogen troffen die van Fredrik. De koude rillingen gingen door haar heen. Snel wendde ze haar blik weer af. 'Dat is Fredrik Barker, de zoon van John Barker, de eigenaar van de katoenmolen. Ik ken hem alleen vaag.'

Op dat moment beklom de theaterdirecteur de trap naar het podium om iedereen welkom te heten en het toneelstuk te introduceren. Het publiek applaudisseerde. Beata pakte haar toneelkijker uit haar handtasje. Het doek ging op en de lichten werden gedoofd.

De acteurs waren competent, maar het kostte Jenny moeite zich te concentreren. Haar blik zocht onwillekeurig de loge op waarin twee personen dicht tegen elkaar aan zaten. Een vreemd gevoel zat haar dwars, een gevoel dat ze als jaloezie duidde. Dat bracht haar dermate van haar stuk dat ze het toneelstuk helemaal niet meer volgde.

Halverwege de voorstelling werden de lampen ontstoken, en de theaterdirecteur liet weten dat het pauze was. De mensen stroomden rustig naar de salon op de eerste verdieping, waar drankjes en hapjes werden geserveerd.

Jenny en Beata zochten een plekje aan de rand van de salon en genoten daar van hun warme glühwein. Jenny hoopte dat ze een ontmoeting met Barker uit de weg kon gaan, maar Amanda Levy zag hen meteen bij binnenkomst. Ze greep haar begeleider bij de hand en trok hem mee naar Jenny en Beata. Jenny haalde diep adem. Fredrik zag er aantrekkelijk uit in zijn goed zittende pak en het kunstig geknoopte sjaaltje om zijn hals. Ze ontweek zijn blik.

Amanda stelde hen aan elkaar voor. 'Wat geweldig, dit zijn mijn voormalige schoolvriendinnen mevrouw Beata Dahlström en mevrouw Jenny Malmström. Dit hier is de leidinggevende van de Barker-fabriek, de heer Fredrik Barker.'

Fredrik maakte een buiging voor de dames.

Amanda leunde bezitterig tegen hem aan en praatte vrolijk. 'Geweldig om jullie te zien, dierbare vriendinnen. Wat hadden we toch een vermakelijke tijd bij mamzel Heurlin op school! Je hebt echt een prachtige jurk aan, Beata.' Ze keek kritisch naar Jenny's kostuum maar zei niets. 'Afgelopen zomer ben ik samen met mijn vader in Parijs geweest en daar heb ik echt prachtige kostuums gekocht. Dit is er een van. Is het niet betoverend?'

Amanda draaide een rondje om haar lichtgele zijden jurk te tonen, waarvan het voorpand vol plooien en roosjes zat. Het was de nieuwste mode om onder de jurk een zogenoemde Cul de Paris te dragen, die het zitvlak van de japon omhoogbracht. Jenny vond dat het eruitzag als het achterwerk van een kip. Ze moest lachen om die constatering. Met twinkelende ogen kuchte ze even in een poging haar glimlach achter haar hand te verbergen.

Fredrik Barker keek haar onderzoekend aan.

Jenny glimlachte. Amanda was echt totaal niet veranderd. Dat was nou eens een lieftallig dartel veulen, een aangename aanblik voor een man wanneer hij na een zware werkdag thuiskwam. Ze zou perfect zijn voor Fredrik Barker, dacht ze bijna met leedvermaak.

Door Amanda moest ze aan Ibsens *Nora* denken, het kerstgeschenk dat ze van Fredrik had gekregen. Toen Amanda met Beata in gesprek was boog ze zich voorover naar Fredrik, en ze zei zachtjes: 'Meneer Barker, ik wil u bedanken voor het boek dat u me hebt gegeven. Ik was zeer verrast, want ik had er niet op gerekend een cadeau van u te krijgen. Maar ik wil in elk geval zeggen dat het een bijzonder interessant boek was, en tamelijk opruiend. Hebt u het gelezen?' Ze keek hem vragend aan.

Fredrik Barker boog zich naar haar toe en fluisterde: 'Dat heb ik inderdaad. En toen ik het las, moest ik aan u denken, mevrouw Malmström. Daarom wilde ik het aan u geven.'

Jenny keek hem verbaasd aan. 'Dacht u positief of negatief over mij?'

Fredriks ogen flitsten even fel op. Hij lachte, boog zich nog verder voorover en fluisterde: 'U wilt niet weten hoe ik over u denk.'

Heel even verdronken ze in elkaars ogen. Waar zinspeelde hij eigenlijk op?

Jenny slikte en verplaatste haar blik van zijn ogen naar zijn lippen en schraapte haar keel. 'Van mijn vader kreeg ik met kerst een boek over de Egyptische piramiden. Het bood uitgebreide informatie over de piramiden van Cheops waarover professor Wallin vertelde tijdens de lezing voor de Educatiekring.'

Amanda draaide zich net om toen dat Jenny dat zei.

'Och, Jenny toch. Ik vraag me echt af hoe je zo geïnteresseerd kunt zijn in dingen die duizenden jaren geleden speelden. Wat hebben we daar nog aan; we leven nu, en de toekomst ligt voor ons.' Amanda moest giechelen om haar eigen gevatte opmerking en leunde tegen Fredrik aan.

Jenny slikte en schonk haar een hooghartige glimlach. 'Je hebt gelijk, Amanda. Wat dwaas van me om te denken dat we misschien iets zouden kunnen leren van het verleden.'

Heel even hing er een pijnlijke stilte tussen hen in, waar Amanda echter een eind aan maakte met haar vrolijke lach. 'Zo is het maar net, Jenny. Wat een domme gedachte!'

Fredrik Barker sloeg hen beiden gade maar zei niets. Vanuit de gang klonk het geklingel van de bel dat aangaf dat de pauze voorbij was. Fredrik maakte een buiging voor Jenny en Beata. 'Ik wens u een prettige voortzetting van de avond, dames. Het was een genoegen u te mogen ontmoeten.' Toen stak hij zijn arm uit naar Amanda. Die wierp de dames een triomfantelijke blik toe en liep toen met wiegende heupen met haar cavalier mee naar de loge.

Jenny staarde hen na. Amanda's behaagzucht irriteerde haar ontzettend. Waarom was Fredrik Barker geïnteresseerd in zo'n hersenloze kip? Tegelijkertijd had ze spijt van haar eigen kinderlijke uitbarsting. Was ze maar zo verstandig geweest haar mond te houden.

Beata wendde zich tot haar en fluisterde: 'Tjonge, Amanda heeft de beste buit in de hele stad binnengehaald. Ze vormen echt een indrukwekkend paar.'

Jenny slikte en glimlachte geforceerd. 'Je hebt gelijk. Die twee passen perfect bij elkaar.'

De vriendinnen keerden terug naar hun eigen plaatsen, en de rest van de avond concentreerde Jenny zich op het toneelstuk en waakte ze ervoor ook maar in de richting te kijken van de loge waar Fredrik en Amanda zaten.

14

Dominee Stenroos zat net als altijd in zijn schommelstoel de krant te lezen. Buiten vroor het hard, al meer dan een week. Jenny stopte nog wat hout in de tegelkachel en luisterde naar het gekraak in de hoeken van het oude huis. Ze wierp een blik uit het raam. De wind stuwde de sneeuw op tot hoge duinen. Ze had medelijden met de vogeltjes, die hun veren hadden opgezet en onder de takken van de spar beschutting zochten tegen de wind. Ze haalde de wollen omslagdoek die ze had gehaakt en ging dicht bij de kachel zitten breien. Tot op heden hadden ze genoeg brandhout gehad, maar als de vorst nog lange tijd zo streng bleef, zou Viktor op pad moeten om meer houtblokken te kopen.

De dominee keek op van zijn krant. 'Moet je luisteren, Jenny, wat de *Sanomia Turusta* schrijft: "Het werkvolk zoekt naar vertier in kroegen en andere broeinesten van verdorvenheid, en verschijnt dan lichamelijk en geestelijk verloederd weer op het werk. Teneinde te voorkomen dat de mens in de duisternis van onwetendheid lukraak in het rond graait, heeft hij onderwijs en geestelijke verlichting nodig. Voor de verlichting van het werkvolk zijn bibliotheken en leeszalen nodig. Bijgevolg worden zij die beloofd hebben een bijdrage te leveren aan de volksbibliotheek uitgenodigd donderdag om zes uur des middags een vergadering bij te wonen in het theater."' De dominee beet peinzend op een van de poten van zijn bril. 'Er is al eens een volksbibliotheek opgericht, maar die is vanwege een gebrek aan middelen gestopt. Ik denk dat ik die vergadering maar ga bijwonen. Misschien kunnen ook wij een aantal boeken doneren aan de collectie van de bibliotheek. En we zouden geld van de parochie kunnen gebruiken om postilles en liederenbundels te kopen om uit te lenen.'

Jenny telde de steken en keek snel even met een glimlach naar de dominee. 'Uiteraard, vader. We willen hier absoluut aan meedoen. En ik weet zeker dat we ook anderen ertoe kunnen overhalen boeken te schenken.'

'Dat denk ik ook. Dit project zou weleens van de grond kunnen komen.'

De dominee keerde die donderdagavond goedgeluimd terug naar huis. Jenny had het avondeten al opgediend in de studeerkamer en wachtte ongeduldig op de nieuwtjes die hij meebracht. 'En, vader, hoe is de vergadering verlopen?'

'Uitstekend.' De dominee ging in de leunstoel zitten en bond een wit servet om zijn nek. 'We hebben nu al tweeduizend vierentachtig mark bijeengebracht. Boekdrukker Wilén beloofde daarbovenop nog eens vijfhonderd mark te schenken en Granlund zegde toe nog meer boeken te doneren.'

'Maar dat is geweldig! Waar komt de bibliotheek te staan?' riep Jenny verheugd uit.

'Het is nog te vroeg om daar iets over te zeggen. Het is nu eerst de bedoeling een jaarlijkse bijdrage van de magistraat los te krijgen, zodat we een bibliothecaris kunnen aanstellen. Maar er lijkt schot in de zaak te zitten. Doctor Pinello heeft beloofd de boekencollectie van de Educatiekring ter beschikking te stellen aan de volksbibliotheek. Iedereen leek positief tegenover het project te staan.'

Jenny schonk haar vader meer thee in en bood hem boterhammen aan. 'Volgende week is er een bijeenkomst van de Damesvereniging. Ik zal proberen de dames ook over te halen hieraan mee te werken.'

De dominee boog zich voorover om een paar keer op de hand van zijn dochter te kloppen en knikte goedkeurend. 'Doe dat, Jenny. Ik weet zeker dat het je zal lukken.'

Bij elke uitademing ontstonden er ademwolkjes in de koude lucht. Gehuld in haar wollen rok en dikke cape waadde Jenny door de sneeuw op het pad naar de oever van de Aurajoki. Om haar hoofd droeg ze een dikke wollen sjaal, en aan haar handen twee paar wanten die ze over elkaar had aangetrokken. De sneeuwbanken langs het pad kwamen bijna tot aan haar middel. De vorst had de berken op de oever een wit suikerlaagje gegeven. De lucht erachter was verblindend blauw.

Ze kon met de slee van de predikant van Maaria meerijden naar de bijeenkomst van de Damesvereniging, want mevrouw Tallgren was ook uitgenodigd. Ze hadden per brief afgesproken dat Jenny op de oever bij de pastorie in Kaarina zou opstappen. Het ijs op de rivier was al zo dik dat het een paard met slee kon dragen.

Ergens in de verte klonk het geklingel van een arrenbel, en Jenny richtte haar blik op. Daar kwam de slee al aan, in een wolk van opstuivende sneeuw.

Paavo, de knecht van de pastorie van Maaria, liet het paard tot stilstand komen. Mevrouw Tallgren gebaarde tegen Jenny dat ze naast haar plaats moest nemen en riep: 'Goedendag, mevrouw Malmström! Kruipt u snel onder de schapenvacht, zodat u het niet koud krijgt.'

Mevrouw Tallgren maakte plaats en Jenny stapte in. Paavo maakte een geluidje met zijn tong en de slee kwam in beweging.

Over het ijs duurde de rit naar Turku slechts een kwartier.

Mevrouw Tallgren keek enthousiast om zich heen. 'Wat ziet de stad er prachtig uit vanaf de rivier. Ik ben zo blij dat we hierheen zijn verhuisd.' Ze stak haar hand uit. 'Ziet u de Domkerk nu eens. Wat een uniek gebouw, en het staat al eeuwenlang op die plek. Stelt u zich eens voor hoeveel generaties voor ons deze aanblik al bewonderd hebben.'

Jenny kneep haar ogen tot spleetjes en keek naar de toren die op de linkeroever de hoogte in stak. Ook zij was iedere keer weer onder de indruk. Ze glimlachte tegen mevrouw Tallgren. 'U zou de kerk in de zomer moeten zien, wanneer de lindebomen in blad staan. Dan is ze volgens mij op haar mooist.'

Mevrouw Tallgren knikte en vervolgde: 'Op advies van uw vader ben ik gaan kennismaken met onze buurman, boer Matti Koroinen. Hij liet mij de voorwerpen zien die hij op zijn akkers heeft gevonden en daar zaten zonder meer speerpunten uit de ijzertijd tussen. Ik heb soortgelijke voorwerpen in Raahe gezien.' Met fonkelende ogen keek ze Jenny aan. 'Ik ben helemaal opgetogen! Volgens boer Matti liggen er op de oever van de Aurajoki daadwerkelijk stenen met geschriften erop. Zodra de sneeuw smelt gaan we die bekijken.'

'Maar dat is geweldig,' zei Jenny, die nu ook geïnteresseerd raakte. 'Zou ik met u mee mogen wanneer u dat gaat doen?'

'Uiteraard. Dan maken we er een gezellig uitstapje van.'

Ze glimlachten naar elkaar, en mevrouw Tallgren kneep in Jenny's arm. 'Ik ben toch zo blij dat ik u heb leren kennen, mevrouw Malmström. Ik geloof dat we heel goede vriendinnen gaan worden.'

Ze waren in de stad aangekomen, en de knecht stuurde het paard naast de kerkbrug de kade op, en daarvandaan naar de achterzijde van het Academiegebouw, tot voor het huis van ereconsul Malm.

De vrouwen van de Damesvereniging heetten mevrouw Tallgren hartelijk welkom toen Jenny haar introduceerde. Ze namen op de gele zitgroep in de salon plaats om thee te drinken.

Toen de dames klaar waren met het uitwisselen van nieuwtjes opende Vivi Malm de vergadering. 'Ik dank u allen voor het gemaskerd bal, dat uitstekend is verlopen. Het was een groter succes dan verwacht.

Onze doelstelling is bereikt en we kunnen een grote hoeveelheid lesboeken kopen. Bovendien is het ronduit fantastisch dat er een corporatie wordt opgericht voor de bouw van arbeiderswoningen.'

De dames knikten, en een tevreden geroezemoes vulde de salon. Vivi Malm verhief haar stem: 'Maar laat ons verdergaan. Zoals ik in de uitnodigingsbrief al schreef, is het ditmaal de bedoeling te praten over het stichten van een volksbibliotheek in Turku.' Ze richtte haar blik op Jenny. 'Jenny kan ons hier meer over vertellen.'

Jenny knikte. 'Mijn vader, dominee Stenroos, was bij de oprichtingsvergadering van de volksbibliotheek aanwezig en vertelde dat er zo'n tweeduizend mark bijeen is gebracht voor de aanschaf van boeken, en dat men van plan is bij de magistraat om geld te vragen voor de aanstelling van een bibliothecaris. Maar uiteraard heeft men nog veel meer geld en boeken nodig.' Ze keek om zich heen. 'Geachte dames, hoe kunnen wij hierbij helpen? Hebt u ideeën?'

Mevrouw Von Heideken stak haar hand op en vroeg het woord. 'Ik stel voor dat iedereen thuis in de boekenkast naar boeken zoekt die we zouden kunnen doneren. Bovendien zouden we een schaatsfestijn kunnen organiseren, met muziek en warm vruchtensap en koekjes, en daar toegangskaartjes voor verkopen.'

Het voorstel bracht heel wat tevreden geroezemoes teweeg. De dames spraken af dat het festijn al over twee weken zou plaatsvinden en dat er een annonce in de *Åbo Underrättelser* zou worden geplaatst. Mevrouw Aminoff beloofde dat ze het blaasorkest van de vrijwillige brandweer zou vragen de muziek te verzorgen, en mevrouw Malm zou aan de pers vragen of die gratis reclame wilde maken voor het evenement.

Op de terugweg naar Maaria was mevrouw Tallgren helemaal opgetogen. Haar ogen fonkelden en ze had vuurrode wangen. 'Wat een geweldige organisatie is deze Damesvereniging, en wat een nobele doelen streven jullie na. Ik ben zo blij dat u me hebt meegevraagd. Ik ga onmiddellijk in de studeerkamer van de pastorie kijken of er boeken zijn die aan de volksbibliotheek kunnen worden geschonken.' Mevrouw Tallgren dacht even na en fronste toen haar voorhoofd. 'Helaas zijn ze wel bijna allemaal in het Zweeds. De volksbibliotheek heeft natuurlijk ook Finstalige boeken nodig.'

'Daar hebt u helemaal gelijk in,' beaamde Jenny. 'Maar alle boeken zijn welkom. We kunnen te zijner tijd meer Finstalige boeken kopen van gedoneerd geld.'

'Dat is waar. En hopelijk komen er veel mensen naar het schaatsfestijn, zodat we veel kaartjes verkopen.'

'Daar twijfel ik geen moment aan.' Jenny lachte. 'Schaatsfestijnen zijn altijd al populair geweest in Turku. Mensen uit de hogere kringen hebben de gelegenheid elkaar weer eens te spreken, en vaardige schaatsers mogen hun vaardigheden tonen. U moet zeer zeker ook meekomen wanneer het zover is.'

Mevrouw Tallgren lachte ook. 'Uiteraard kom ik mee! Ik kan bijvoorbeeld helpen bij het uitdelen van warm vruchtensap.'

In gedachten verzonken richtte Jenny haar blik op het voorbijglijdende landschap. Ze keek niet met al te veel enthousiasme uit naar het evenement, omdat ze vermoedde dat ze daar Amanda Levy en Fredrik Barker weer zou tegenkomen. Bovendien kon ze niet schaatsen. Op de ijzers leek ze nog het meest op een waggelende eend.

15

De dag van het schaatsfestijn begon zonnig. Het weer was prachtig, het vroor niet hard en de lentezon liet de sneeuwhopen fonkelen. Een aantal knechten had op de Aurajoki een ijsbaan vrijgemaakt van sneeuw, vanaf de brug bij de Domkerk tot aan de zuilenrij van de vissershaven. Er was aangekondigd dat het evenement om twee uur 's middags zou beginnen, en Viktor zorgde ervoor dat Jenny er om kwart voor twee was.

In de sneeuwhopen langs de baan waren bij wijze van versiering kleine sparren gestoken; met hun groene kleur staken ze mooi af tegen het wit van de sneeuw. Het was Jenny's taak om samen met Beata Dahlström warm aalbessensap en koekjes uit te delen. Op vertoon van een toegangskaartje kreeg je een beker met sap en één koekje.

Viktor maakte een vuurtje op de oever en zette de ijzeren ketel erop. Jenny schonk siroop uit flessen in de ketel, deed er water bij en begon dat op te warmen. Ook de vrijwillige brandweer arriveerde. De leden zagen er schitterend uit terwijl ze in hun witte uniforms en helmen keurig op rij naar de kade marcheerden.

Er was afgesproken dat Beata en zij de eerste twee uur voor hun rekening zouden nemen. Daarna was het de beurt aan de dames Cedercreutz en Tallgren. Jenny had zich warm aangekleed: ze droeg twee rokken over elkaar, had een vest onder haar jas aangetrokken en in plaats van leren schoenen had ze wollen sokken met dikke vilten sloffen erover aan haar voeten. Om haar hoofd had ze een wollen sjaal gewikkeld en aan haar handen had ze twee paar wanten. Ze zag er misschien uit als een bejaarde marktvrouw, maar ze wilde geen kou lijden. Beata arriveerde in een beduidend stijlvoller kostuum, met leren schoenen en handschoenen, maar Jenny keek medelijdend naar haar vriendin. Beata ging het vast koud krijgen.

De eerste schaatsers arriveerden nu ook. Ereconsul Malm stond samen met zijn vrouw kaartjes te verkopen bij de kerkbrug; ze heetten iedereen van harte welkom. De knechten hadden lange banken naast de ijsbaan neergezet, waar de mensen op konden gaan zitten om hun schaatsen onder te binden.

De klok van de Domkerk sloeg tweemaal en de vrijwillige brandweer begon 'An der schönen blauen Donau' van Strauss te spelen. Er kwamen steeds meer mensen bij. Jenny herkende Kosti Vanhanen in de menigte. Hij droeg een bontmuts en was in het gezelschap van de docenten met wie hij bevriend was. Ook de dames van de Damesvereniging waren inmiddels gearriveerd met hun gezinnen. Het nieuws over het evenement had de ronde gedaan en het begon druk te worden op het ijs.

Jenny en Beata hadden hun handen vol aan het serveren van sap en koekjes. Jenny schonk steeds met een pollepel heet sap in de bekers en Beata reikte het koekje aan, dat in een stukje papier was gewikkeld. Jenny was net bezig de vrouw van de glasmeester te serveren toen ze een stijlvol paar langs zag komen. Ze verstarde ter plekke. Het waren Fredrik Barker en Amanda Levy.

Fredrik ging gekleed in een donkerblauw wollen pak en droeg een bontmuts. Amanda droeg een rok en jas van groene wollen stof; de jas was afgezet met bruin bont. In haar handen had ze een mof die van hetzelfde bont was gemaakt. Amanda keek vol aanbidding naar haar metgezel. Bedreven draaiden ze rondjes over de baan.

Jenny geneerde zich voor haar eigen kleding, maar ze was hoe dan ook niet van plan te gaan schaatsen. Ze had haar schaatsen niet eens meegenomen, omdat de vilten sloffen er niet in pasten.

Toen ineens stond Kosti Vanhanen voor hen, en hij maakte een buiging. 'Goedendag, mevrouw Malmström en mevrouw Dahlström. Mag ik u feliciteren? De Damesvereniging heeft het weer klaargespeeld. Een bijzonder geslaagd evenement, prachtig weer, muziek en een gezellige sfeer. Beter dan dit kan gewoon niet.' Hij dronk wat van zijn dampende sap en keek toen op. 'Mevrouw Malmström, zou u mij gelukkig willen maken door samen met mij een rondje te schaatsen?'

'Bedankt voor het aanbod, meneer Vanhanen, maar ik heb geen schaatsen bij me.'

Theatraal rolde Vanhanen met zijn ogen. 'U bent naar een schaatsfestijn gekomen zonder schaatsen mee te brengen?'

'Dat klopt. Ik heb vandaag de taak sap te serveren,' zei Jenny met een glimlach.

'Dat begrijp ik, ik plaag u ook alleen maar.' Hij wierp haar een ondeugende glimlach toe. 'Misschien zien we elkaar op zondag. Ik kom naar de kerkdienst in Kaarina.'

'Dat zou me verheugen,' zei Jenny geforceerd.

Vanhanen bedankte voor het sap, tilde zijn bontmuts op en voegde zich weer bij zijn vrienden.

Beata draaide zich om en fluisterde in Jenny's oor: 'Ik wist helemaal niet dat de heer Vanhanen in jou geïnteresseerd is.'

'Misschien, maar ik ben niet geïnteresseerd in hem.' Jenny sprong op en neer om warm te blijven. Haar neus was rood van de kou.

Beata trok haar wenkbrauwen op. 'Niet? Ik heb gehoord dat hij een intelligente en ijverige jongeman is.' Ze fronste. 'Het kan natuurlijk zijn dat zijn gedachtegoed iets te radicaal is. Mijn vader moet in elk geval niets hebben van zijn finlandiseringsplannen.'

Jenny kreunde zachtjes. 'Ik heb niets tegen hem persoonlijk, maar ik ben gewoon niet op die manier in hem geïnteresseerd.'

Er kwam twee mensen op hen af geschaatst die ze absoluut niet had willen ontmoeten. Jenny richtte haar aandacht op de beker met sap die ze vasthield. Fredrik Barker en Amanda kwamen tot stilstand voor de tafel, en Fredrik knikte hun toe. 'Mevrouw Malmström, mevrouw Dahlström.' Hij had zijn arm om Amanda heen geslagen.

'Hallo, Jenny en Beata, moeten jullie kijken. Ik heb de knapste cavalier van het hele festijn weten te strikken,' tjilpte Amanda. 'Fredrik is ook de beste schaatser van de hele stad.'

Jenny wierp snel een blik zijn kant op en verborg haar verbolgenheid. 'Willen jullie misschien warm vruchtensap en koekjes?'

'Ja, graag.' Fredrik nam de dampende beker aan die Jenny hem aanreikte en zocht haar blik. 'Mevrouw Malmström, mag ik u vragen tijdens het volgende muziekstuk een rondje met mij te schaatsen?'

Verbijsterd draaide Amanda zich om naar haar begeleider, en het scheelde niet veel of Jenny schonk heet sap over haar eigen vingers.

'Heb je nou echt Jenny meegevraagd?' Amanda nam Jenny van top tot teen op.

Die kon bijna horen wat Amanda dacht, en ze bloosde. 'Dank u, meneer Barker, maar ik heb mijn schaatsen niet bij me.'

'Ik begrijp het,' zei Fredrik. Hij dronk zijn mok leeg, knikte en nam Amanda weer mee de baan op, waar ze zich bij de andere schaatsers voegden.

Jenny en Beata keken hen na.

Beata moest lachen. 'Dat is je tweede bewonderaar al vandaag, Jenny. Ik word nog jaloers op je!' Ze gaf Jenny een por in haar zij, keek haar vriendin veelbetekenend aan en zei plagend: 'Dat gezicht van Amanda Levy was trouwens wel goud waard toen Barker jou meevroeg. Daar ga ik me nog lang over verkneukelen.'

Jenny keek Beata geïrriteerd aan en snauwde: 'Fredrik Barker is niet in mij geïnteresseerd maar in Amanda!'

Beata keek haar ongelovig aan. 'O, denk je dat? Zelfs een blinde kan zien dat Barker zijn ogen niet van jou kan afhouden.'

Onwillekeurig richtte Jenny haar blik op het stijlvolste paar op de schaatsbaan, dat nu in gesprek was met architect Kajanus en zijn vrouw. Fredrik draaide langzaam zijn hoofd om en heel even zagen ze alleen elkaar. Jenny voelde een rilling door zich heen gaan; het was alsof een of andere vreemde kracht hen naar elkaar toe trok. Zij wendde als eerste haar blik af. Het leek wel of ze buiten adem was.

'Mijn hemel, wat heb ik je gezegd?' fluisterde Beata.

Jenny's gezicht betrok. 'Zit me niet te plagen, Beata. Het laat me koud of Fredrik Barker in mij of in wie dan ook geïnteresseerd is.' Verbolgen begon ze vieze bekers aan de kant te zetten. 'Laten we de boel opruimen. Er komen straks nog meer mensen.'

Beata grijnsde tegen haar vriendin, maar Jenny vond de situatie absoluut niet grappig. Gelukkig kon ze Viktor al zien aankomen met Virkku om haar op te halen.

De dames Cedercreutz en Tallgren arriveerden op het afgesproken tijdstip en brachten nog meer sap en koekjes mee. Viktor stopte nog wat brandhout onder de ketel. Beata was van plan ook te gaan schaatsen, maar Jenny wilde naar huis. Ze omhelsde haar vriendin bij het afscheid en klom toen op de slee. Viktor liet Virkku in beweging komen.

Jenny kon de verleiding niet weerstaan om achterom te kijken. Kosti Vanhanen schaatste rond met zijn vrienden en zwaaide glimlachend naar haar. Lusteloos tilde Jenny haar hand op. Het begon al te schemeren, en de lantaarns die in de sparren waren gehangen werden aangestoken. Ketels met teer stonden op de oever te branden. Het was een schitterend gezicht, maar Jenny was blij dat ze naar huis kon. Ze wilde niet zien hoe Amanda aan de arm van haar cavalier hing en bijna dubbelsloeg van het lachen toen Fredrik haar ronddraaide. Jenny keerde hun de rug toe en staarde geconcentreerd voor zich uit. Ze probeerde haar gevoelens te onderdrukken. Fredrik Barkers kussen en blikken hadden niets te betekenen. Hij speelde een genadeloos spelletje met vrouwen, en zij weigerde daaraan mee te doen.

16

De vrouwen van de Damesvereniging wisten bijna honderd boeken voor de volksbibliotheek bijeen te brengen, en het schaatsfestijn leverde nog eens vijfenzestig mark op voor de aanschaf van nieuwe werken. De magistraat kende een jaarlijks bedrag toe waarmee de gevangenispredikant van Kakola, Adolf Lindman, kon worden aangesteld als bibliothecaris. De heer Lindman was een verwoed verzamelaar van literatuur en van historische voorwerpen uit Turku en de wijdere omgeving.

Als locatie werd een houten huis in het centrum gekozen, op een kruising van de Linnankatu, tegenover de boekhandel van Frenckell. De bibliotheek kreeg ook een leeszaal, waar mensen kranten konden komen lezen. De bibliotheek werd op 1 maart opengesteld voor het publiek, en iedereen die een schenking had gedaan werd uitgenodigd voor het openingsfeest, dat een dag eerder plaatsvond. Ook Jenny en dominee Stenroos kregen een officiële uitnodiging.

Ze arriveerden tegelijk met dominee Renwall van de Domkerk. Vader leunde op zijn wandelstok, want zijn knie deed pijn. Bij het beklimmen van de buitentrap steunde hij zwaar op zijn dochter. Ze werden de leeszaal van de bibliotheek binnengeleid; daar werd de ceremonie gehouden. Jenny liep achter de dominees aan naar binnen en keek om zich heen. Er waren stoelen neergezet en de ramen waren met kleurrijke linten versierd. De zitplaatsen waren al bijna allemaal bezet door oudere heren met hoge hoeden en wandelstokken. Behalve Jenny waren er maar een paar andere dames aanwezig.

Vivi Malm zat naast haar man op de voorste rij. Ze droeg een groene hoed met fazantenveren erop. Jenny knikte haar toe en mevrouw Malm zwaaide vrolijk terug. Vervolgens nam Jenny samen met dominee Renwall en haar vader plaats op de achterste rij. Doctor Jahnsson en Kosti Vanhanen stonden langs de kant.

De heer Vanhanen zag Jenny en kwam naast haar zitten. 'Wat een aangename verrassing, mevrouw Malmström. Mag ik naast u plaatsnemen?'

Jenny knikte instemmend, ook al wilde ze hem liever niet bij zich in de buurt hebben. Dominee Stenroos boog zich voor Jenny langs om Vanhanen een hand te geven.

De feestelijkheden gingen van start. Doctor Pinello hield de openingstoespraak; hij was een van de stuwende krachten achter het project geweest. Hij zette zijn bril op, haalde de toespraak uit zijn borstzakje en verhief zijn stem.

'Het is ons een groot genoegen om vandaag de opening van de volksbibliotheek van Turku te mogen bijwonen. De bibliotheek zal de minderbedeelde bewoners van de stad tot veel vreugde en voordeel strekken. Ik heb het genoegen te mogen mededelen dat we nu al ongeveer vierhonderdvijftig Finstalige boeken en vijfhonderd Zweedstalige boeken in de collectie hebben.' Doctor Pinello keek over zijn bril heen naar het publiek. 'En daar mogen we u voor bedanken, geachte gasten. Ieder van u heeft op deze of gene wijze bijgedragen aan de totstandkoming van de volksbibliotheek. Graag wil ik speciaal vermelden dat de grootste schenking werd gedaan door de fabriek van Barker.'

Er ontstond beroering in de zaal, en iedereen draaide zich om naar Fredrik Barker, die stijlvol gekleed in zijn zwarte pak en hoge hoed een stap naar voren deed en een buiging maakte. Jenny had hem nog niet opgemerkt, omdat hij achter haar stond. Fredrik kreeg een daverend applaus. Verbaasd keek Jenny achterom. Waarom had de arrogante heer Barker geld gegeven aan de volksbibliotheek?

Na de toespraak hield doctor Pinello een lange voordracht over de Stokkenoorlog, de boerenopstand die plaatsvond tussen 25 november 1596 en 24 februari 1597, en de kinderen van ereconsul Malm zongen Finse volksliedjes. Na afloop van de openingsceremonie spoorde doctor Pinello de gasten aan ongedwongen te converseren en kennis te maken met de collectie van de bibliotheek.

De heer Vanhanen stond op en maakte een buiging. 'Vergeeft u mij, mevrouw Malmström. Ik laat u heel even alleen om bij te praten met doctor Pinello.'

Jenny knikte hem instemmend toe. Haar vader was in een gesprek verdiept met dominee Renwall, dus besloot ze de nieuwe bibliotheek nader te bekijken. Ze stond net de plank met aardrijkskundige werken te bestuderen toen ze achter zich de donkere stem hoorde die ze maar al te goed kende.

'Goedemiddag, mevrouw Malmström. Mag ik u feliciteren? De Damesvereniging heeft goed werk verricht ten bate van de volksbibliotheek. Dit is ongetwijfeld een mooie dag voor u.'

Jenny draaide zich om naar Fredrik; haar wangen werden rood. 'Dat is inderdaad het geval, maar ik moet u en uw vader bedanken, meneer Barker, voor uw aanzienlijke donatie aan de bibliotheek. Ik had nooit kunnen vermoeden dat een project als dit uw interesse had.'

'Integendeel,' zei Fredrik met een glimlach. 'We doen altijd mee als we luiheid kunnen bestrijden en de beschaving kunnen bevorderen.'

Daar wist Jenny niets op te zeggen, en ze liet haar blik zakken. Ze was niet in staat helder te denken in de aanwezigheid van die man en deed haar uiterste best om een gespreksonderwerp te bedenken. Gelukkig herinnerde ze zich toen het boek dat ze had gekregen, en ze glimlachte opgelucht.

'Meneer Barker, ik wil al langere tijd met u praten over het boek van Ibsen, *Nora.* Wat vindt u, was het verkeerd van de hoofdpersoon om haar gezin in de steek te laten?'

Fredrik keek haar verbaasd aan en dacht even na. 'Ja en nee. Ik denk dat haar besluit vanuit meerdere standpunten moet worden bezien. Enerzijds handelde ze zeer egoïstisch door haar man en kinderen te verlaten, voor wie ze had moeten zorgen. Anderzijds waren de omstandigheden van haar huwelijk bijna ondraaglijk geworden. Ik besef ook dat ze zwaar te lijden heeft gehad onder haar besluit.'

Jenny knipperde met haar ogen en staarde hem aan. Ze was verrast door zijn antwoord. Blijkbaar was hij niet zo conservatief als ze had gedacht. 'Zo denk ik er ook over. Het was een uiterst goed geschreven boek. Ik denk er vaak aan. Vrouwen zouden niet slechts moeten huwen om gehuwd te zijn. Dat leidt alleen maar tot verdriet en verbittering.'

Fredrik oogde geamuseerd. 'En wat is volgens u dan de oplossing, mevrouw Malmström?'

'Onderwijs voor vrouwen!' Jenny richtte haar hoofd op, en haar ogen fonkelden. 'Als vrouwen kunnen werken, zijn ze niet langer afhankelijk van hun echtgenoot. De eerste voorwaarde voor de ontwikkeling van de vrouw is geestelijke vrijheid. Daarop is al het andere gebaseerd.'

Fredrik lachte. 'Mevrouw Malmström, de volksbibliotheek is nog niet eens open voor het publiek of u stort zich al op het volgende project. U moet iets rustiger aan doen als u wilt dat wij die trager zijn u kunnen bijhouden.'

Jenny had nog meer willen zeggen over het onderwerp, maar Kosti Vanhanen voegde zich bij hun gezelschap. 'Ah, hier bent u, mevrouw Malmström. Ik heb u overal gezocht.'

De mannen keken elkaar kil aan. 'Goedendag, meneer Barker. Ik wist niet dat u zich interesseerde voor dit soort projecten.'

Fredrik volstond met een hoofdknikje.

'Mevrouw Malmström, mag ik u naar buiten begeleiden?' Vanhanen bood Jenny zijn arm aan. 'Uw vader staat op het punt te vertrekken.'

Jenny ergerde zich verschrikkelijk aan Vanhanens bezitterige en opdringerige gedrag, maar ze probeerde dat niet te laten blijken. 'Natuurlijk, meneer Vanhanen.' Ze knikte. 'Tot ziens, meneer Barker.'

Ze keken elkaar heel even aan. Toen maakte Fredrik een buiging, en Jenny liep samen met de heer Vanhanen weg om haar vader te gaan zoeken.

Op de terugweg was Jenny diep in gedachten verzonken. Het was gaan sneeuwen, maar ze zag niet hoe de vlokken in het licht van de straatlantaarns dansten. Ze moest toegeven dat ze zich had vergist in Fredrik Barker. Hij was een edelmoedig man, en helemaal niet zo bekrompen als ze had gedacht. Hoe had ze hem zo verkeerd kunnen inschatten?

Dromerig keek ze naar het winterse landschap, en ze glimlachte in zichzelf. Maar haar glimlach bevroor ook meteen weer. Het was zinloos ook maar enige hoop te koesteren. Fredrik Barker en zij leefden in twee volledig verschillende werelden. Amanda Levy zou een goede echtgenoot aan hem hebben. Jenny veegde de sneeuwvlokken van haar gezicht en richtte haar gedachten vastberaden op het programma van de zondagsschool van het komende weekeinde.

17

De dominee was naar Turku voor een bijeenkomst en Aina was bezig de dieren in de stal te verzorgen. Jenny stond in de keuken brood te bakken en neuriede. Ze had haar haar in een lange vlecht gebonden om te voorkomen dat er haren in het deeg belandden. De lentezon scheen door de ramen naar binnen en maakte alle rondvliegende stofpluizen zichtbaar. Buiten klonk het geklingel van arrenbellen, en Jenny keek uit het raam. Viktor kwam uit zijn huisje en liep de slee tegemoet. Jenny rekte haar hals om te zien wie de bezoeker was. Die stapte van de slee en gaf aan dat Viktor het paard kon onttuigen en naar de stal kon brengen om te eten. Vervolgens liep de gast vastberaden naar de pastorie.

Toen Jenny zag wie het was, schrok ze, en ze greep naar haar hart. Fredrik Barker! Wat had die bij de pastorie van Kaarina te zoeken? Ze klopte zo goed als het ging het meel van haar schort, veegde wat plukjes haar weg, rechtte haar rug en liep naar de gang om de gast te ontvangen.

Op datzelfde moment opende Fredrik de deur naar de veranda. Hij klopte de sneeuw van zijn schoenen en keek toen op. Ook zette hij zijn bontmuts af, en hij schonk Jenny zo'n oogverblindende glimlach dat ze er knikkende knieën van kreeg. 'Goedemiddag, mevrouw Malmström. Mijn excuses voor het feit dat ik onaangekondigd langskom.' Hij monsterde Jenny. 'Ik zie dat u andere bezigheden hebt.'

'Geenszins, meneer Barker, komt u verder. Mijn vader is momenteel niet thuis, maar als u wilt wachten, dan kan dat. Ik vermoed dat hij er over een uur weer is.'

Fredrik had een vreemde blik in zijn ogen. 'Nee, Jenny, ik ben hier niet voor hem, maar voor jou.'

Jenny was onthutst. Fredrik Barker had haar getutoyeerd. Wat had dit nu te betekenen? 'Mag ik in dat geval uw jas aannemen? Als u een ogenblik wilt wachten, dan ga ik me even opknappen. Ik ben zo weer terug.'

Ze hing Fredriks jas en muts aan de kapstok en bracht hem naar de studeerkamer. 'Alstublieft, doet u of u thuis bent.'

'Wat een mooie kamer.' Fredrik keek nieuwsgierig om zich heen. 'Is het goed als ik in de tussentijd de boekencollectie bekijk?'

'Ja hoor, gaat u uw gang,' antwoordde Jenny, waarna ze naar haar kamer vluchtte.

Haar gedachten stuiterden alle kanten op. Ze deed haar schort af en wierp een blik in de spiegel. Wat kon de reden zijn van Fredrik Barkers bezoek? Was de familie Barker alsnog van plan zich terug te trekken uit het woningproject? Moest ze haar haar opsteken en oorbellen in doen? Maar dat zou belachelijk zijn; Barker zou dan denken dat ze zich mooi maakte voor hem. Ze kneep in haar wangen en schikte haar rok. Dit moest goed genoeg zijn.

Fredrik zat op de bank in een boek te bladeren toen Jenny nerveus terugkeerde. 'Mijn excuses, meneer Barker, dat ik u geen verfrissing heb aangeboden. Wilt u misschien koffie of thee?'

Hij legde het boek op de salontafel en stond op. 'Nee, dank je, ik blijf niet lang.' Hij keek haar smekend aan. 'Zou je kunnen plaatsnemen op die stoel daar? Dan is het voor mij makkelijker de kwestie aan je voor te leggen.'

Onzeker ging Jenny op het puntje van haar stoel zitten, en ze keek Fredrik verwonderd aan. Wat had dit allemaal te betekenen? Het moest om iets ernstigs gaan als ze erbij moest gaan zitten. Er zou toch niets met vader gebeurd zijn?

Fredrik liep heen en weer. 'Jenny, ik wil nu open kaart spelen, omdat ik meen dat dat het best werkt met jou.' Hij bleef staan en keek haar met een ernstige blik aan. 'Ik moet opbiechten dat ik geheel en volledig verliefd op je ben. Ik heb geprobeerd tegen mijn gevoelens te vechten, omdat ik nooit had verwacht verliefd te worden op een vrouw als jij.' Hij haalde beide handen door zijn haar. 'Je bent totaal anders dan het beeld van de ideale vrouw dat ik tot nu toe heb gehad, maar ik kan er niets aan doen. Ik kon het niet verdragen om te zien hoe Vanhanen zich aan jou vastklampte tijdens het gemaskerd bal. Ik kan niet slapen 's nachts, omdat ik aan jou denk.' Hij liep naar Jenny toe en knielde voor haar neer. Toen richtte hij zijn blik op naar haar angstige ogen. 'Ik ben nog nooit eerder zo ontzettend verliefd op iemand geweest dat ik er bijna gek van word. Jenny, wil je met me trouwen?'

Jenny was met stomheid geslagen. Dit had ze echt niet kunnen bedenken. Vroeg Fredrik Barker haar ten huwelijk? Zei hij dat hij van haar hield? Hoe was dat mogelijk?

'En Amanda dan?' ontglipte haar.

Fredrik lachte even en pakte haar handen vast. 'Ik ben niet geïnteresseerd in Amanda, of in wie dan ook, want ik hou van jou! Je hebt me betoverd.'

Verlegen keek Jenny hem aan. Haar blik werd dromerig. Kon ze maar instemmen met zijn verzoek. Wat zou een leven aan de zijde van deze man geweldig zijn; geen twee dagen zouden hetzelfde zijn. Maar toen nam haar gezonde verstand de overhand. Fredrik zag hoe haar gelaatsuitdrukking veranderde. Jenny slaakte een diepe zucht. 'Vergeef me, Fredrik, maar ik kan niet instemmen met je verzoek. Zoals je ongetwijfeld hebt gemerkt, houden we er heel verschillende waarden op na. Arbeiders en armlastigen helpen is bijzonder belangrijk voor mij, en jij onderschrijft die denkbeelden niet.'

Hij kneep iets harder in haar hand. 'Jenny, dat zie je helemaal verkeerd. Jij bent de reden dat ik mijn vader heb overgehaald mee te werken aan het woningproject. Ook de volksbibliotheek heb ik financieel ondersteund omdat ik jou gelukkig wilde maken. Samen zouden we de minderbedeelden kunnen helpen. Jij zou een betere man van me kunnen maken.'

Weifelend keek Jenny hem aan. 'Maar je hebt ook gezegd dat vrouwen wat jou betreft thuis horen te blijven, en dat het geen zin heeft hun onderwijs te geven. Ik ben het daar absoluut niet mee eens. Ik weiger me aan welke man dan ook te onderwerpen of om afstand te doen van mijn rechten.'

Fredrik slaakte een zucht en glimlachte. 'Ik had ook niet verwacht dat het eenvoudig zou zijn jou het hof te maken. Denk je dat ik dat niet wist? Ik zei dat destijds alleen maar om jou te irriteren. Je hebt geen idee hoe fantastisch je bent als je kwaad wordt.' Teder streelde hij met zijn duim over haar wang. 'Je bent de koppigste, moedigste, intelligentste en geweldigste vrouw die ik ooit heb ontmoet. Heb je enig idee wat je me aandoet?'

Jenny rilde onder zijn aanraking en keek hem ongelovig aan. 'Zou je me echt alle macht geven? Zou ik zelf over mijn aangelegenheden mogen beslissen, ook over mijn financiën?'

'Uiteraard. Wat van mij is, is ook van jou.'

Toen Jenny's blik smolt bracht Fredrik zijn gezicht zo dicht bij het hare dat hun lippen elkaar bijna aanraakten. 'Zeg nu ja, lieveling,' fluisterde hij. 'Ik beloof dat je er geen spijt van zult krijgen. Ik weet dat jij ook gevoelens voor mij hebt. Ik kan het in je ogen zien.'

Jenny wilde zo graag ja zeggen. Maar ze liet haar blik zakken. 'Ik heb zeer veel respect voor je, Fredrik, en ik bedank je voor je mooie woorden, maar ik kan er niet mee instemmen je vrouw te worden. Ik heb daar een goede reden voor.' Ze zweeg langdurig, en haar lippen trilden. 'Ik kan geen kinderen meer krijgen.' Ze kon hem niet aankijken, en tranen vertroebelden haar ogen.

Fredrik zweeg een tijdje; toen tilde hij haar kin op en keek hij haar ernstig in de ogen. 'Weet je dat zeker?'

'Ja. Dokter Spoof heeft dat gezegd nadat mijn kind tijdens de bevalling was overleden.'

Ze kon nu alleen nog maar fluisteren, en Fredrik hoorde de intense pijn die in haar woorden doorklonk. Hij sloeg zijn arm om haar heen, en Jenny drukte zich tegen zijn borstkas aan. Ze snikte. Fredrik streelde haar haar. 'Ach, lieveling. Dat wist ik niet. Dat moet vreselijk zwaar voor je zijn geweest. Maar laten we de hoop nog niet opgeven. We kunnen de beste artsen van het land laten komen om je te onderzoeken.'

'Nee, Fredrik. Daar is niets meer aan te doen.' Jenny schudde ontroostbaar het hoofd.

Fredrik kwam langzaam overeind en liep naar de boekenkast. Hij zweeg langdurig. Toen zei hij: 'Ik zou je willen vragen dit aan niemand te vertellen, maar mijn vader heeft jaren geleden gezegd dat ik de fabriek alleen erf als ik voor een erfgenaam zorg, zodat de fabriek in de familie blijft. Anders gaat de katoenmolen naar mijn neef in Stockholm, die al een zoon heeft. De fabriek is alles voor mijn vader; hij wil niet dat zijn inspanningen voor niets zijn geweest en dat zijn levenswerk overgaat op een andere familie.' Hij leunde met zijn handen tegen de boekenkast en slaakte een diepe zucht. 'Door het feit dat je geen kinderen kunt krijgen verandert de situatie ietwat, maar ik zal vandaag nog met mijn vader praten en proberen hem op andere gedachten te brengen.'

Jenny staarde met betraande ogen naar de franje van het vloerkleed en zei niets.

Fredrik kwam met grote stappen naar haar toe en greep haar bij de schouders. 'Jenny! Kijk me aan! Ik beloof je dat alles ten goede zal keren. We trouwen zodra mijn vader zijn toestemming geeft.'

Jenny probeerde door haar tranen heen te glimlachen, en ze schudde haar hoofd. Met trillende stem zei ze: 'Fredrik, je kunt nu maar beter gaan. Ik kan dit niet meer verdragen.'

Hij kwam langzaam overeind en keek Jenny verdrietig aan. 'Laten we de hoop nog niet opgeven. Ik keer bij je terug zodra ik kan.' Met zware passen liep hij de kamer uit.

Toen Jenny hoorde dat de voordeur dichtviel, sloeg ze haar handen voor haar gezicht en barstte ze in een ontroostbaar huilen uit.

Jenny was helemaal overstuur. Ze kwam met rode ogen uit haar kamer voor het avondeten en sprak geen woord. Ze at ook nauwelijks en schoof met haar vork het roerei rond op haar bord.

De dominee keek bezorgd naar zijn dochter. 'Wat is er toch met je, Jenny? Je ziet eruit alsof je alle leed van de wereld op je schouders torst.'

'Er is niets met me, vader. Dit gaat wel weer over,' zei ze zachtjes en met gebogen hoofd.

'Je kunt het mij wel vertellen. Zeg het maar, dat lucht op.'

Jenny schudde haar hoofd. 'Bedankt, vader, maar ik kan het aan niemand vertellen. Dat heb ik beloofd.'

De dominee slaakte een zucht. 'In dat geval kunnen we alleen maar bidden.'

Jenny werd bijna gek van haar gedachten. Ze lag onrustig te draaien in haar bed. Als ze niet had verteld dat ze geen kinderen kon krijgen, zouden Fredrik en zij misschien zijn getrouwd. Maar zoiets zou ze nooit kunnen doen. Dan zou ze hebben gelogen en Fredrik onrecht hebben aangedaan. Ze was ervan overtuigd dat ze de juiste beslissing had genomen. De dingen waren zoals ze waren, en er was niets aan te doen. Gods wegen waren ondoorgrondelijk. Ze kon niets anders doen dan standhouden.

De slaap wilde niet komen. Uiteindelijk gaf ze het op. Ze stapte uit bed, trok wollen sokken aan en liep naar het raam om naar de duisternis en de winterse tuin te kijken. De lange schaduwen van de bomen vielen over de sneeuwhopen, die fonkelden in het maanlicht. Ze geloofde absoluut niet dat John Barker van gedachten zou veranderen; hij wist wat hij waard was. Misschien had het zo moeten zijn. Fredrik en zij voelden passie voor elkaar, maar zou dat op den duur zo zijn gebleven? Ze waren zo verschillend. Misschien kon ze Fredrik Barker in het vervolg maar beter mijden en proberen haar gevoelens te onderdrukken, alsof er niets was gebeurd. Dat zou verschrikkelijk moeilijk zijn. Ze vouwde haar handen en begon om kracht te bidden.

Het was een zonnige ochtend en de vogels zongen, maar Jenny kon er niet van genieten. Ze stortte zich op haar werkzaamheden om maar niet aan de hopeloze situatie te denken waarin ze zich bevond. De dag kroop voorbij, en ieder uur dat verstreek vergrootte haar smart. Ze droeg brandhout naar binnen, haalde met de slee water bij de put en deed de was, hoewel het niet eens wasdag was. Aina keek haar verwonderd na. Nadat ze wat van de vleessoep en de bessenpudding had gegeten die Aina had bereid, haalde Jenny *Anna Karenina* van Tolstoj uit de boekenkast. Vermoeid liet ze zich op de bank neerzakken om te lezen. Nadat ze keer op keer dezelfde bladzijde had gelezen, gaf ze het op en sloeg ze het boek dicht. Ze slaakte een zucht en ging bij het keukenraam staan om naar buiten te kijken. De weg was verlaten. Fredrik kwam niet, en ze kon wel raden wat dat betekende.

Op woensdag bracht de postbode een brief met daarop haar naam in Fredriks handschrift. Jenny haastte zich naar haar kamer en deed de deur achter zich dicht. Met trillende handen scheurde ze de envelop open, waarna ze op bed ging zitten om te lezen.

Lieve Jenny,

Mijn excuses voor het feit dat ik je schriftelijk op de hoogte breng van de gang van zaken, maar misschien is het beter zo. Ik zou het niet kunnen verdragen je verdrietige gezicht te zien. Ik heb met mijn vader gesproken, maar hij is onvermurwbaar. Als ik geen nakomelingen heb, gaat de fabriek van Barker na zijn dood over op mijn neef. Het spijt me heel erg, Jenny, maar zoals de zaken er nu voor staan kan ik niet met je trouwen, ook al is er niets ter wereld wat ik liever zou doen. Ik hou van je, en ik weet niet hoe ik de toekomst zal aankunnen zonder jou.

Mijn vader heeft altijd benadrukt dat familiaire verplichtingen boven alles gaan, en ik meen dat ik de juiste keuze maak door zijn wensen te respecteren en in te willigen. Het spijt me oprecht, en ik wens je met heel mijn hart alle goeds in het leven.

Je voor altijd respecterende en liefhebbende
Fredrik Barker

Jenny liet de brief zakken en staarde leeg voor zich uit. Heel even voelde ze verbittering. Als Fredrik echt van haar had gehouden, zou hij niets om zijn vader en de fabriek hebben gegeven maar een manier hebben gevonden om zijn leven met haar te delen. Ze stopte de brief traag terug in de envelop. Maar zoiets gebeurde alleen in sprookjes. Mensen durfden maar zelden risico's te nemen als hun eigen welzijn en de belangen van hun familie werden bedreigd. Dat besefte ze maar al te goed. Misschien zou zijzelf daar ook niet toe in staat zijn geweest als zij zich in Fredriks positie had bevonden. Ze kon een ander niet veroordelen.

Ze verstopte de brief in een afsluitbaar kistje onder haar bed. Dat was het dan. De kwestie was afgehandeld. Ze slenterde naar de keuken om aardappelen te schillen en probeerde zichzelf vermanend toe te spreken, maar toch vielen er tranen in de afvalemmer.

18

Jenny had het druk met haar zorg voor de pastorie en haar bezigheden voor de minderbedeelden. Ze ontweek de stad en alle vertier daar, en vertoonde zich evenmin op feestjes van de hogere kringen, omdat ze het niet zou kunnen verdragen Fredrik Barker tegen te komen. Overdag, als ze aan het werk was, slaagde ze erin hem te vergeten, maar 's nachts spookte hij rond in haar gedachten.

De lentezon scheen steeds warmer. De sneeuw smolt, het smeltwater klaterde in de dakgoten en de wegen waren nauwelijks nog begaanbaar. Met de slee kon je nergens meer komen, en rijtuigen bleven steken in de modder.

Kosti Vanhanen had haar vele malen meegevraagd naar het theater of een concert, maar ze had steeds weer een smoesje bedacht om niet te gaan. Ze wilde de heer Vanhanen evenmin ontmoeten. Wat was het toch absurd dat twee mannen haar zo van haar stuk hadden gebracht.

Gelukkig kreeg Jenny een uitnodiging van mevrouw Tallgren, de echtgenote van de predikant in Maaria, om mee te gaan op een uitstapje naar Koroistenniemi zodra de wegen weer droog waren. In haar brief vermeldde mevrouw Tallgren dat ze groot nieuws had. Jenny was blij dat ze wat afleiding kreeg. Ze oogde bleek en was afgevallen, want ze had nauwelijks kunnen slapen en ook haar eetlust was verdwenen. Het gezelschap van mevrouw Tallgren was bijzonder welkom.

Op een heldere lentedag ontmoetten ze elkaar bij de pastorie van Maaria. Mevrouw Tallgren kwam Jenny goedgeluimd tegemoetlopen. 'Daar bent u dan, mevrouw Malmström. Ik kon bijna niet wachten u weer te zien!' Ze pakte Jenny bij de hand vast. 'Komt u mee. Ik heb een mand met proviand voor ons ingepakt en Paavo heeft het paard al ingespannen. Zullen we meteen vertrekken?'

Jenny knikte en stapte in het rijtuig.

Mevrouw Tallgren had de teugels zelf in handen. Het was geen lange rit, slechts één werst naar de oever van de Aurajoki. Ze staken de hoofdweg over en reden toen langzaam verder over een klein weggetje dat tussen de velden door slingerde. Van tijd tot tijd kwam een van de wielen in een kuil terecht en begon het rijtuig zo hard te schommelen dat Jenny er bijna af viel. Hoog boven de akkers cirkelden leeuweriken en de zon scheen warm op hun gezicht. De lucht geurde naar vochtige aarde en de mest die boer Koroinen over zijn akkers had verspreid.

'Moet u eens horen wat er is gebeurd.' Mevrouw Tallgren gebaarde enthousiast met haar ene hand terwijl ze met de andere de teugels vasthield. 'Meteen nadat ik met Matti Koroinen had gesproken, heb ik een brief gestuurd aan de Oudheidkundige Vereniging in Helsinki. Dat heeft ertoe geleid dat we sinds twee weken gasten hebben op de pastorie, namelijk staatsarcheoloog Johan Aspelin en archeoloog Alfred Hackman.'

Ze zweeg even en keek Jenny veelbetekenend aan. 'Ze hebben onder mijn leiding de voorwerpen bekeken die op de landtong Koroistenniemi zijn gevonden. In april is het de beste tijd daarvoor, omdat de sneeuw al is gesmolten maar het gras nog niet hoog staat. Eventuele ruïnes en fundamenten zijn dan duidelijker zichtbaar. En raadt u eens?'

Haar ogen schitterden van enthousiasme, en dat werkte aanstekelijk. Jenny lachte: 'Nou, mevrouw Tallgren?'

'Ze zijn ervan overtuigd dat de vondsten van boer Matti uit de ijzertijd en de middeleeuwen stammen en dat er restanten van een oeroude woning of vesting op de landtong te zien zijn. De archeologen wisten te vertellen dat op grond van schriftelijke middeleeuwse bronnen die bewaard zijn gebleven het vermoeden bestaat dat er in elk geval een bisschoppelijk kasteel op die plek heeft gelegen, en mogelijk ook een klooster! Is dat niet geweldig, mevrouw Malmström?'

Daar kon Jenny het alleen maar mee eens zijn.

Het weggetje liep langs de boerderij van Koroinen naar de landtong. Mevrouw Tallgren liet het paard tot stilstand komen en bond de teugels aan een boom vast. Tevreden begon het dier op verse plukjes gras te knabbelen.

'Nu zijn we er. Ik pak de mand met eten en dan gaan we te voet verder!'

Mevrouw Tallgren liep zo energiek door dat Jenny haar slechts met moeite kon bijhouden. Ze liepen over een pad langs een aarden wal en kwamen toen bij een landtong die uitzicht bood op de mooie Aurajoki, die links van de landtong lag. Aan de rechterzijde stroomde de Vähäjoki.

Mevrouw Tallgren liet de mand met eten onder een berk staan en gebaarde tegen Jenny dat ze mee moest komen. 'Kijkt u eens, mevrouw Malmström. Op deze oever zijn duidelijk de fundamenten van een gebouw te zien, en op deze plek hier een soort wal of borstwering. En hier, precies in het midden, liggen grote stenen waarvan nog niet duidelijk is wat die onder zich verborgen houden.'

Jenny was als klein meisje een keer op de landtong geweest, maar ze had destijds nooit iets bijzonders gezien daar. Ze begon ook enthousiast te worden. 'Inderdaad, dat zijn duidelijk de fundamenten van een aantal gebouwen. Wat interessant!'

Ze spreidden een geruite deken uit op een droog en zonnig plekje en gingen zitten om van het landschap te genieten. Mevrouw Tallgren haalde eten uit de mand. De kok van de pastorie van Maaria had hete koffie in een glazen fles geschonken en daar een wollen sok omheen gedaan. Ook waren er boterhammen en kaneelbroodjes.

Jenny nam een hap kaneelbrood en keek om zich heen. 'Het is goed voor te stellen dat dit ooit een belangrijke plaats is geweest, op een plek waar twee rivieren samenkomen. Raar dat me dat nooit eerder is opgevallen, hoewel ik deze plek al vaak vanuit de pastorie in Kaarina heb bekeken.'

Mevrouw Tallgren knikte. 'Dat is vaak zo, dat alleen een geoefend oog dit soort vondsten doet. Jammer genoeg is het feit dat ik de archeologen heb kunnen overtuigen van het belang van Koroinen niet voldoende om met opgravingen te beginnen, omdat daar enorm veel geld voor nodig is. Ook om die reden heb ik u meegebracht hierheen. U bent al heel lang bij de Damesvereniging betrokken en kent mensen uit de hogere kringen. Zou u dit project onder de aandacht kunnen brengen?' Ze keek Jenny smekend aan.

Jenny nam een slok koffie. 'Uiteraard. We kunnen het project bij de eerstvolgende bijeenkomst van de Damesvereniging presenteren en geld inzamelen ten bate van de opgravingen, bijvoorbeeld door middel van een loterij en een bazaar –'

Mevrouw Tallgren onderbrak haar. 'Precies, inderdaad, maar we moeten sneller aan geld zien te komen, zodat de werkzaamheden deze zomer al kunnen beginnen. Zou u Fredrik Barker misschien rechtstreeks kunnen benaderen? Hij heeft de afgelopen tijd ruimschoots geld geschonken aan het goede doel en lijkt bijzonder geïnteresseerd te zijn in u.'

Jenny verslikte zich bijna in haar kaneelbrood, en het scheelde niet veel of ze werd boos op mevrouw Tallgren. 'Neemt u me niet kwalijk, maar u vergist zich. De heer Barker is niet in mij geïnteresseerd. Ik heb hem weliswaar kunnen overhalen aan het woningproject mee te doen, maar dat is precies de reden dat ik hem niet nogmaals wil benaderen.

Ik zou dat zelfs gênant vinden. Het lijkt me beter dat iemand anders dat doet.'

'O jee, nu heb ik u beledigd.' Bezorgd pakte mevrouw Tallgren Jenny's arm vast. 'Ik bied u duizendmaal mijn verontschuldigingen aan, dat was niet mijn bedoeling. Ik kan uw gevoelens betreffende Fredrik Barker heel goed begrijpen.'

Jenny keek haar steels aan. Kon ze dat echt?

'Het zou niet in me opkomen u te dwingen iets tegen uw wil te doen. Maar laten we ons daar nu geen zorgen over maken. We brengen de kwestie te berde tijdens de bijeenkomst van de Damesvereniging en dan zien we wel hoe het verdergaat.'

Mevrouw Tallgren had het vast en zeker niet kwaad bedoeld, maar alleen al het horen van Fredrik Barkers naam bracht Jenny van haar stuk. Ze glimlachte verzoenend. 'Dat zullen we doen.'

Ze kon niet vermoeden dat Fredrik Barker, nog voordat de lente in de zomer overging, haar een nog grotere schok zou bezorgen.

19

Het huis van de familie Dahlström lag aan de Piispankatu. Het was een hoog stenen pand met een charmante rozentuin aan de voorkant. De achtertuin kwam glooiend uit bij de Aurajoki. Het huis was zo statig dat het wel een paleis leek. Jenny was door Beata uitgenodigd voor een middagvisite.

Beata liep haar vriendin tegemoet toen Jenny het huis betrad. 'Geweldig om je te zien, Jenny!'

Ze hadden elkaar voor het laatst tijdens het schaatsfestijn gesproken, dus hadden ze heel wat bij te praten.

'Kom, we drinken thee in de tuin. Het is zo'n prachtige lentedag.'

Beata's kinderen, Wilhelmina en Charlotta, speelden in de tuin, gehuld in witte jurken en strooien hoeden. Ze maakten een knicksje. Jenny gaf hun puntzakjes met harde fruitsnoepjes erin. Dolblij renden de meisjes daarmee weg, naar een struik waaronder ze zich verstopten om in alle rust van hun lekkernijen te genieten.

De dames moesten lachen om de vreugde van de kinderen. Beata nam Jenny mee naar achter het huis. 'Laten we naar het prieel gaan, ik heb de bediende gevraagd daar de tafel te dekken.'

Aan de rand van de tuin stond een blauw tuinhuisje met mooie gebrandschilderde raampjes. Eromheen groeiden seringen. Beata deed de glazen deuren helemaal open en de dames namen plaats in de rotanstoelen. Beata schonk thee in kleurrijke kopjes van Chinees porselein. Ergens in de verte klonk het geklater van een fontein en het gezang van vogeltjes.

'Wat is het heerlijk hier. Dit is net een paradijs.' Jenny ademde de krachtige lentegeuren in en sloot haar ogen.

'Klopt. De seringen zijn eindelijk zo groot dat we hier een geheim plekje konden creëren om thee te drinken,' zei Beata met een glimlach. 'Maar vertel eens, lieve vriendin, hoe het met je gaat.'

Jenny vertelde over haar uitstapje naar Koroistenniemi en de vondst van mevrouw Tallgren. Het was niet moeilijk om Beata te enthousiasmeren voor het project, en ze zei dan ook: 'We moeten ons daar zonder meer voor inzetten. We kunnen desnoods meteen beginnen met de organisatie van een bazaar en een loterij.'

Jenny nam een hap van de heerlijke Engelse krentenkoek die de kokkin van de Dahlströms had gebakken. 'Mevrouw Tallgren is van mening dat dat niet voldoende is. We moeten het geld sneller bijeenbrengen als we willen dat de opgravingen deze zomer al van start gaan.'

'Ik kan mijn ooms vragen of zij er iets voor voelen aan dit project bij te dragen,' zei Beata meteen.

'Dank je wel, Beata. En ik zou een brief aan Rettig kunnen sturen.'

Beata's man was een neef van Ernst en Magnus Dahlström. De broers waren bekende zakenlui in Turku en eigenaar van een groot aantal ondernemingen. Ze hadden zich voor uiteenlopende liefdadigheidsprojecten ingezet en waren ook betrokken bij de corporatie die arbeiderswoningen ging bouwen.

Jenny en Beata praatten verder nog over de opvoeding van de kinderen, rozenstruiken snoeien en Beata's nieuwe kokkin. Beata zette haar kopje op de tafel en schonk nogmaals thee in. 'Zou ik het toch bijna vergeten. Je raadt nooit wat ik gisteren van Helene Crichton heb gehoord.'

Jenny keek haar vragend aan.

'De zoon van John Barker, Fredrik, gaat naar Stockholm verhuizen! Het is de bedoeling dat hij daar in het huwelijk treedt met de dochter van ijzerfabrikant Von Krohn. Die bezit in Zweden diverse houtskoolhoogovens en is echt onvoorstelbaar rijk.'

Jenny had het gevoel dat haar keel werd dichtgeknepen en hapte naar adem. Ze hield haar blik strak op haar theekopje gericht, maar haar handen trilden. Ze probeerde onverschillig te klinken. 'Ach, echt waar? Dat is groot nieuws.'

'Inderdaad,' zei Beata peinzend. 'Waarom vertrekt Fredrik Barker in vredesnaam halsoverkop naar Stockholm? Ik dacht dat hij het naar zijn zin had hier in Turku. Maar ja, het is natuurlijk wel zo dat beide families baat hebben bij een dergelijke echtverbintenis.' Beata barstte in lachen uit. 'En wij maar denken dat hij achter Amanda aan zat! Ik zou Amanda's gezicht weleens willen zien wanneer ze het nieuws te horen krijgt.'

Jenny probeerde mee te lachen, maar ze voelde zich bijna misselijk. Ze maakte een vage opmerking en veranderde toen snel van onderwerp. Gelukkig merkte Beata niets bijzonders aan haar.

Na een tijdje maakte Jenny zich op om te vertrekken. 'Bedankt, lieve vriendin, het was heerlijk om je weer eens te zien,' zei ze oprecht.

Ze omhelsden elkaar en Jenny klom in de prachtige sjees van de Dahlströms. Beata had erop gestaan dat ze zich liet thuisbrengen, en daar was Jenny nu dankbaar voor, want ze was dusdanig in de war dat ze zo snel mogelijk naar huis wilde.

Het leven voelde leeg nadat Jenny het nieuws van Beata had vernomen. Enerzijds was het een opluchting; nu hoefde ze niet meer bang te zijn dat ze Fredrik tegen het lijf zou lopen. Anderzijds was het een vreselijk idee dat ze Fredrik Barker misschien nooit meer zou terugzien. Ze probeerde hem te vergeten door zich nog meer op haar werkzaamheden te storten.

Een week later las Jenny in de krant dat Fredrik Barker en Emilie von Krohn in de kerk van Riddarholmen in Stockholm in het huwelijk waren getreden. Er waren meer dan driehonderd gasten aanwezig geweest bij de imposante en weelderige bruiloft. De journalist die erover berichtte schreef hoe mooi de bruid eruitzag in haar jurk, die een lange sleep had en met parels versierd was.

Jenny staarde met een holle blik uit het raam. Ze werd verteerd door jaloezie. Ze had er alles voor willen geven om de plek van Fredriks bruid in te nemen. Maar zij was niet in staat om hem datgene te schenken wat het meest van een vrouw werd verlangd: een erfgenaam. Zonder moederschap was ze een leeg omhulsel. Haar mond vertrok. Een onbeduidende, waardeloze vrouw. Het enige wat er voor haar in het verschiet lag was een bestaan als verbitterde oude vrijster.

Ze verfrommelde de krant en vermande zich toen. Ze sprak zichzelf berispend toe. Het was egoïstisch om zulke bittere gevoelens te koesteren. Als ze echt van Fredrik hield, zou ze hem alleen maar alle goeds toewensen. Ze vouwde haar handen, bad voor zijn huwelijk en hoopte dat hij gelukkig zou worden.

Die middag ging ze naar het graf; ze praatte in gedachten met Matias. Ze had niemand anders die ze in vertrouwen kon nemen. Het voelde alsof Matias haar begreep en troostte. Jenny wist nu wat er werd bedoeld als men het over een gebroken hart had. Niets leek de pijn te verlichten. Ze voelde zich doodmoe en de toekomst leek onbeduidend, maar ze werd een klein beetje opgefleurd door de toenemende zonneschijn en de zomer die in de lucht hing. Ze richtte haar gezicht op naar de blauwe hemel en beet op haar tanden. Ze moest dit te boven komen. Langzaam ging ze weer op weg naar de pastorie om het avondeten te bereiden.

20

Het voorjaar werd een catastrofe voor Jenny. Na de 1 meiviering kreeg de dominee hoge koorts en hoestbuien, en hij was gedwongen in bed te blijven. Jenny probeerde zo goed als ze kon voor haar vader te zorgen. Ze liet hem thee van frambozenbladeren drinken, wat hielp tegen het hoesten, en ze maakte een medicijn van gekookt lijnzaad, maar de koorts leek niet af te nemen. Op de vierde dag stuurde ze Viktor eropuit om dokter Spoof te halen. Die onderzocht de dominee, nam de koorts op en luisterde met een stethoscoop naar de longen. Hij schudde zijn hoofd.

Jenny keek bezorgd naar de dokter. Ze had een bang vermoeden.

'Ik ben bang, mevrouw Malmström, dat uw vader longontsteking heeft, en op zijn leeftijd is dat gevaarlijk.' Hij haalde een groen flesje uit zijn zwarte leren tas. 'Geeft u hem driemaal daags dit medicijn en probeert u de koorts te verlagen door hem verkoeling te bieden. Over een paar dagen kom ik opnieuw langs.'

Jenny waakte dag in, dag uit naast het bed van haar vader en sliep in een deken gewikkeld in de fauteuil. Soms nam Aina het even van haar over, maar Jenny wilde dicht bij haar vader blijven. Ze hield zijn hand vast en probeerde hem te kalmeren door wiegeliedjes te zingen terwijl hij in een delirium wild om zich heen sloeg. Van tijd tot tijd veegde ze zijn voorhoofd af met koele doeken, en ze bad.

Maar uiteindelijk mocht het allemaal niet baten. Na een week overleed de dominee vroeg in de ochtend in zijn slaap, met zijn hand in die van zijn dochter. De dood van haar vader werd Jenny bijna te veel. Haar verdriet was immens. Overal voelde ze pijn, zelfs ademhalen deed zeer en maakte haar misselijk. Ze lag alleen maar in haar kamertje en huilde.

Aina en Viktor maakten zich ernstig zorgen over de mevrouw. Aina bracht haar eten op een dienblad maar moest dat steeds onaangeroerd weer weghalen. Ze probeerde Jenny te troosten, maar de mevrouw leek niet te luisteren. Ze leefde ergens ver weg in een wereld van verdriet.

Toen Aina op de derde dag het dienblad kwam halen keek ze Jenny bedroefd aan. 'Pardon dat ik het zeg, maar u moet zich nu toch echt vermannen. U eet niks en wast zich niet. De dominee zou zijn dochter niet in zo'n toestand willen zien. Bovendien moet de dominee een fatsoenlijke begrafenis krijgen. Misschien dat u die dominee kunt schrijven met wie uw vader goed bevriend was. Die kan misschien wel helpen als u het in uw eentje niet aankunt.'

Jenny werd zich weer bewust van haar omgeving en keek Aina met een ontroostbare blik aan. Uitgeput zei ze: 'Je hebt gelijk, Aina. Vader verdient een deugdelijke begrafenis.' Met een zware zucht kwam ze uit bed. 'Aina, zou je zo lief willen zijn een emmer met warm water voor me te halen in de keuken? Ik ga me eerst wassen en zal daarna dominee Renwall schrijven.'

Aina slaakte opgelucht een zucht en ging snel een emmer water halen.

21

De begrafenis werd een week later gehouden, in de kerk van Kaarina. Dominee Renwall had laten weten de plechtigheid graag te willen organiseren. Geprezen zij Aina, dat die met dat voorstel was gekomen, dacht Jenny. Aina en zij hadden al genoeg werk met het voorbereiden van de koffietafel na afloop.

Het nieuws van het overlijden van dominee Stenroos was in de omliggende kerken verkondigd en had in de krant gestaan. Daarna waren er tientallen condoleances en bloemstukken binnengekomen op de pastorie. Jenny vermoedde dat er honderden mensen naar de begrafenis zouden komen.

Op de dag van de begrafenis zat de kerk helemaal vol. Zoals dominee Renwall in zijn grafrede al aangaf, was Waldemar Stenroos een gerespecteerde, goedhartige en wijze predikant geweest.

Jenny zat in haar zwarte rouwkleding op de voorste rij, met Beata naast zich, die was gekomen om haar vriendin te ondersteunen. Ook het hele gezin Tallgren was aanwezig. Tante Loviisa had jicht en kon niet komen, wat een opluchting was voor Jenny. Wel had tante een brief gestuurd met daarin nauwgezette aanwijzingen voor de begrafenis. Jenny had beleefd teruggeschreven en haar tante bedankt voor het medeleven.

Jenny's tranen waren opgedroogd en ze was nu helemaal apathisch. Drie jaar geleden had ze haar zoontje begraven, en kort daarvoor haar man. Nu was vader aan de beurt. Dankbaar kneep ze in Beata's hand. Ze was blij met de steun van haar vriendin.

Tijdens de laatste hymne stonden Kosti Vanhanen en Ivar Tallgren op en voegden ze zich bij de vier andere mannen die de kist met Waldemar Stenroos zouden dragen.

De kerkgangers liepen mee naar buiten om te zien hoe de dominee ter aarde werd besteld, vlak bij het graf van zijn schoonzoon en kleinkind. Een voor een liepen de gasten langs het graf om er bloemen op te leggen, waarna Kosti Vanhanen namens Jenny met welluidende stem de aanwezigen uitnodigde voor de koffietafel in de pastorie. Jenny was hem dankbaar voor de manier waarop hij de touwtjes in handen nam.

Aina had een aantal dienstmeiden aangeworven om te helpen bij het serveren van de koffie. Die waren druk bezig met inschenken en uitdelen. Jenny stond urenlang bij de deur van de salon om de gasten en hun condoleances te ontvangen. Haar handen trilden. Was het maar snel voorbij, dacht ze vermoeid. Uiteindelijk maakte ook de laatste gast zich op om te vertrekken, en Jenny liep naar dominee Renwall om hem te bedanken.

'Moge God je zegenen, Jenny, en je helpen al dit verdriet te dragen,' zei Renwall meelevend. 'En denk eraan: op dit moment lijkt alles misschien uitzichtloos, maar de tijd zal er uiteindelijk voor zorgen dat je het verdriet te boven komt. En denk ook aan de kracht van het gebed.'

'Dank u, dominee Renwall,' was het enige wat Jenny kon uitbrengen.

De laatste gast die afscheid nam was Kosti Vanhanen. Hij pakte Jenny's hand vast. 'Hou vol, lieve Jenny. Ik mag toch wel Jenny zeggen? Ik kom snel weer langs om te zien hoe het met je gaat. Ik hoop dat dat mag?'

Jenny knikte. Lopend verliet Vanhanen de tuin van de pastorie. Het was een warme zomerse dag, de vogels zongen en de blauwe seringen bloeiden, maar Jenny werd het allemaal nauwelijks gewaar.

Een paar dagen later kwam Kosti langs. Ze dronken koffie op de glazen veranda van de pastorie. De zon scheen helder door de witte vitrage en de roze geraniums op de veranda geurden sterk. Kosti zette zijn kopje op de tafel en schraapte zijn keel. 'Luister eens. Ik heb hier diep over nagedacht. Misschien heb je al gehoord dat ik een zetel heb gekregen in de senaat. Dat is een grote eer voor mij, en ik ben tot de conclusie gekomen dat ik mijn werk hier moet stopzetten en naar Helsinki moet verhuizen.'

Jenny keek hem verrast aan. 'Ik wist inderdaad dat je lid van de senaat werd, maar niet dat je daarvoor naar Helsinki moest.'

'Zo is het inderdaad, en ik wil jou meenemen.'

Jenny's kopje bleef op haar lippen hangen, en ze keek op.

'Jazeker, Jenny, ik vraag je om mijn echtgenote te worden. Volgens mij passen we bijzonder goed bij elkaar. We hebben dezelfde waarden en ik heb grote waardering voor jou als vrouw. Ik wil samen met jou een gezin stichten.'

Jenny was verbijsterd. Was ze bereid om naar Helsinki te verhuizen? Wilde ze wel met Kosti Vanhanen trouwen? Ze wist dat ze niet verliefd op hem was en geloofde evenmin dat Kosti van haar hield. Ze zette haar kopje neer. 'Mijn beste Kosti. Ik stel bijzonder veel prijs op je vriendschap en op alles wat je voor me hebt gedaan tijdens de begrafenis, maar ik kan er niet mee instemmen met je te trouwen.'

Kosti keek haar verbaasd aan. Blijkbaar had hij geen rekening gehouden met een afwijzing. 'Maar Jenny, waarom niet?'

'Ik ben niet de juiste vrouw voor jou, omdat ik niet van je hou.' Jenny streek met haar vingers over het gehaakte tafelkleed. 'En bovendien wil ik hier niet weg.'

Hij boog zich voorover en baste: 'Jenny, doe niet zo dom. Je moet hier hoe dan ook weg, omdat er een nieuwe predikant in de pastorie komt wonen. En wat de liefde betreft: zoiets kom je alleen in romantische boekjes tegen. Ik had nooit gedacht dat jij in dergelijke onzin geloofde. Een goed huwelijk is niet op passie gegrondvest, maar op vriendschap en respect.'

Jenny beet op haar lip en ontweek zijn blik. 'Bedankt, Kosti, maar ik ben niet van plan mijn mening te herzien.'

Hij slaakte een zucht en leunde naar achteren op zijn stoel. 'Goed, Jenny. Ik begrijp dat dit te snel voor je ging. Je hebt zojuist je vader verloren en je wilt niet verhuizen, maar neem van mij aan dat dit de enige juiste oplossing voor je is.' Hij stond op. 'Volgende week kom ik weer langs en dan zal ik je opnieuw ten huwelijk vragen. Ik denk dat je dan wel weer tot bezinning bent gekomen.'

Hoe meer hij zijn zin probeerde door te drijven, des te zekerder wist Jenny dat ze het juiste besluit had genomen. Ze begeleidde hem naar de deur. Hij pakte haar hand en drukte er een kus op. Jenny trok haar hand weg. Kosti keek op en zei vastbesloten: 'Volgende week woensdag kom ik terug. Dan wil ik een antwoord hebben.'

Beduusd liep Jenny terug naar de veranda. Was ze gedwongen met Kosti te trouwen, een man die niet geloofde in de gelijkwaardigheid van man en vrouw? Veel alternatieven had ze niet. Maar ze zou ook hem geen erfgenaam kunnen schenken. Kon ze dat voor hem geheimhouden? Verstrooid begon ze dode bloemetjes uit de geraniums te plukken. Wat moest ze doen?

22

Notaris Sarlin veegde met een witte doek het zweet van zijn voorhoofd. Het was een hete zomerdag en hij was naar de pastorie in Kaarina gekomen om het testament van dominee Stenroos ten uitvoer te leggen. Jenny ontving hem in de salon.

De heer Sarlin haalde het document uit zijn zwarte leren tas en zette zijn bril op. Hij sprak langzaam en articuleerde zorgvuldig. 'Beste mevrouw Malmström, uw vader heeft zijn trouwe bedienden Aina en Viktor Jokinen, alsmede zijn zuster Loviisa Helin, alle drie een bedrag van honderd mark nagelaten, en aan zijn dochter zijn complete vermogen. De dochter mag dat naar eigen goeddunken besteden.' Hij legde het testament weer neer. 'Ik wil u erop wijzen dat het om een niet al te hoog bedrag gaat, maar het is voldoende voor de aankoop van een kleine woning, bijvoorbeeld in Turku. Het meubilair van de pastorie behoort nu aan u toe, wat betekent dat u een deel bijvoorbeeld aan de nieuwe predikant van Kaarina kunt verkopen en kunt meenemen wat u wilt behouden. Verder deel ik u mee dat u als dochter van een dominee het recht heeft om nog een jaar in de pastorie te blijven wonen, zelfs als de nieuwe predikant meteen na zijn aanstelling de woning wil betrekken. Het is algemeen bekend dat hulpprediker Johan Stenius van de Domkerk-parochie waarschijnlijk de nieuwe predikant wordt. Hij heeft mij verzocht u te laten weten dat hij u, bij ontstentenis van andere verbintenissen, met genoegen tot zijn echtgenote maakt. Dan zou u hier kunnen blijven wonen en ook uw uitstekende werk binnen de parochie van Kaarina kunnen voortzetten.' De heer Sarlin zette zijn bril af en keek Jenny vragend aan.

Jenny kende de heer Stenius wel, een man van in de vijftig met een grijze baard. Als de situatie niet zo hopeloos was, zou ze in lachen zijn uitgebarsten. Dit was al het derde huwelijksaanzoek dat haar binnen een paar maanden tijd was gedaan.

'Het spijt me, mevrouw Malmström.' De heer Sarlin stopte het testament weer in zijn tas en strekte zich uit. 'Ik vermoed dat dit als een verrassing komt, dus verwacht ik nog geen antwoord van u. Zullen we afspreken dat u mij binnen twee weken schriftelijk antwoord geeft? Hebt u alles begrepen wat ik u heb verteld?'

Jenny knikte.

De heer Sarlin liep naar de deur van de salon. 'Laat u mij in uw brief weten hoe ik de kwestie moet afhandelen.' Hij zette zijn bolhoed op en maakte een buiging. 'Tot ziens en het ga u goed, mevrouw Malmström.'

Die middag bezorgde postbode Nummelin een brief van tante Loviisa.

Beste Jenny,

Ik heb over je situatie nagedacht en maak me ernstig zorgen. Er zit nu niets anders voor je op dan in het huwelijk te treden met meester Vanhanen. Je hebt geen andere keuze. Mocht het echter zo zijn dat meester Vanhanen jou afwijst, dan moet je bij mij komen wonen. Ik heb al besloten dat jij de kamer van mijn bediende krijgt. Zij is sowieso van zins deze zomer te trouwen en mij in de steek te laten. Jij zou mijn gezelschapsdame kunnen worden, kleine diensten kunnen verrichten en me kunnen voorlezen. We zouden ons best redden samen. Laat me onverwijld je reactie weten.

Je tante Loviisa

Het was een warme, lichte zomernacht, en Jenny kon de slaap niet vatten. Uiteindelijk stond ze op en opende het raam. De tuin zag er aanlokkelijk uit 's nachts. Ze haalde een vest en ging naar buiten.

Het gras voelde vochtig aan toen ze er blootvoets overheen liep. Hyrry kwam haar met een trillende opgestoken staart tegemoet en volgde haar de tuin in. Hoog in een boom klonk het melancholische gezang van een merel. De appelbloesems geurden. De gele primula's die haar moeder lang geleden had geplant bloeiden in de perken naast het huis, en in de verte klonk het geklingel van koebellen, afkomstig van de koeien die op de oever van de rivier na de lange winter van het verse gras genoten.

Jenny ging op het bankje onder de wit bloeiende appelboom zitten. Hyrry sprong op haar schoot en begon te spinnen en kopjes te geven. Ze krabbelde hem onder zijn kin; tevreden hield hij zijn kopje scheef. Toen zag hij iets in de schaduw van de bomen; hij sprong van haar schoot en verdween tussen de pioenstruiken. Een roeiboot met een eenzame visser erin gleed langzaam over de Aurajoki. Dit alles zou ze moeten opgeven. Jenny kreeg een brok in haar keel. Ze wilde niet met predikant Stenius trouwen.

Ze keek omhoog naar de schemerige lucht. Ze kon het vriendelijke gezicht van haar vader bijna voor zich zien. Ze snikte een keer en merkte toen dat ze huilde. Huilde om alles wat ze had verloren. Ze miste haar vader zo verschrikkelijk. De eenzaamheid was verpletterend. Ze had niemand meer over. Het voelde alsof God haar had verstoten.

Uiteindelijk slaakte ze een paar trillende zuchten, en ze leunde naar achteren. Op deze plek waren te veel pijnlijke herinneringen. Ineens moest ze aan Fredrik Barker denken. Wat zou Fredrik momenteel aan het doen zijn? Zat hij ergens naar dezelfde sterren te kijken als zij? Dacht hij soms nog aan haar? Haar mond vertrok in een verbitterde glimlach. Vast niet.

Ze brak een tak van de appelboom, snoof aan de bloesem en nam een besluit. Het was tijd om vooruit te kijken in het leven. Maar ze zou niet naar Helsinki gaan, of naar haar tante in Naantali. Ze zou naar Turku verhuizen.

Deel II

23

'Martta, heb je de pap nu alweer laten aanbranden? Het ruikt hier branderig,' riep Jenny naar Martta, die druk in de weer was in de keuken. 'Pardon, mevrouw! Het spijt me heel erg!' Met een rood gezicht kwam ze in de deuropening staan. 'Ik heb echt wel geroerd tussendoor, maar het is toch aangebrand. Komt vast doordat er melk in zit.'

'Het geeft niet,' zei Jenny lachend. 'Roer de volgende keer maar wat harder.'

Ze verdiepte zich in haar krant terwijl Martta uit de keuken kwam met een bord waar gebakken eieren op lagen. 'Maar kijk eens, mevrouw, ik heb de eieren ditmaal wel goed voor elkaar gekregen.'

Jenny keek haar aan en lachte: 'Nou, inderdaad. Die zijn echt perfect geworden.'

Martta grijnsde tevreden en zette het bord op tafel. Ze keerde terug naar de keuken; haar lange blonde vlecht zwiepte bij het lopen.

Jenny keek haar na. Het meisje was geweldig. Martta kwam uit Nummenpakka, uit het gezin Wahlroos. Jenny had haar een jaar geleden als hulp aangesteld. Kaisa Wahlroos was uiteindelijk bezweken aan de tering en de vader had met hand-en-spandiensten in het levensonderhoud van hem en de kinderen voorzien. Toen Jenny meer was gaan verdienen, had ze besloten een huishoudelijke hulp in dienst te nemen, en toen had ze weer aan Martta gedacht. Die was precies geschikt voor die taak.

Martta was nu dertien, en hoewel ze nog niets anders kon dan eieren bakken en thee- en koffiezetten, was ze een harde werker en een vrolijk, gezellig meisje. Bovendien bleef Jenny via Martta op de hoogte van het wel en wee in Nummenpakka, en die nieuwtjes hoorde ze altijd graag.

Jenny had in de buurt van het Aleksanterintori een klein houten huis gekocht, met alleen een kleine keuken, een salon en een slaapkamer. Maar een grotere woning had ze ook niet nodig. Uit de pastorie had ze het meubilair meegenomen uit de kamer die haar het dierbaarst was, de studeerkamer, en dat in de salon van haar nieuwe huisje neergezet. De groene zitgroep stond tegen een van de muren, en in de hoek was zelfs plek voor vaders oude schommelstoel en zijn pijpenrek, hoewel Jenny zelf natuurlijk niet rookte. Maar dat hoekje deed haar altijd zo aan vader denken dat ze hem bijna kon zien zitten met zijn warrige grijze haar, lezend in de krant en tussendoor een pijp rokend.

In de salon was ook nog plaats geweest voor de vierpersoonseettafel. Verder had ze alle meubels uit haar kamertje in de pastorie meegenomen, en het blauwe porseleinen servies van haar moeder. De rest van het meubilair had ze voor een goede prijs aan de nieuwe predikant van Kaarina kunnen verkopen; dat was inderdaad Johan Stenius. Naar het scheen was hij nog steeds niet getrouwd. Aina en Viktor werkten nu voor de nieuwe predikant, en Jenny ging soms bij hen op bezoek wanneer ze de graven bezocht. Ze heetten haar altijd hartelijk welkom.

'Mevrouw Malmström!' riep Martta uit de keuken. 'Is het goed als ik vandaag vis koop op de markt en visfilets met aardappels voor u kook?'

'Ja, hoor,' antwoordde Jenny. 'Je kunt het visafval mee naar huis nemen en er een soep van maken. Ik doe er toch niets mee.'

'Bedankt, mevrouw. U bent zo aardig.'

Het kleine beetje loon dat Martta verdiende was van levensbelang voor het gezin. Eenmaal thuis moest Martta ook daar nog voor het huishouden en de kinderen zorgen. Alleen haar broertjes leefden nog, Aapo en Matti. Haar zusjes waren een paar winters geleden aan roodvonk overleden.

Toen Jenny zich weer in haar krant verdiepte viel haar oog op een overlijdensadvertentie, en haar glimlach verdween onmiddellijk. Patroon John Barker was de voorgaande dag thuis bezweken aan een hartaanval. Een vreselijke gedachte kwam in haar op. Als John Barker dood was, moest Fredrik samen met zijn echtgenote terugkeren naar Turku om de leiding van de fabriek over te nemen.

Jenny duwde de krant van zich af en keek geschokt uit het raam. Ze wilde die pijn niet meer voelen. Ze had eindelijk geleerd het leven zonder gemis en hartzeer te leven. Gedurende de afgelopen drie jaar was de pijn zoveel minder geworden dat ze inmiddels een tamelijk normaal leven kon leiden.

'Mevrouw, waren de eieren toch niet goed? U hebt er bijna niks van gegeten.' Martta was uit de keuken gekomen om af te ruimen.

Jenny keek op. 'O, nee hoor, Martta. Ik heb om een of andere reden alleen geen honger nu.' Ze hielp Martta door haar bord op het dienblad te zetten. 'Bedankt voor het ontbijt, ik vertrek nu naar de school.'

De prestigieuze meisjesschool van mamzel Heurlin bood al tientallen jaren particulier onderwijs in Turku. De directrice herinnerde zich haar voormalige leerlinge als een ijverig en intelligent meisje. Ze had Jenny uit eigen beweging een brief geschreven en haar gevraagd om godsdienstonderricht en geschiedenis te komen geven aan meisjes uit de hogere kringen.

Het schoolgeld bedroeg vijftien mark per maand, dus konden alleen de rijkste gezinnen in Turku het zich veroorloven hun dochters naar mamzel Heurlin te sturen. Mamzel zelf had haar opleiding in Stockholm genoten, en ze stelde hoge eisen aan haar leraressen, die uit Turku en omgeving kwamen. Een van de leraressen, mamzel Heickell, kwam zelfs helemaal uit Zweden.

Juffrouw Heickell gaf lees- en schrijfvaardigheid, juffrouw Wrede gaf rekenen en juffrouw Sinebrykoff verzorgde de teken-, naai- en borduurlessen. Mamzel Heurlin nam muziek, Engels en Frans voor haar rekening, alsmede de lessen in etiquette.

Jenny gaf onderricht in godsdienst, geschiedenis, aardrijkskunde en literatuur. In eerste instantie werkte ze maar tien uur per week, maar later werden dat er twintig. In het begin was haar salaris net toereikend geweest voor voedsel en brandhout, maar dankzij het toegenomen aantal uren had ze genoeg geld om Martta in dienst te nemen.

De school was gevestigd in een mooi hoog stenen huis, aan de rand van het park bij de Domkerk. Jenny woonde op ongeveer een werst lopen daarvandaan. Vlak voordat de kerkklokken negen keer sloegen, kwam ze in het leslokaal aan. Vandaag zou ze geschiedenis geven aan de oudste meisjes. Ze waren inmiddels bij de Finse Oorlog aanbeland.

De meisjes gingen naast hun schoolbankjes staan toen Jenny binnenkwam. Ze wenste hun goedemorgen, waarop de meisjes in koor teruggroetten, en hing toen haar cape aan de kapstok.

'Jullie kunnen gaan zitten. Neem jullie schriften tevoorschijn om aantekeningen te maken. Vandaag vertel ik jullie welke omstandigheden ertoe leidden dat Finland in 1808 werd veroverd.'

De meisjes gingen zitten, pakten hun schrijfmateriaal uit hun schoolbanken en bogen zich over hun schriften heen.

Na de lunch ging Jenny met de jongste meisjes naar de oever van de Aurajoki om planten te verzamelen voor het herbarium. Die zouden ze later op papier plakken en platdrukken tussen een pers om te drogen. Ook de Latijnse naam van de plant werd op het papier genoteerd.

De lentezon had ervoor gezorgd dat de plantjes hun heldergroene blaadjes omhoogstaken uit het bruine gras. De vogels zongen in de bomen op de oever en de meisjes renden enthousiast in het rond. Jenny probeerde hun te bevelen kalm en waardig te wandelen, als keurige dames, maar dat leek geen enkel effect te hebben. Ze glimlachte en liet de meisjes maar begaan. De lente bracht zowel de natuur als de mensen tot leven.

Het nieuws van die ochtend had Jenny helemaal in de war gebracht, en ze was er de hele dag niet bij met haar gedachten. Wat moest ze doen als ze Fredrik en zijn vrouw tegenkwam? Hoe kon ze het verdragen om van een afstandje getuige te zijn van hun liefde en geluk? Vroeg of laat zouden ze elkaar tegen het lijf lopen; Turku was zo'n kleine stad. Heel even voelde ze zich wanhopig, en ze bukte om klein hoefblad te plukken. Mevrouw Barker was vast ontzettend mooi. Zou ze al voor een erfgenaam hebben gezorgd?

Ze moest weer aan Kosti Vanhanen denken. Zou hij gelukkig zijn in Helsinki? Ze had in de krant gelezen dat senator Vanhanen de strijd had aangebonden om het kiesrecht te wijzigen, dat momenteel de allerrijksten begunstigde. Hij eiste dat ook het werkvolk zich verkiesbaar mocht stellen.

In eerste instantie had Kosti ijverig naar Jenny geschreven en steeds weer gepoogd haar ertoe over te halen met hem te trouwen. Vervolgens was er een eind gekomen aan de stroom brieven. De daaropvolgende zomer had ze in de krant gelezen dat senator Vanhanen in het huwelijk was getreden met de dochter van een handelsman uit Helsinki. Jenny was verheugd geweest. Ze was uiterst tevreden met haar leven als lerares op de meisjesschool. Wel werd ze 's avonds soms overvallen door het gevoel dat alles zinloos was, maar ze weigerde daaraan toe te geven. Er was zo veel misère in de wereld, eigenlijk had zij niets te klagen. Ze had werk, een huis en genoeg te eten.

'Mevrouw Malmström, we hebben allemaal monsters verzameld van klein hoefblad en wilgenkatjes. Mogen we nu naar huis?'

Jenny schrok op uit haar gedachten en keek glimlachend naar Emma von Hellens, die haar het boeketje liet zien dat ze had bijeengezameld. 'Ja hoor, jullie kunnen gaan,' zei ze. Vrolijk huppelend keerden de meisjes terug naar het schoolgebouw.

Toen Jenny die middag naar huis terugkeerde, hoorde ze Martta in de keuken zingen. Ze opende de voordeur en hing haar cape aan de kapstok in de gang. Ze had Martta's hulp echt hard nodig. Voorheen was het in het najaar en de winter ijskoud geweest in de woning, omdat er niemand aanwezig was om overdag de kachel brandend te houden. Ook de was doen nam zo veel tijd in beslag dat ze daar soms haar hele vrije dag aan moest opofferen. En het was heerlijk dat het eten al klaar was als ze 's middags thuiskwam, ook al was het vaak nog niet gaar of juist aangebrand.

Ze opende de deur naar de salon en bleef toen als aan de grond genageld staan. Er kwamen twee jonge katjes op haar af gestuiterd. Ze keek er verwonderd naar. De diertjes konden nog niet ouder dan een maand zijn. Het ene had een pluizige grijze vacht, het andere was rood en gestreept. Allebei hadden ze nog de blauwe ogen die voor jonge dieren kenmerkend is. Jenny slaakte een kreetje van verrukking en hurkte neer om de katjes op te pakken.

Martta wierp een blik om de hoek van de keukendeur. 'Mevrouw Malmström! Die heb ik vanmorgen in een vuilnisbak gevonden. Iemand had ze daarin gestopt. Ik had het hart niet om ze achter te laten. Kijkt u toch hoe schattig ze zijn. Ik heb ze wat visafval gegeven en ze hebben alles opgegeten! Ze hadden vast een vreselijke honger.'

'Tjonge, wat een schatjes.' Jenny was meteen helemaal verkocht. 'Wat ben je met ze van plan, Martta?'

Met een opscheplepel in de hand stond Martta in de deuropening. 'Ik weet het niet zo goed. Vader vindt het in elk geval niet goed als ik ze meeneem naar huis. We hebben al meer dan genoeg katten in Nummenpakka.'

Met fonkelende ogen keek Jenny naar Martta. 'Dan mogen ze hier blijven. Geef jij ze maar namen, jij hebt ze immers ook gevonden.'

Martta zette een van de katjes op haar schouder. Ze lachte toen het beestje probeerde via de halsopening in haar jurk te kruipen. 'O mevrouw, wilt u echt twee zwerfkatjes als huisdier aanhouden?'

'Het lijkt erop dat dat het geval is.' Jenny aaide het grijze katje, dat probeerde te ontsnappen. 'Bedenk maar namen voor ze.'

Martta dacht na. 'Het zijn allebei jongetjes, dus ik noem ze Killi en Nalli, naar de reuzen die de kerk in Raisio hebben gebouwd.'

'Leuke namen,' zei Jenny. 'Welke is wie?'

'Oef, nou, de grijze is Killi en die rooie heet Nalli.'

'Dat is dan geregeld! Neem ze maar mee naar de keuken. Je kunt een kistje naast het fornuis neerzetten, dan wordt dat hun bed. Bij het fornuis is het lekker warm. En geef ze maar wat melk op een schoteltje. De melkboer is gisteren geweest en heeft twee flessen gebracht.'

Martta pakte de katjes op en ging vrolijk zingend terug naar de keuken: 'Poesje mauw, kom 's gauw, ik heb lekkere melk voor jou, en voor mij...'

Jenny liep naar haar kamer om andere kleren aan te trekken. Vanuit de keuken klonk een luid gemiauw terwijl de katjes op hun melk wachtten. Jenny moest lachen. Ze had die ochtend nog niet kunnen vermoeden dat ze eigenaar van een stel katten zou worden. Het had haar bijna doen vergeten dat Fredrik Barker haar leven weer zou binnenstappen.

24

Honderden inwoners van Turku hadden zich op de bruggen van de stad verzameld om te zien hoe de rivier zich van het ijs ontdeed. De grote ijsschotsen werden ook wel 'de ouwe mannen van Halinen' genoemd, omdat ze afkomstig waren van de Halistenkoski, een stroomversnelling in de bovenloop van de Aurajoki. Minstens zulk groot nieuws was het feit dat Fredrik en Emilie Barker die dag hun intrek zouden nemen in het hoge stenen huis naast de Barker-fabriek aan de Linnankatu. De hele stad was nieuwsgierig naar de nieuwe fabriekseigenaar en zijn mooie, rijke Zweedse echtgenote. Er waren dan ook al drie jaar verstreken sinds Fredrik Barker uit Turku was vertrokken. Het regende uitnodigingen voor het stel om aanwezig te zijn bij uiteenlopende evenementen in de hogere kringen.

Na de begrafenis van zijn vader had Fredrik meteen de handen uit de mouwen gestoken. Hij voerde aanzienlijke hervormingen door in de fabriek, maatregelen waar de oude patroon alleen nog maar over had nagedacht. Er werd een begin gemaakt met de bouw van een weverij met vier verdiepingen, die naast het bestaande fabriekspand met twee verdiepingen moest komen. De productie werd verhoogd en het aantal werknemers steeg tot boven de tweehonderd. Tot grote vreugde van de stadsbewoners bleek het echtpaar Barker ook geïnteresseerd te zijn in liefdadigheid. Jenny las in de krant dat ze geld hadden gedoneerd voor de bouw van een nieuw armenhuis op de Korppolaismäki, bij de monding van de Aurajoki. Het oude pand in het centrum van de stad was al te klein geworden. Het nieuwe armenhuis zou aparte verblijven krijgen voor mannen en vrouwen, en ook gescheiden afdelingen voor geesteszieken.

Jenny vreesde de dag dat ze de Barkers tegen het lijf zou lopen. Hoe kon ze op een ongedwongen manier met hen omgaan? Het lukte haar Fredrik Barker bijna het hele voorjaar te ontwijken, maar een ontmoeting was onvermijdelijk.

Als lid van het bestuur van de historische vereniging had Jenny een uitnodiging ontvangen voor een vergadering. Behalve zijzelf zaten ook patroon Rettig, ereconsulsvrouw Vivi Malm, journalist Lillja en bibliothecaris Adolf Lindman in het bestuur. De vergaderingen werden meestal bij Rettig thuis gehouden.

Ditmaal was het de bedoeling om over de financiering van de opgravingen in Koroistenniemi te praten. Mevrouw Tallgren oefende al jaren druk uit op het bestuur door het onophoudelijk met brieven te bestoken. Er waren nog meer archeologen op de locatie wezen kijken, en ze waren er allemaal van overtuigd dat er een middeleeuws bisschoppelijk kasteel op die plek had gestaan. Mevrouw Tallgren eiste opnieuw dat er meteen met opgravingen werd begonnen. Wat haar betreft was daar al veel te lang mee gewacht.

De loterij van de Damesvereniging had destijds het een en ander opgeleverd, maar niet voldoende. De stad had evenmin geld om het project te financieren, en er waren maar weinig donaties binnengekomen.

De familie Rettig woonde in een groot stenen huis aan de Nunnankatu in het centrum van Turku, naast de tabaksfabriek. Jenny arriveerde ruim op tijd voor de vergadering. De bediende leidde haar naar de bibliotheek op de eerste verdieping. Daar bleek dat de overige leden van het bestuur al aanwezig waren, en ze nam plaats op een leren fauteuil voor het raam. Van daaraf kon ze goed de mooie kamer overzien, waarvan de muren met donkergroen behang waren bekleed en door eiken boekenkasten werden bedekt. De bibliotheek stond vol met geschiedenisboeken.

Jenny wisselde een paar woorden met Vivi Malm, die in de leunstoel naast haar was komen zitten. Adolf Lindman en journalist Lillja waren bij de tafel in een gesprek verdiept. Rettig zat aan het hoofdeinde van de tafel. Hij was bijzonder geïnteresseerd in de geschiedenis van de stad Turku en was voorzitter van de historische vereniging. Zijn haar begon al grijs te worden. Zijn volle baard was keurig bijgeknipt en de punten van zijn snor waren met was omhooggekruld.

Jenny had enorm veel waardering voor Rettig. Hij was een belezen en edelmoedige fabrieksdirecteur die vele schenkingen deed en belangrijke hervormingen doorvoerde ten bate van de inwoners van Turku. De eerste arbeiderswoningen waren al gereed en de gelukkige bewoners hadden hun nieuwe onderkomens mogen betrekken. Ook waren er woningen in aanbouw in de buurt van de Barker-fabriek en de scheepswerf van Crichton.

Rettig haalde het zakhorloge uit de zak van zijn gestreepte vest en schraapte zijn keel. 'Geachte leden van het bestuur. Ik deel u mee dat we vanavond een onverwachte gast krijgen.' Hij richtte zijn blik op de anderen. 'Het gaat om patroon Fredrik Barker.'

Jenny werd helemaal bleek en begon toen te blozen. Ze sloeg haar ogen neer en frummelde nerveus aan haar rok.

'De heer Barker heeft belangstelling getoond voor de opgravingen in Koroistenniemi en woont de vergadering bij om er meer over te weten te komen,' vervolgde Rettig. 'Mogelijk gaat hij bijdragen aan de financiering van het project, als hij de archeologische onderzoeken toereikend acht. Ik verwacht dat hij elk moment kan arriveren.'

Op datzelfde moment klonken er voetstappen op de trap, en de breedgeschouderde gestalte van Fredrik Barker kwam de kamer binnen. Jenny wist niet waar ze moest kijken. Het was een schok om hem te zien. Haar hart bonkte als een trommel en het zweet stond in haar handen. Ze probeerde tot bedaren te komen. Gelukkig had Fredrik zijn aandacht op de gastheer gericht, waardoor zij de kans kreeg zich te herstellen.

Ze bekeek hem tersluiks. Hij was nog net zo knap en stijlvol als voorheen. Ze voelde een steek van gemis en haalde diep adem. Toch waren er ook wat subtiele veranderingen in zijn voorkomen. Hij was niet meer zo jongensachtig als vroeger, en rond zijn ogen waren wat rimpels ontstaan, van bezorgdheid wellicht.

Nadat hij Rettig de hand had geschud, wendde Fredrik zich tot de overige leden van het bestuur. Rettig stelde hen aan hem voor. Op dat moment werd Fredrik Jenny gewaar. Zijn ogen flitsten toen ze opstond om hem een hand te geven. Fredrik maakte een buiging en nam haar hand in de zijne. Er liepen koude rillingen over haar rug.

Fredriks blik verplaatste zich van haar gezicht naar haar lippen. ‘Ik kan me mevrouw Malmström nog goed herinneren. We spraken elkaar vaak voordat ik naar Stockholm verhuisde.’

Jenny kon geen woord uitbrengen, volstond met een hoofdknikje en dwong zichzelf te glimlachen.

Rettig verzocht Fredrik plaats te nemen. Hij sloeg met een houten voorzittershamer op de tafel en opende de bijeenkomst. ‘Welkom bij de vergadering van de historische vereniging. Het doel vandaag is om te praten over de financiering van de archeologische opgravingen in Koroistenniemi.’

Rettig keek over zijn bril heen naar de aanwezigen, en zijn blik bleef op Jenny hangen. ‘Mevrouw Malmström is van ons allemaal wellicht het best op de hoogte van de situatie in Koroistenniemi. Zou u zo vriendelijk willen zijn aan ons, en in het bijzonder aan de heer Barker, uit te leggen wat er op de landtong is aangetroffen en welk bedrag er nodig is voor de opgravingen?'

Jenny bloosde. Dit ontbrak er nog maar aan. Ze richtte haar blik op Fredrik, die zijn ogen op haar gericht hield.

Barker knikte en glimlachte. 'Gaat uw gang, mevrouw Malmström. Ik ben een en al oor.'

Jenny slikte. Ze rechtte haar rug en stak van wal, een tikje haperend nog. 'Mevrouw Tallgren... zij is dus de echtgenote van de predikant van Maaria... heeft een aantal archeologen uit Helsinki naar Koroistenniemi laten komen en die zijn, op grond van vondsten en historische bronnen, van mening dat er waarschijnlijk een middeleeuws bisschoppelijk kasteel op die plek heeft gestaan.' Ze keek Fredrik in de ogen, die haar onophoudelijk aanstaarde. Ze bevochtigde haar lippen en ging verder: 'Mevrouw Tallgren heeft de historische vereniging om financiële middelen gevraagd, zodat met de opgravingen kan worden begonnen. Er is al een archeoloog uitgekozen, Juhani Aaltonen, die kan beginnen zodra hij de benodigde middelen krijgt.'

Er volgde een stilte. Rettig boog naar voren en tuitte zijn mond. 'Als we deze opgravingen financieren, sta ik erop dat alle vondsten naar het historisch museum in Turku gaan. Ze mogen niet naar Helsinki worden gebracht! Dat is mijn onvoorwaardelijke eis,' zei hij. Hij draaide aan zijn snorpunten en richtte zich tot Fredrik. 'Hoe denkt u erover, Barker?'

Fredrik schrok even op toen hij zijn naam hoorde; het leek wel of hij in zijn eigen wereld verkeerde. Hij richtte zijn blik op Jenny. 'Precies. Ik ben bereid dit project met vijfhonderd mark te ondersteunen.'

'Vijfhonderd,' herhaalde Rettig. Hij noteerde het bedrag in de notulen en dacht even na. 'In dat geval doe ik mee voor hetzelfde bedrag. Mevrouw Malmström, laat u mevrouw Tallgren weten dat het project van start kan gaan, op voorwaarde dat de vondsten in Turku blijven.'

Jenny keek beide heren ongelovig aan. 'Dank u, heer Rettig en heer Barker. Ik deel het haar meteen na deze vergadering mee.'

Rettig sloeg zijn handen ineen en leunde naar achteren. 'Uitstekend. Ik stel voor om nu koffie te drinken.' Hij klingelde met een belletje en de bedienden kwamen de kamer binnen met een serveerwagentje.

Vivi Malm stond op om een bezoek aan het toilet te brengen, en Fredrik ging naast Jenny zitten. Ze had het liefst willen vluchten. Rettig schonk voor de mannen cognac in en voor de vrouwen likeur. Een bediende serveerde de drankjes.

'Ik wil graag toosten op de opgravingen en op Fredrik Barker, die recentelijk in de gemeenteraad is gekozen. Ik wens zowel het project als de heer Barker veel geluk en succes toe.' Rettig hief het glas. De anderen volgden zijn voorbeeld en feliciteerden Barker eveneens, maar Jenny zei niets. Fredrik stootte zijn glas tegen het hare, en Jenny was gedwongen hem in de ogen te kijken, waar een geamuseerde blik in lag. 'En, mevrouw Malmström, krijg ik ook van u de felicitaties?'

'Uiteraard, meneer Barker,' zei ze met een stem waarvan ze hoopte dat hij redelijk kalm klonk.

'Maar?' zei hij met een kort lachje. 'Ik kan aan u zien dat u iets dwarszit.'

Jenny wendde haar blik niet af en keek hem uitdagend aan. 'Meneer Barker, uw succes zit mij absoluut niet dwars, maar het zou me meer verheugen als ook de arbeiders van uw fabriek zich kandidaat zouden mogen stellen bij de verkiezingen.'

Fredrik staarde haar aan en zijn glimlach werd nog breder. Hij boog zich naar haar toe en fluisterde in haar oor: 'Ik ben blij dat je niet veranderd bent, Jenny. Maar je verpest alles als je niet leert je tong in toom te houden. Rettig trekt zijn financiering terug als je weer met allerlei radicale ideeën komt.'

Jenny meesmuilde naar hem, maar ze wist dat hij gelijk had. Ze haalde haar schouders op en zei, duidelijker hoorbaar nu: 'Nogmaals bedankt voor het feit dat u de opgravingen gaat financieren, meneer Barker.'

Energiek stond ze op, en ze liep zo ver mogelijk bij hem vandaan om nog wat koffie in te schenken voor zichzelf. Het kopje trilde een beetje in haar hand.

Fredrik glimlachte veelbetekenend. Maar hij liet haar wel met rust nu en wendde zich tot Adolf Lindman om over de volksbibliotheek te praten. Toch volgde hij Jenny onophoudelijk met zijn blik toen ze naar de andere kant van de kamer liep om de boekencollectie van Rettig te bekijken.

Jenny was nog steeds geagiteerd toen ze na de vergadering thuiskwam. Het weerzien met Fredrik had nu eindelijk plaatsgevonden en het was precies zo gegaan als ze al had gevreesd. Haar gevoelens voor hem waren totaal niet minder geworden, ook al had ze hem drie jaar niet gezien. Ze deed haar cape af en trapte kwaad haar schoenen uit, die in een hoek belandden. Ze liet zich neervallen op het bankje in de gang, leunde met haar hoofd tegen de muur en sloot haar ogen. Waarom, o waarom had ze Fredrik Barker opnieuw moeten tegenkomen? Had ze niet al genoeg geleden in het leven?

Martta was al naar huis. Jenny maakte een vuurtje in de tegelkachel en liep naar de keuken om thee te zetten. Killi en Nalli draaiden rond haar voeten, miauwend om eten. Ze pakte wat vlees uit de kast dat speciaal voor hen gekookt was.

Het was natuurlijk fijn dat Fredrik de opgravingen zou financieren, maar dat betekende wel dat ze ook in de toekomst met hem te maken zou krijgen, tijdens de vergaderingen van de historische vereniging. Ze kroop onder een deken op de bank om thee te drinken. De katjes sprongen op haar schoot en begonnen te spinnen en met hun pootjes de deken te kneden. Afwezig aaide ze de beestjes.

Ze wilde Fredrik vergeten en verdergaan met het leven zoals het was, met alle prettige, rustige routines. Maar nu was alles weer anders. Hij was teruggekeerd en had haar leven weer in de war geschopt. Zijn aanwezigheid zou absoluut niet goed zijn voor haar zenuwen. Jenny stond op om een boek uit de kast te pakken. De katjes protesteerden miauwend toen ze ze optilde en naast zich neerzette. Ze moest Fredrik uit haar gedachten verbannen.

25

'Een fijne zomer, mevrouw Malmström! Een fijne zomer!' Het klaslokaal weergalmde van de heldere, vrolijke stemmen.

Het liedje dat traditioneel op de laatste schooldag werd gezongen, 'De bloeitijd gaat nu komen', was inmiddels gezongen, en ook de rapporten waren uitgedeeld. Jenny draaide zich glimlachend om en zwaaide naar de meisjes terwijl die hun lesboeken bijeenpakten en de deur uit renden, de vrijheid tegemoet.

De school werd op de laatste dag in mei gesloten en de meisjes en leraressen kregen zomervakantie. Eind augustus zou het onderwijs weer beginnen. Mamzel Heurlin betaalde in de zomermaanden geen loon uit aan haar leraressen, maar Jenny had genoeg gespaard om de tijd min of meer te kunnen overbruggen.

Ze zag niet lang kans om te genieten van het nietsdoen of er kwam al een brief van Maria Tallgren.

Beste Jenny,

De opgravingen in Koroistenniemi zijn eindelijk begonnen! Archeoloog Juhani Aaltonen is voortvarend van start gegaan. Hij vertelde dat hij iemand nodig had om de vondsten te tekenen, en toen moest ik aan jou denken.
Jij bent toch goed in tekenen? Zelf heb ik het te druk om hem te

helpen, maar we zouden je heel dankbaar zijn als je af en toe een paar uurtjes kon vrijmaken voor dit grootse project. Als je komende maandag om negen uur 's ochtends naar de opgravingen komt, kunnen we een en ander met de leidinggevende bespreken.

Je Maria Tallgren

Jenny glimlachte. Dit was weer typisch Maria: ze overwoog niet eens de mogelijkheid dat Jenny zou weigeren. Maar goed, dat was Jenny ook niet van plan. Het zou interessant zijn om te ontdekken hoe de vondsten op papier moesten worden gezet.

Via de westelijke oever van de Aurajoki kon je in een half uur tijd van het centrum naar Koroistenniemi lopen. Jenny ging op tijd op weg. Het was een bijzonder regenachtige zomer geweest tot dan toe, en ook nu was het bewolkt; daarom had ze haar parasol thuisgelaten. Haar strooien hoed met de brede rand moest toereikend zijn als de zon tevoorschijn zou komen. Ze had boterhammen en sap ingepakt voor de lunch.

Vlak voor negenen kwam ze in Koroistenniemi aan, waar zo'n vijftien mensen aan het werk waren, zowel mannen als vrouwen. Jenny sloeg hen een tijdje gade. Een aantal medewerkers was bezig met spades aarde op kruiwagens te scheppen, die weer naar andere medewerkers werd gebracht om met grote metalen zeven te worden gezeefd. Daarna schepte een derde groep de aarde op een aparte hoop.

Op de rand van de landtong stond een nog vrij jonge man met Maria Tallgren te praten. Maria zag Jenny en zwaaide enthousiast. 'Daar ben je dan! Goedemorgen, dierbare vriendin!'

Maria wendde zich tot de man. 'Meneer Aaltonen, dit is mijn goede vriendin, mevrouw Jenny Malmström. Jenny, dit is archeoloog Juhani Aaltonen.'

De man glimlachte en stak zijn hand uit. Juhani Aaltonen was een lange, blonde en goedgebouwde man. Hij had de mouwen van zijn witte overhemd tot aan de ellebogen opgerold. Jenny zag dat hij een gebruinde huid en gespierde armen had, die verrieden dat hij niet bang was om zwaar lichamelijk werk te verrichten.

'Aangenaam kennis te maken, mevrouw Malmström.' De heer Aaltonen keek haar onderzoekend aan met zijn blauwe ogen.

'Het genoegen is geheel aan mijn kant.' Ze pakte zijn hand vast. 'Ik heb nog nooit archeologische opgravingen van dichtbij mogen bekijken. Mevrouw Tallgren heeft mij verzocht u te helpen bij het tekenen. Ik weet niet of ik goed genoeg ben, maar ik kan het in elk geval proberen.'

Aaltonen schonk haar een brede lach die een rij witte tanden onthulde. Jenny bloosde. Hij was bijzonder charmant.

'Zo is het, mevrouw Malmström.' Hij veegde wat blonde haren weg voor zijn ogen. 'Schikt het u als ik u eerst de opgravingen toon?'

'Uiteraard.' Jenny knikte en beantwoordde zijn glimlach. Maria nam afscheid; ze had nog andere verplichtingen. Bovendien was ze iedere dag bij de opgravingen aanwezig, dus de presentatie had haar niets nieuws te bieden.

Ze wandelden naar de punt van de landtong, van waaraf het gebied waar gegraven werd het best te zien was. Aaltonen haalde een door hem getekende kaart uit zijn schoudertas en plaatste zijn voet op een steen.

'U weet ongetwijfeld dat we mogelijk met een middeleeuws bisschoppelijk kasteel te maken hebben hier?' Hij keek Jenny vragend aan; ze knikte. 'We hebben het gebied eerst opgemeten en een kaart gemaakt, en vervolgens het opgravingsgebied in vierkanten verdeeld en die met palen aangegeven. Daardoor is het makkelijker belangrijke vindplaatsen te markeren.' Aaltonen wees op de medewerkers die aan de rand van het gebied bezig waren. 'We zijn al in mei begonnen met graven, maar de ijzeren zeven die we uit Helsinki hadden meegebracht bleken te fijnmazig te zijn. Door de constante regenval was de kleigrond erg vast geworden. We moesten het werk onderbreken tot de nieuwe zeven er waren. Daardoor lopen we iets achter op het schema.' Hij wendde zich weer tot Jenny. 'Ik stel kaarten op van het opgravingsgebied en maak notities, maar uw taak zou het zijn de gevonden voorwerpen op millimeterpapier te tekenen.' Hij liet een aantal van de vondsten zien die hij had geschetst.

Jenny hield haar hoofd schuin en bestudeerde de schetsen. Ze zag dat de voorwerpen meermaals werden getekend, vanuit verschillende hoeken. Het leek haar niet al te moeilijk werk. Ze zou de voorwerpen opmeten en dan in de juiste verhoudingen op papier overbrengen. 'Ik denk dat dit me wel gaat lukken. Wanneer kan ik beginnen?'

Aaltonen lachte. 'Wat mij betreft nu meteen. Loopt u even mee naar die berk daar. Ik breng u tekenmateriaal en een aantal vondsten.'

De rest van de dag zat Jenny bij de opgravingen te tekenen. Het ging vooral om scherven van aardewerk en muntstukken. Ze leerde snel, en aangezien ze artistieke aanleg had, wist ze ook hoe ze schaduwen moest aanbrengen in de tekeningen, wat de voorwerpen op een totaal nieuwe manier naar voren bracht.

Aan het eind van de dag bekeek de heer Aaltonen Jenny's werk, en hij was verbaasd. 'Mevrouw Malmström, uw tekeningen zijn geweldig. U bent een natuurtalent. Ik zou het zelf niet beter hebben gekund.'

Jenny glimlachte verheugd. Ze spraken af dat ze twee dagen per week zou komen werken. Vaker was niet nodig, omdat niet alles op papier hoefde te worden gezet, alleen de mooiste en best bewaard gebleven voorwerpen.

Toen Jenny de week daarop bij de opgravingen arriveerde, kwam Maria haar al tegemoetlopen. Ze omhelsde haar vriendin. Maria's ogen straalden van enthousiasme. 'Ik was zo blij toen ik hoorde dat je de opdracht had aangenomen. De heer Aaltonen was bijzonder tevreden met je werk. Wat vind je er zelf van?'

Ze gingen in het gras zitten om van het landschap te genieten. Jenny trok haar knieën op en sloeg haar armen om haar benen. 'Ik vind het bijzonder interessant allemaal. Het is zo'n merkwaardig idee dat hier honderden jaren geleden mensen hebben geleefd en dat we niets over hen wisten voordat de opgravingen begonnen. Wat zou de aarde nog meer verbergen waar we niets van weten?'

Maria lachte. 'Je hebt helemaal gelijk. Ik snap precies wat je bedoelt. Maar luister, ik ben gekomen om je uit te nodigen voor een diner bij ons in de pastorie, komende zaterdag. Ik heb de heer Aaltonen eveneens gevraagd en hij komt ook.' Ze keek haar vriendin met fonkelende ogen aan. 'Het wordt een geweldige avond. We zouden echt eens uitgebreid kunnen praten. Je kunt bij ons in de logeerkamer overnachten, dan hoef je niet midden in de nacht terug naar de stad.' Maria keek haar met een smekende blik aan. 'Je belooft toch te komen?'

Jenny ging graag op de uitnodiging in. Op hetzelfde moment kwam de heer Aaltonen glimlachend op de vrouwen af, en hij wenste hun goedemorgen. Ze overlegden kort welke vondsten Jenny die dag zou tekenen.

De bruine merrie van de pastorie tilde haar hoofd op en hinnikte toen Maria de teugels losmaakte van de boom en in het rijtuig stapte. 'Tot ziens, ik verwacht u beiden om zes uur voor het diner zaterdag.' Ze zwaaide en ging toen op weg naar Maaria.

Aaltonen en Jenny gingen aan het werk. Onder de berk waren een tafel en een stoel neergezet om het tekenen makkelijker te maken. Jenny nam plaats. Van tijd tot tijd wierp ze een nieuwsgierige blik op de opgravingen, maar de heer Aaltonen zag de hele dag geen kans om een praatje te komen maken. Hij stelde kaarten op en verrichtte samen met zijn assistent op de hele landtong metingen met een waterpasinstrument. Af en toe kwam hij terug om de gravers instructies te geven.

’s Middags ging Jenny lopend op weg naar huis, en ze zag geen kans meer met de heer Aaltonen te spreken, aangezien die naar Turku was vertrokken om meer gereedschap te kopen. Ze was licht teleurgesteld, want ze had hem graag wat beter leren kennen. Anderzijds zou ze daar binnenkort alsnog de kans toe krijgen, wanneer ze elkaar bij het diner in de pastorie van Maaria weer zagen.

26

'Welkom Jenny! We gaan eerst koffiedrinken in de tuin. Paavo, de knecht, kan je koffer naar je kamer brengen.'

Maria was naar buiten gekomen om Jenny te begroeten toen die 's middags met de huurkoets bij de pastorie arriveerde. Het was hoogzomer, de mussen kwetterden in de struiken en ook de zon was eindelijk gaan schijnen. Jenny opende haar witte, met kant afgezette parasol en liep achter Maria aan naar de tuin.

De tuin was veel groter dan die van de pastorie waar Jenny had gewoond. Predikant en botanicus Pehr Kalm was bijna een eeuw eerder voorganger geweest in Maaria, en onder zijn toeziend oog had de tuin gefloreerd. En nu had Maria de tuin weer tot leven gewekt.

Trots liet ze de kersentuin en de appeltuin zien. De aalbessen en de kruisbessen hadden hun eigen ruime perken. In het midden, op de zonnigste plek, bevond zich een kruidentuin. Jenny bewonderde de paars bloeiende bieslook en de weelderige munt. Het rook er heerlijk, en er klonk gezoem van hommels en zweefvliegjes die van de ene bloem naar de andere vlogen.

Maria had de koffietafel gedekt aan de rand van de tuin, in de schaduw van een grote esdoorn. Blauwe seringen bloeiden aan de kant waar de weg liep. Jenny ademde de sterke geur in en voelde zich heel even verdrietig. Door de geur van seringen moest ze altijd weer denken aan die vreselijke meimaand waarin haar vader overleed.

Ze schrok op door een schel gegil. Achter de seringenstruik kwam een stel kinderen vandaan gestormd. De jongste kinderen van het gezin, Mikko, Aili en Anna-Maria speelden samen met het kindermeisje met stokpaardjes en sprongen gillend door de tuin. Maria lachte en vertelde dat de oudste jongens, Oiva en Kaarlo, aan het hengelen waren. Het kindermeisje commandeerde de kinderen in het Fins, terwijl Maria tussendoor iets in het Zweeds riep.

De familie Tallgren was erg pro-Fins en de ouders hadden hun kinderen Finse namen gegeven. De oudste kinderen gingen naar een Finstalige school. Toch praatte Maria Zweeds met hen, zodat ze beide talen zouden leren. Zweeds was de taal van de intelligentsia en de ambtenarij, en die moest je beheersen als je iets wilde bereiken in het leven.

De vrouwen gingen in de rotanstoelen zitten. 'Wat fijn dat je bent gekomen. Inna heeft worteltaart voor ons gebakken, en je moet absoluut dit rabarbersap eens proeven.' Maria schonk een roze drank in hun glazen. Toen keek ze met een scherpe blik naar haar vriendin. 'Vertel eens, Jenny. Je bent nu al meer dan een week bij de opgravingen aanwezig om te tekenen. Wat vind je van onze archeoloog?'

Jenny nam een slok sap en keek verbaasd naar de gastvrouw. 'Van de heer Aaltonen?' Ze dacht even na. 'Hij is vast bijzonder goed in zijn werk. Ik heb nog nooit meegemaakt dat iemand zich zozeer op zijn werk stort.'

'Hij is een geweldige man. Ik ben zo blij dat we hem hierheen hebben kunnen halen. Wist je dat hij de hele zomer in ons tuinhuisje woont?'

Jenny knikte.

Maria schonk koffie voor hen beiden in. 'We zien hem overigens maar zelden omdat hij zo opgaat in zijn werk, maar meestal nuttigen we samen de avondmaaltijd. We hebben zulke interessante gesprekken over de antieke oudheid.' Ze glimlachte dolgelukkig. 'O Jenny, voor het eerst in lange tijd heb ik weer het gevoel dat ik leef!' Haar ogen glommen.

Jenny beantwoordde haar glimlach. 'Ik ben zo blij voor je. Het is allemaal aan jou te danken dat er opgravingen worden gedaan. Je bent echt grandioos.'

Maria kneep in haar hand. 'Dank je, dierbare vriendin, maar laten we Rettig en Barker niet vergeten. Zonder hen zou het project niet van de grond zijn gekomen.'

Jenny knikte nogmaals.

Na de koffie wilde Maria laten zien wat ze dat jaar allemaal geplant had. Langzaam liepen de vrouwen de tuin rond, waarbij Maria bij iedere nieuwe plant tekst en uitleg gaf. Na de rondleiding trokken ze zich terug in hun kamers om te rusten.

Het diner werd in de zaal op de bovenverdieping opgediend. Jenny had haar zwarte avondkostuum aangetrokken; dat begon al een beetje ouderwets te ogen, maar ze had geen geld om een nieuwe jurk te kopen. Misschien dat ze in het najaar haar kostuum kon laten opknappen en eventueel een nieuwe kanten kraag kon kopen.

Juhani Aaltonen en Ivar Tallgren zaten al op de zitgroep in de zaal. Ze gingen allebei gekleed in een zwart pak met een vestje eronder. Ze stonden beleefd op toen de vrouwen binnenkwamen.

De kinderen namen schuchter plaats aan de eettafel, eveneens in hun zondagse kleren. Maria wilde dat de kinderen meeaten met de volwassenen, zodat ze leerden hoe ze moesten converseren.

Toen de bedienden de soep hadden opgediend, spraken ze het tafelgebed uit en begonnen ze aan de maaltijd.

Voorganger Tallgren keek de heer Aaltonen aan. 'Hoe gaat het daarginds in Koroistenniemi? Is er al iets meer bekend?'

De heer Aaltonen proefde net van de aspergesoep, die van asperges uit de tuin van de pastorie was gemaakt. Hij knikte. 'De belangrijkste vondst is het fundament van een groot gebouw midden op de landtong. Daar hebben we vandaag menselijke beenderen gevonden.'

De voorganger trok zijn wenkbrauwen op, en Maria slaakte een gilletje.

'Tjonge,' zei hij. 'Waar duidt dat volgens u op?'

De heer Aaltonen legde zijn lepel neer en schraapte zijn keel. 'Menselijk gebeente wijst erop dat er mensen zijn begraven onder het gebouw. Om die reden vermoed ik dat het om een kapel gaat die onderdeel was van het bisschoppelijk kasteel.'

'Maar dat is verbluffend,' zei Maria enthousiast. 'Tot op heden dacht men dat er alleen een bisschopswoning op de landtong had gestaan, geen kerk.'

De heer Aaltonen knikte nogmaals. 'Onder de funderingen van het gebouw kwamen ook grafachtige constructies tevoorschijn die omringd werden door stenen muren. Ik vermoed dat daar de eerste bisschoppen van Finland begraven liggen.'

Maria's mond viel open en ze sloeg haar handen ineen. 'Dit is echt ongelofelijk. Wie zou hebben gedacht dat op Koroistenniemi een van de belangrijkste plaatsen uit de Finse geschiedenis zou worden ontdekt? Ik ben echt helemaal in extase – en bijzonder jaloers op u, meneer Aaltonen. Beseft u in welke bevoorrechte positie u zich bevindt? Ik ben altijd al zeer geïnteresseerd geweest in oudheidkundig onderzoek, en als ik als man was geboren, zou ik vast en zeker naar Helsinki zijn gegaan om dat te studeren.'

'U hebt helemaal gelijk, mevrouw Tallgren.' De heer Aaltonen keek haar meelevend aan. 'Ik kan u heel goed begrijpen. Mannen nemen een bevoorrechte positie in en ik ben ervoor om iedereen de mogelijkheid te geven om te studeren, ook vrouwen.' Hij richtte zich tot Jenny. 'Er zijn vrouwen die een vrijstelling hebben aangevraagd en gekregen om aan de universiteit te studeren. Ik geloof dat steeds meer vrouwen dat in de toekomst zullen doen, en wellicht mogen we op een dag de eerste vrouwelijke professor verwelkomen.'

Jenny keek hem verwonderd aan. Hij zei zulke radicale dingen dat ze haar oren bijna niet kon geloven. Dit was de eerste man die zich interesseerde voor de rechten van vrouwen. Jenny wilde nog veel langer met hem praten hierover. 'Meneer Aaltonen, bent u van mening dat vrouwen stemrecht zouden moeten krijgen?'

'Uiteraard.' Hij glimlachte naar Jenny. 'Vrouwen zijn net zo intelligent en bekwaam als mannen, en wanneer vrouwen de kans krijgen om te studeren, denk ik dat ze de samenleving echt grondig zullen veranderen, en alleen maar in positieve zin.'

Maria serveerde hem rosbief in een saus van mierikswortel en toonde een brede glimlach. 'Meneer Aaltonen, u bent zo grandioos dat ik u bijna zou willen omhelzen.'

Voorganger Tallgren barstte in een goedmoedig lachen uit. 'Laat ons toosten en driewerf hoera roepen voor alle vrouwen.'

Ze hieven het glas, en ook de kinderen riepen om het hardst: 'Hoera! Hoera! Hoera!'

Als nagerecht werd er roompudding met rabarbermousse geserveerd. Tijdens het gesprek kreeg Jenny de indruk dat Juhani Aaltonen een serieuze, bijzonder geleerde en bescheiden man was. Hij schepte niet op over zijn wapenfeiten en sprak alleen terloops over zichzelf, en ook dan op bagatelliserende toon.

Na het dessert begaven ze zich naar de salon om te dobbelen. Juhani Aaltonen zat tegenover Jenny, en af en toe wierp ze een steelse blik op hem. Ze vond hem steeds knapper worden.

De volgende ochtend verscheen Jenny in de eetzaal voor het ontbijt. Tot haar teleurstelling was de heer Aaltonen niet aanwezig; het kindermeisje vertelde dat hij al vroeg die ochtend naar Turku was vertrokken. Jenny ontbeet samen met Maria en de kinderen. De predikant was naar de kerk gegaan om de dienst voor te bereiden.

Toen ze hun pap ophadden trokken ze hun zondagse kleren aan, waarna ze lopend op weg gingen naar de kerk van Maaria aan de overkant om de kerkdienst bij te wonen.

Na afloop werd Jenny door knecht Paavo teruggebracht naar de stad, want ze moest de katten eten geven en naar buiten laten. Ze was goedgeluimd en neuriede terwijl ze tijdens de rit naar het welige landschap rond de Aurajoki keek. Ze was blij dat ze iets anders had dan Fredrik Barker om over na te denken. Maria had haar na het diner namelijk toegefluisterd dat Juhani Aaltonen ongehuwd was.

27

Het dreunende gesnurk van schoenmaker Vuorinen was aan de andere kant van de muur te horen terwijl Jenny in haar salon de krant zat te lezen en haar ochtendkoffie dronk. Ze was wakker geworden van het gesnurk, had er genoeg van gekregen daarnaar te luisteren en was opgestaan om koffie te zetten.

Ze bekeek de voorpagina en zag daar een advertentie: het Finse Kunstenaarsgilde en de Finse Kunstvereniging hadden een tentoonstelling opgezet in het stadhuis waaraan diverse bekende Finse kunstenaars meededen. De expositie was een groot succes: er waren al zevenentwintighonderdzestig betalende bezoekers geweest. Getoond werden onder andere *De dood van Wilhelm von Schwerin* en *Een gewonde soldaat in de sneeuw* van Helene Schjerfbeck, en de *Vechtende auerhanen* van Ferdinand von Wright. Jenny had die ochtend niets bijzonders te doen, dus besloot ze naar de tentoonstelling te gaan. Ze was met name geïnteresseerd in de werken van Helene Schjerfbeck.

Het stadhuis lag op de oever van de rivier, vlak bij de Auransilta. Vanaf Jenny's woning was het maar een klein stukje wandelen naar de brug. Ze opende de zware, met houtsnijwerk versierde deur, liep naar binnen en kocht een kaartje. Een suppoost nam haar mee naar een grote feestzaal op de eerste verdieping, waar het merendeel van de werken was opgehangen. De ramen boden uitzicht op de Aurajoki en het plafond werd gedecoreerd door prachtige schilderingen en gigantische kroonluchters.

Er was niemand anders in de zaal, en ook de suppoost was weer naar beneden gegaan. Met een catalogus in de hand begon Jenny de tentoonstelling te bekijken. Ze was blij dat ze dat in alle rust kon doen. Op de achterwand hing *Herfstlandschap* van de lokale schilder Victor Westerholm, en *Oude vrouw met kat* van Axel Gallén. Jenny was onder de indruk van de werken van Westerholm. De penseelstreken waren ongelofelijk scherp. Het had vast veel tijd gekost om dit schilderij te maken.

Ze liep verder naar *Oude vrouw met kat* van Gallén. Jenny was opgetogen. Wat een gedurfd werk! Ze had nog nooit een dergelijk tafereel gezien, van een lelijk oud wijf met een buik die was opgezwollen van de honger. De oude vrouw lokte de kat naar zich toe. Haar ogen traanden.

Jenny was net bezig de *Vechtende auerhanen* van Von Wright nader te bestuderen toen ze zag dat Fredrik Barker de zaal binnenkwam. Haar hart bleef bijna stilstaan en ze trok wit weg. Het zou onbeleefd zijn geweest om hem niet te groeten, dus probeerde ze het bij een vormelijk hoofdknikje te laten.

Dat was echter niet voldoende om hem op afstand te houden. Vastberaden beende hij op haar af toen hij besefte dat er niemand anders in de zaal was. Jenny was niet in staat zich te verroeren of adem te halen. Hij pakte haar bij de arm vast en wierp haar een hartstochtelijke blik toe. 'Eindelijk is er een gelegenheid om alleen met je te zijn, Jenny. Het was zo frustrerend dat ik niet onder vier ogen met je kon praten.'

Jenny kon haar oren niet geloven en keek hem verbijsterd aan. 'Pardon, meneer Barker?'

Fredrik verstevigde zijn greep. 'Doe niet zo formeel. Ik heb je gemist.'

Jenny hapte naar adem en probeerde zich los te rukken. 'Hoe durf je zo tegen me te praten! Je bent een getrouwd man!'

Fredrik liet haar niet los en staarde haar strak aan. Jenny had het gevoel dat de hele wereld deinde.

'Hou toch op. Ik was gedwongen met Emilie te trouwen vanwege de fabriek, dat weet je best. Maar ik kon jou niet vergeten. Ik heb je leven steeds vanaf een afstandje gevolgd.' Hij slaakte een zucht. 'Wat erg voor je dat je vader is overleden. Ik hoorde erover in Stockholm en maakte me ernstig zorgen om je. Waarom ben je niet op Kosti Vanhanens huwelijksaanzoek ingegaan?'

Jenny was opnieuw van haar stuk gebracht. Ze begon kwaad te worden. 'Ik weet niet hoe je aan die informatie komt, maar dat gaat jou helemaal niets aan!'

Fredrik glimlachte, en er lag bewondering in zijn ogen. 'Wat ben je toch een helleveeg. Je hebt een nieuw soort zelfverzekerdheid gekregen.' Hij stak zijn arm uit, streelde Jenny's wang met zijn duim en keek haar teder aan.

Jenny sloot haar ogen. Ze kon er niets aan doen dat er een rilling door haar heen ging die alle boze woorden op haar lippen tot stilstand bracht.

'Ik heb je gemist. Waar kunnen we een keer afspreken?' zei Fredrik schor.

Jenny was geschokt en deinsde achteruit. 'Nu is het genoeg, Fredrik! Ben je gek geworden? Je bent getrouwd! We kunnen alleen nog maar formeel met elkaar omgaan, en nog beter zou het zijn om helemaal geen omgang meer te hebben! Hoe haal je het in je hoofd dat je na jaren kunt terugkeren hier en dat alles gewoon weer net zo wordt als voorheen? Je hebt destijds een keuze gemaakt, en met die keuze moeten we nu leven.'

Ze staarden elkaar aan. De vonken vlogen heen en weer tussen hen beiden. Ineens trok Fredrik Jenny naar zich toe. Haar knieën knikten en het scheelde niet veel of ze viel. Ze keek hem in zijn vurige ogen.

‘Ik ga daar niet mee akkoord,’ zei Fredrik. ‘Het is al te laat.’

Jenny duwde hem van zich af. ‘Laat me met rust en ga terug naar je vrouw!’

Fredrik liet haar gaan toen er geroezemoes klonk op de trap. Een groep kunstliefhebbers kwam binnen, vrolijk babbelend met een gids.

Jenny probeerde weer op adem te komen. Ze wierp Fredrik een waarschuwende blik toe en haastte zich toen zonder nog een woord te zeggen naar buiten.

O, Fredrik! Hij maakte hun allebei het leven zuur door zich zo te gedragen. Ontdaan beende Jenny naar de oever van de Aurajoki. Haar bloed kookte. Kon ze haar gevoelens maar onderdrukken en niet langer om hem geven. Maar dat lukte gewoon niet. Iedere keer als ze Fredrik tegenkwam, werd ze helemaal van haar stuk gebracht. Ze wist dat de liefde in een situatie als deze alleen maar tot de ondergang zou leiden. Fredrik besefte dat misschien niet, maar zij wel. Ze beet op haar lip en nam een moeilijk besluit. Ze moest Fredrik de indruk geven dat ze niet meer om hem gaf. Moest zo kil mogelijk tegen hem doen. Haar hart brak, maar ze vermande zichzelf. Er zat niets anders op.

28

Het was een rustige zomerse zondag. De kerkklokken luidden om aan te geven dat de mis voorbij was en Jenny liep achter de overige kerkgangers aan de trap van de Domkerk af. Ze besloot een wandeling te maken naar het kerkhof in Kaarina. 's Zomers kon je daar via een grazig paadje op de oever van de Aurajoki komen en hoefde je niet via de Hämeentie. Het was maar een half uur lopen heen en een half uur terug.

De zon scheen warm en Jenny bond haar strooien hoed vast onder haar kin. Ze droeg haar zwarte zondagse kostuum; een jas had ze niet nodig, het was warm genoeg.

De gele lissen stonden in bloei op de oever en de veldbloemen geurden. Af en toe kwam er een vis naar het wateroppervlak; dan ontstonden er kringen, die uiteindelijk in de rietkragen verdwenen. Jenny werd zo gelukkig van de schoonheid van de natuur dat ze zin kreeg om te huppelen.

De koeien op de boerderij van Simola verjoegen de vliegen met hun staart, kauwden op vers gras en volgden Jenny's doen en laten met een luie blik. De schapen die op de helling graasden kwamen naar haar toe gerend, en Jenny bleef even staan om ze gras te geven. Ze vond het grappig dat ze elkaar om haar gras stonden te verdringen terwijl ze aan hun kant van het hek precies hetzelfde gras tot hun beschikking hadden. Ze plukte bloemen: gele boterbloemen, blauwe vergeet-mij-nietjes, rode pekanjers en wit fluitenkruid. Ze maakte er twee grote boeketten van om op de graven te plaatsen.

Toen ze in de tuin van de pastorie van Kaarina aankwam was daar niemand te zien, alleen de kippen die onder de appelbomen scharrelden. Jenny opende het zo vertrouwde hek en keek melancholiek naar de tuin die vroeger van haar was geweest. De nieuwe voorganger had er goed voor gezorgd. Alles zag er nog bijna net zo uit als voorheen. Het leek een goede appeloogst te worden.

Op dat moment kwam Aina de stal uit met een melkbus, en ze zag Jenny staan. Ze zette de zware bus op de grond. 'Maar wat zien mijn ouwe ogen daar? Is dat Jenny Malmström? Bent u helemaal hierheen gekomen om ons te bezoeken?'

Jenny glimlachte tegen haar voormalige huishoudster. Aina was ouder geworden en begon al wat krom te lopen. 'Jazeker, Aina. En ik kwam ook vragen of ik een paar glazen potjes mag lenen om deze bloemen in te zetten.'

Aina begon druk te kwebbelen. 'Natuurlijk. Ik breng deze melkbus nog even naar de kelder, dan gaan we daarna naar de keuken voor die potjes. De predikant is er niet, die geeft ergens confirmatielessen. Ik zal een pot heel goeie koffie voor ons zetten en dan mag de mevrouw vertellen hoe het in de stad gaat.'

Ze droegen samen de melkbus naar de kelder en gingen vervolgens naar de keuken. Aina had die ochtend kaneelbrood gebakken. Ze besloten op de tuinschommel onder de appelboom koffie te drinken.

Aina stopte een suikerklontje in haar mond en slurpte koffie van haar schoteltje. 'Het gaat hier verder z'n gangetje. De predikant heeft nog steeds geen vrouw gevonden. Dienstmeid Maiju is met midzomer getrouwd met de knecht van Simola. Dat is goed zo, heel goed. En Viktor heeft nog steeds volop energie, die is nu bij Simola aan het helpen met hooien. Hij heeft Virkku meegenomen. Orvokki was al zo oud, die moesten we laten slachten in het voorjaar, maar we hebben nu een nieuwe koe, een bruine, Kyllikki. Die geeft zo goed melk, het stroomt bijna over. We kunnen zo even naar haar toe gaan, als we de koffie ophebben.'

Aina boog zich voorover om beter te kunnen horen wat Jenny allemaal te vertellen had. Die zei dat ze bij de opgravingen in Koroistenniemi was geweest en dat ze de archeoloog had ontmoet die daar de leiding had.

'Jaaa! Die man is hier ook geweest om kennis te maken met de predikant.' Aina sloeg met haar hand op haar knie. 'Het was wel een knappe man, hoor, en zo beleefd. Hij kwam vragen om gravers. Nou konden wij natuurlijk niemand missen, maar hij kon een paar knechten van de boerderij van Simola krijgen.' Aina vond het maar vreemd dat er zo veel moeite werd gedaan voor wat oude roestige troep. Daar snapte ze nou helemaal niks van.

Jenny glimlachte en veranderde van onderwerp. Ze vertelde over de tuin bij de pastorie in Maaria en hoe die weer tot bloei was gekomen.

'Het is er een die niet kan stilzitten, de vrouw van de predikant daar.' Aina knikte enthousiast. 'Nog even en ze heeft de hele streek hier op z'n kop gezet. Wat die allemaal teweeg zou brengen als ze een man was.'

Inderdaad, dacht Jenny, en ze glimlachte.

Na de koffie gingen ze nog even bij de nieuwe koe kijken, en Jenny aaide de stalkatten. Die leken nog te weten wie ze was en slingerden al kopjes gevend tussen haar benen door. Jenny tilde Hyrry op en drukte haar wang stevig tegen die van hem. Ze had hem gemist.

Ze nam afscheid van Aina en beloofde snel weer eens langs te komen. Toen bracht ze de bloemen naar de graven. Ze had twee grote glazen potten gekregen en die met water gevuld. Aina had beloofd ze te zijner tijd weer terug te brengen naar de pastorie. Jenny zette de bloemen neer en boog het hoofd om te bidden.

Neuriënd liep ze terug naar Turku, en ze brak een grasspriet af en stak die in haar mond. Ze luisterde naar het geritsel van de espenbomen in de wind. De geur van de loofbomen vermengde zich met die van de verwilderde rozenstruiken op de oever van de rivier. Jenny's gedachten dwaalden af naar Juhani Aaltonen. Die was dus bij de pastorie van Kaarina geweest? Aina had hem zo te horen heel aardig gevonden, en ze hechtte waarde aan de mening van haar voormalige huishoudster. De heer Aaltonen straalde dezelfde rust en wijsheid uit als Matias had gedaan. Ineens besefte Jenny dat het verpletterende verdriet eindelijk was verdwenen.

29

Het keukenraam aan de kant van de Rantakatu stond open en de grijsgestreepte gordijnen waaiden af en toe op in een zwak briesje, maar binnen in huis hing een zware lucht. De midzomerse zon maakte de straten van de stad droog en stoffig, en in Jenny's kleine woning was het verstikkend heet. Gelukkig kreeg ze een brief van Beata, met daarin een uitnodiging om te komen logeren in het zomerhuis van haar familie. Een neef van haar man, Ernst Dahlström, was eigenaar van een villa op het eiland Ruissalo, vlak voor de kust van Turku. Iedere zomer nodigde hij de hele familie uit om daar enige tijd door te brengen.

Het was heel gewoon dat rijke burgers en ambtenaren in Turku de hele zomer in hun villa's op Ruissalo verbleven, aangezien het eiland op een steenworp afstand van de stad lag. In het centrum was het 's zomers altijd heet, en soms kwamen de waterputten daar droog te staan. Ook besmettelijke ziekten verspreidden zich dan sneller, met name cholera en buiktyfus. De allerrijksten ontvluchtten de benauwende omstandigheden.

De Dahlströms waren begin juni al naar de villa verhuisd. Beata begon zich te vervelen, en ze schreef dat ze Jenny miste en dat ze hoopte dat die zo spoedig mogelijk kon komen om haar gezelschap te houden. 'O Jenny, ik zou toch zo blij zijn als je kwam. Ik vind het vreselijk saai in mijn eentje.'

Het was een opluchting om de stoffige stad achter zich te kunnen laten, en Jenny nam de uitnodiging graag aan. Ze was van plan hoogstens een paar weken van huis te zijn en was blij dat ze Martta dan vrijaf kon geven. Martta zou Killi en Nalli kunnen meenemen naar Nummenpakka. Ze ging bij haar bureau zitten om Beata terug te schrijven.

Een week later stapte Jenny in de zuidelijke haven uit de huurkoets. Ze verzocht de koetsier om haar koffer aan boord te brengen van de Helmi, een stoomschip dat tussen Turku en Naantali heen en weer voer en daarbij ook op Ruissalo aanlegde.

De zon brandde al, hoewel het nog vroeg in de ochtend was. De hete lucht trilde boven de stenen aanlegsteiger en de meeuwen krijsten terwijl ze om de restjes vochten die de vissers hadden laten liggen. Jenny vouwde de rand van haar strooien hoed zodanig dat hij haar gezicht beter beschermde. Het zweet stroomde over haar rug. Ze had haar witte katoenen zomerkostuum aangetrokken, dat grote pofmouwen had. De rok was recht en kwam tot aan haar enkels. Ze had ook haar met kant afgezette parasol bij zich, maar wilde die niet opsteken. Die zou haar alleen maar in de weg zitten op de boot. De strooien hoed moest nu maar voldoende zijn.

Ze betaalde de koetsier en liep over de loopplank het schip op, waar het al aardig druk begon te worden. Ze kocht een kaartje en begaf zich naar het dek. Tot haar verrassing zag ze dat de heer Aaltonen tegen de reling geleund stond. Haar hart maakte een sprongetje. Hij was gebruind en zag er knap en gezond uit terwijl hij van de zon genoot. Hij ging gekleed als een gentleman, in een wit kostuum en een studentenpet.

'Meneer Aaltonen, wat een verrassing! Ik had niet verwacht u hier aan te treffen.'

Hij draaide zich om en herkende haar; hij leek zich te verheugen en tilde zijn pet op. 'Goedemorgen, mevrouw Malmström. Dat is inderdaad toevallig! Bent u misschien op weg naar Ruissalo?'

Jenny keek hem aan. 'Inderdaad. Ik ben door de Dahlströms uitgenodigd voor een verblijf in hun villa. En u? Bent u niet meer bij de opgravingen betrokken?'

'Die zijn helaas voor een paar weken stopgezet, omdat de middelen op zijn. Ik verwacht weliswaar financiering te krijgen van de Oudheidkundige Vereniging van Helsinki, maar op dit moment kunnen we niets anders doen dan wachten.' Hij leunde weer tegen de reling. 'Een uiterst onfortuinlijke situatie, maar de heer Rettig was zo vriendelijk mij uit te nodigen naar zijn zomerverblijf, Villa Marjaniemi op Ruissalo.'

'Dat was inderdaad heel vriendelijk van hem,' zei Jenny. 'Vertelt u eens hoe de opgravingen verder zijn verlopen, hebt u nog nieuwe vondsten gedaan?'

Aaltonen zag geen kans te antwoorden; een matroos trok aan een koord, waarop de scheepshoorn een luid getoeter liet horen om aan te geven dat het schip ging vertrekken.

'Mag ik u vragen met mij op het achterdek plaats te nemen? Dan vertel ik daar verder.' De heer Aaltonen bood zijn arm aan en begeleidde Jenny naar de achterkant van het schip. Ze vonden een goed plekje op de houten bankjes die in de schaduw van het bovendek lagen. Op de achtersteven wapperde de blauw-rood-witte Russische vlag.

In kalme bewoordingen schetste Aaltonen de vorderingen in Koroistenniemi. Jenny keek hem bewonderend aan. Ze merkte dat ze hem steeds meer begon te waarderen. Hij was een rustige, intelligente man, en hij wist verschrikkelijk veel over geschiedenis. Vader zou hem vast graag hebben gemogen.

Ze voeren langs het kasteel van Turku en langs het eiland Pikisaari, en toen kwam de aanlegsteiger van het recreatiepark op Ruissalo in zicht. Daar zou Juhani Aaltonen van boord gaan. Jenny moest nog iets verder reizen en zou op de steiger van Kuuva uitstappen.

'Het was een genoegen om u zo onverwacht te ontmoeten, mevrouw Malmström.' Hij gaf haar een hand. 'Ik hoop dat we elkaar in de toekomst nog vaker zullen tegenkomen.'

'Dank u, insgelijks.' Jenny glimlachte naar hem. 'Ik hoop dat u geniet van uw bezoek aan Ruissalo, en ik kom u weer in Koroistenniemi opzoeken om te tekenen wanneer de opgravingen worden voortgezet.'

'Daar kijk ik naar uit,' zei hij met een glimlach, en hij tilde zijn pet op bij wijze van afscheid.

De Helmi legde aan en de loopplank werd neergelegd. Het merendeel van de passagiers ging bij het recreatiepark van boord. Patroon Rettig had een knecht gestuurd om zijn gast op te halen. De heer Aaltonen tilde zelf zijn koffer op het rijtuig en zwaaide naar Jenny. Die keek hem na totdat het rijtuig de bocht om ging en uit het zicht verdween.

Op de steiger van Kuuva stond Beata Jenny op te wachten; ze zwaaide al van verre met haar witte zakdoek.

Toen Jenny aan land stapte, werd ze stevig omhelsd door haar vriendin. 'Ge-wel-dig dat je bent gekomen. We gaan zo veel plezier hebben. Ik heb van alles bedacht om te doen. Hoe is de reis verlopen?'

Jenny zette haar hoed weer recht, die in de verdrukking was gekomen toen Beata haar had omhelsd. Ze lachte naar haar vriendin. 'Goed, dank je. Ik kwam archeoloog Juhani Aaltonen onverwacht tegen op de boot. Ik ken hem toevallig omdat ik vaak bij de opgravingen in Koroistenniemi ben geweest om de vondsten te tekenen.'

De knecht van de Dahlströms tilde Jenny's koffer in het rijtuig, waarna de vrouwen instapten. De zon scheen nog veel heter nu en de dames staken hun parasol op. De knecht sloeg lichtjes met de teugels en toen reden ze over de kustweg naar de villa van de Dahlströms. De frisse wind die van zee kwam werkte verkoelend, en het water fonkelde in het heldere zonlicht.

Jenny slaakte een zucht van geluk. 'De heer Aaltonen vertelde dat hij was uitgenodigd voor een bezoek aan de villa van de familie Rettig, nu de graafwerkzaamheden stilliggen.'

Beata hield haar parasol schuin. De buitenlucht had haar goedgedaan; ze oogde gezond en vitaal. 'Echt waar? Ik heb gehoord dat de heer en mevrouw Barker bij de Rettigs op bezoek zijn, en papa heeft hen allemaal bij ons thuis uitgenodigd komend weekend.'

Jenny trok wit weg. Beata zag de reactie van haar vriendin niet, maar ging enthousiast verder. 'Dat wordt vast heel gezellig! Ik wil die archeoloog van je graag ontmoeten. Is hij jong en knap?'

Jenny schrok op uit haar gedachten en liet een kort lachje horen. 'Hij is niet meer zo heel jong, maar ik vind hem tamelijk charmant.'

Beata hapte naar adem en gaf Jenny een por met haar elleboog. 'Jenny! Ben je soms verliefd op hem?'

'Welnee.' Onwillekeurig moest Jenny lachen. 'Ga me nou niet weer aan alle mogelijke mannen uithuwelijken!'

'Natuurlijk ga ik dat. Mooier kan het toch niet: zomer, de natuur van Ruissalo en een beetje romantiek.' Beata kneep in de arm van haar vriendin en lachte vrolijk.

Ze kwamen bij een door grote eiken omzoomde laan die naar de villa leidde. Jenny was daar nog niet eerder geweest en keek nieuwsgierig toe terwijl het statige huis opdook tussen de bomen. Het was een schitterend houten pand met twee verdiepingen. De houten panelen aan de buitenkant waren geel geverfd en de ramen werden omlijst door witgeschilderde, gefiguurzaagde kozijnen.

Het rijtuig kwam voor de voordeur tot stilstand en de vrouwen stapten uit. Rosina, de vrouw van vader Dahlström, kwam hun tegemoet. Joviaal greep ze Jenny's hand. 'Welkom in Villa Erstavik, mevrouw Malmström. Wat fijn dat u bij ons te gast wilt zijn. Beata heeft zoveel over u verteld.' Ze liepen de trap naar de veranda op. 'Beata zal u uw kamer laten zien. U kunt even rusten om bij te komen van de reis en daarna lunchen we samen op de veranda.'

'Het was heel vriendelijk van u om mij uit te nodigen,' zei Jenny glimlachend tegen de gastvrouw. 'Ik geniet nu al van alles. De natuur op Ruissalo is zo wonderbaarlijk, en uw villa is echt bijzonder mooi.'

Mevrouw Dahlström knikte tevreden. 'Ruissalo doet iedereen goed. U moet wat kleur op uw bleke wangen krijgen. Doet u of u thuis bent en brengt u zo veel mogelijk tijd in de buitenlucht door. Beata kan u na de lunch een rondleiding geven door de tuin.'

Jenny's kamer lag op de bovenste verdieping, waar een krakende houten wenteltrap naartoe liep. Beata opende de deur en Jenny slaakte opgetogen een gilletje. De kamer was klein, maar had uitzicht op de zee. Er hingen pastelgroene gordijnen voor de ramen en de gestikte sprei van rozenstof die op het bed lag was aanlokkelijk aan de kant getrokken. Naast het raam zat een deur die toegang bood tot een balkon.

'Kom Jenny, moet je dit uitzicht eens zien,' zei Beata terwijl ze de deur opende.

Vanaf het balkon keek je rechtstreeks uit op Airisto, de zee tussen de eilanden van de archipel voor de kust van Turku. Kleine witte boten zeilden over het water. Jenny was sprakeloos bij de aanblik van het prachtige landschap. Her en der waren kleine eilanden te zien. Rond de reling van het balkon waren plantenbakken met blauw-gele viooltjes aangebracht, die zachtjes wiegden in de wind. De vinken zongen ergens vlakbij in een berkenboom.

'Dit is een paradijs op aarde. Ik heb nog nooit zo'n prachtige kamer gezien.'

Beata's ogen fonkelden van vreugde. 'Ik dacht wel dat je hem mooi zou vinden. Mama en ik vonden allebei dat jij deze kamer moest krijgen. Je hebt wat vrolijkheid nodig in je leven.'

'O, Beata. Een betere vriendin dan jij bestaat er niet.' Jenny omhelsde haar met tranen in haar ogen.

Beata keek haar vertederd aan. 'Rust nu maar even uit. Over een half uur zien we elkaar beneden.'

De lunch werd geserveerd op de zonnige veranda. Beata's kinderen, Wilhelmina en Charlotta, zaten al aan tafel. Ze groetten Jenny beleefd toen ze binnenkwam. Heel even waren ze stil, maar al snel begonnen ze te ruziën over de vraag wie van de twee beter kon zwemmen. Hun vader en hun opa waren die ochtend met het stoomschip naar Turku vertrokken om te gaan werken, dus aten ze met hun vieren. De lunch bestond uit vissoep, met als toetje aardbeien uit de tuin in Erstavik, met slagroom.

Na het eten maakte Jenny samen met Beata en de kinderen een wandeling door de tuin. De meisjes renden gillend achter elkaar aan, Jenny en Beata wandelden met opgestoken parasols op hun gemak over de grindpaden.

'Ik heb een heleboel plannen voor ons gemaakt,' zei Beata, die bijna barstte van enthousiasme. 'Vanavond kunnen we misschien croquet spelen, en morgen zouden we met de kinderen naar het strand kunnen gaan. En in de tuin van oom Magnus is kortgeleden een kegelbaan aangelegd. Zijn huis ligt hier vlakbij. Die baan kunnen we ook een keertje uitproberen.'

'Dat klinkt al bijna vermoeiend,' zei Jenny lachend. 'Maar ik ga overal mee naartoe.'

Jenny genoot van haar logeerpartij bij de Dahlströms. De volgende dag brachten ze aan zee door, in een kleine inham met een zandstrand. Jenny en Beata lagen op een deken in de schaduw van de bomen en keken toe terwijl de meisjes zwommen en elkaar natspetterden en krijsten als een stel varkens. De kokkin van de Dahlströms had een lunchmand voor hen klaargemaakt.

Op donderdag maakten ze een uitstapje naar Kuuvannokka, het uiterste puntje van het eiland Ruissalo. De golven sloegen ruisend tegen de gladde rotsen en hun haren verwaaiden door de wind. Jenny ademde met gesloten ogen de frisse zeewind in en vergat dat ze dat weekend Fredrik en zijn vrouw zou ontmoeten.

30

Alle bewoners van Villa Erstavik waren bijeengekomen op de veranda om de gasten welkom te heten toen het prachtig glimmende open rijtuig van de Rettigs arriveerde. Jenny verstopte zich met een bleek gezicht achter de anderen. Vader en moeder Dahlström liepen als eerste hun gasten tegemoet.

De mannen gingen gekleed in lichte zomerkostuums. Juhani Aaltonen en Fredrik Barker droegen hun studentenpetten.

Jenny waakte ervoor Fredrik aan te kijken. In plaats daarvan glimlachte ze tegen archeoloog Aaltonen, die net bezig was vader Dahlström een hand te geven. Toen zag ze de jonge vrouw die nog in het rijtuig zat. Die was gehuld in een stijlvol, zandkleurig wandelkostuum met bruine borduursels op het voorpand. Het nauw aansluitende jasje had modieuze pofmouwen. De vrouw was blond en mooi, maar ze oogde vermoeid en bleek. Fredrik stak zijn hand uit om haar te helpen bij het uitstappen. Jenny voelde een steek van jaloezie. Het kon niet anders of dat was Fredriks echtgenote. Ze wendde haar hoofd af.

De gasten kwamen de veranda op om iedereen een hand te geven. Juhani Aaltonen liep recht op Jenny af, greep haar hand en maakte een buiging. 'Ik ben zo blij dat we elkaar weer ontmoeten, mevrouw Malmström.'

Jenny bloosde en glimlachte verlegen.

Fredrik zag Jenny staan, wier hand nog steeds in die van de heer Aaltonen lag, en fronste zijn wenkbrauwen. 'Mevrouw Malmström. Wat doet u hier?'

Jenny schrok van die botte vraag. Ze zag de achterdocht in Fredriks ogen.

Vader Dahlström glimlachte goedgeluimd. 'Mevrouw Malmström is een gast van Beata. Ik wist niet dat jullie elkaar kennen.'

'We zijn elkaar bij uiteenlopende gelegenheden tegengekomen,' antwoordde Fredrik, terwijl hij Jenny aanstaarde. 'Ik wist niet dat mevrouw Malmström en de heer Aaltonen elkaar kenden.'

Jenny begon zich te ergeren.

'Mevrouw Malmström heeft mij geholpen bij de opgravingen op de Koroistenniemi. Ze kan uitstekend tekenen,' legde de heer Aaltonen uit.

'Ik vraag me af waarom mij dit niet is verteld.' Fredrik keek Jenny vragend aan.

Jenny kookte vanbinnen, maar ze antwoordde zo kalm als ze kon: 'Neemt u me niet kwalijk, meneer Barker, maar ik beschouwde dat niet als iets wat verteld moest worden.'

Fredrik oogde nog steeds ontevreden toen de gastvrouw naar hen toe kwam om zijn vrouw aan Jenny voor te stellen. Mevrouw Barker gaf haar zwakjes een hand en ontweek haar blik.

'Het is me een genoegen met u kennis te maken, mevrouw Barker.' Jenny gedroeg zich onberispelijk en glimlachte geforceerd tegen Fredriks vrouw.

Mevrouw Barker knikte onverschillig terug en wendde zich toen tot haar man. Fredriks blik bleef nog even op Jenny rusten. Die draaide zich meteen om en knoopte opnieuw een gesprek aan met Juhani Aaltonen. Ze deed haar uiterste best om zich niets van Fredrik en zijn echtgenote aan te trekken.

De gasten werden naar hun kamers geleid zodat ze konden uitrusten en zich konden opfrissen voor het diner. Jenny deed de deur achter zich dicht en liet zich achterover op haar bed vallen. Ze staarde naar het plafond en beet op haar tanden. Het diner zou een nachtmerrie worden. Fredrik had geen enkel recht om zich zo bezitterig te gedragen. Hij was nota bene getrouwd!

Jenny trok haar schoenen uit en gooide ze kwaad in een hoek. De vriendschap tussen haar en Juhani Aaltonen ging Fredrik helemaal niets aan. Ze was niet van plan zich daar schuldig over te voelen. Integendeel. Ze zou al haar aandacht op de heer Aaltonen richten en geen moment Fredriks kant op kijken.

Ze stond op en trok een avondjurk met een lage halslijn aan. De jurk was van gebroken witte tafzijde, was met zijde gevoerd en had lange, smalle mouwen van geborduurde tule. Ze had hem van Beata mogen lenen. Hij was iets te klein voor haar, maar ze was haar vriendin zeer dankbaar. Haar katoenen zomerjurk zou te eenvoudig zijn geweest voor een diner in dit gezelschap.

Aan haar pols deed ze de gouden armband die ze van tante Loviisa had gekregen, in haar oren de traanvormige oorbellen van haar moeder en om haar hals een simpel gouden kruisje dat haar vader haar ooit voor haar verjaardag had gegeven. Ze bond haar lange haren losjes samen op haar hoofd en liet een paar krullen aan de zijkant loshangen. Ze wierp nog een laatste blik in de spiegel en ging toen naar beneden.

Het diner werd ditmaal geserveerd in de eetzaal, waar grijze meubels in gustaviaanse stijl stonden; op de muren zat lichtgeel behang. Ze namen plaats aan de lange tafel, die gedekt was met het beste servies en tafelzilver dat er in het huis te vinden was. Moeder Dahlström had overal vazen neergezet, met rozen die de meisjes eerder die dag in de tuin hadden geplukt. De mannen hadden hun zwarte kostuums aangetrokken en de vrouwen droegen avondjurken.

Mevrouw Dahlström liet Jenny naast Juhani Aaltonen plaatsnemen; Jenny vermoedde dat Beata daar de hand in had gehad. Beata en haar man en kinderen zaten naast hen. Rettig zat aan het hoofdeind van de tafel, samen met de gastvrouw en gastheer. Jenny wist uit ervaring dat zulke diners uren duurden. Het zou een flinke beproeving worden, aangezien Fredrik en zijn vrouw tegenover haar hadden plaatsgenomen.

Mevrouw Barker ging stijlvol maar eenvoudig gekleed. Om haar hals droeg ze een simpele parelketting. Emilie was bijzonder zwijgzaam en nam nauwelijks deel aan het gesprek. Ze gaf korte antwoorden toen moeder Dahlström beleefd probeerde vragen te stellen. Fredrik Barker was evenmin in de stemming om te praten. Hij zat op zijn stoel en keek somber naar Jenny en de heer Aaltonen.

Jenny wendde zich tot haar buurman, die knap oogde in zijn kostuum. Ze zag de bewondering in Aaltonens blik toen ze hem in de ogen keek.

'U ziet er bijzonder mooi uit vanavond, mevrouw Malmström.'

'Dank u, meneer Aaltonen.' Jenny was verbaasd; hij maakte haar niet vaak complimentjes om haar uiterlijk. Ze bloosde. 'Hoe bevalt het verblijf op Ruissalo u tot nog toe?'

'Bijzonder goed,' antwoordde hij. 'Gisteren zijn we de hele dag wezen zeilen. Het was een prachtige dag. Ook het weer was uitstekend.'

De bedienden begonnen met het serveren van het voorgerecht: belegde sneetjes brood en zalmtaartjes. Jenny legde het servet op haar schoot en probeerde Fredriks blik te ontwijken, die ze tussen een vaas met rozen en een zilveren kandelaar door kon ontwaren. Ze richtte haar aandacht weer op Aaltonen. 'U vertelde dat er in Koroistenniemi grafkamers met stenen muren zijn gevonden en dat dat mogelijk bisschopsgraven zijn. Weet u inmiddels om wie het gaat?'

Er volgde een voordracht over de eerste bisschoppen van Finland. Tussendoor werden de borden weggehaald en werd het volgende gerecht geserveerd: reegebraad in rodewijnsaus en geroosterde knolgroenten uit de oven. Het eten smaakte heerlijk, en tegelijkertijd ging Jenny helemaal op in de verhalen van de heer Aaltonen.

Even later onderbrak vader Dahlström hem. 'Meneer Aaltonen, neemt u toch wat reegebraad. Ik heb het dier gisteren zelf geschoten, het vlees is absoluut vers.'

De heer Aaltonen legde zijn vork neer en keek zijn gastheer verontschuldigend aan. 'Het spijt me, meneer Dahlström, maar ik ben vegetariër.'

Alle blikken werden op hem gericht; iedereen keek verbaasd.

'Vegetariër!' riep vader Dahlström uit, zo wild dat zijn snor ervan trilde. 'Waarom in vredesnaam?'

De heer Aaltonen leek in verlegenheid te zijn gebracht. 'Om ethische en morele reden waarop ik op dit moment niet wil ingaan, en ook voor mijn gezondheid. Ik heb gemerkt dat een vegetarisch dieet mij goed bekomt. Ik heb na het eten een minder zwaar gevoel en voel me gezonder. Maar ik wil in geen geval dat u zich extra inspanningen getroost omwille van mij. Met alles wat er op tafel staat, raak ik ook zonder vlees wel verzadigd.'

'Wat ze allemaal niet verzinnen tegenwoordig,' zei vader Dahlström lachend. 'Maar goed, het is uw eigen keuze. Een smakelijker reegebraad is nergens te krijgen!' Hij leunde naar voren om nog wat vlees af te snijden.

Jenny keek verbaasd naar de heer Aaltonen. Wat een wonderbaarlijke man. Ze had nog nooit eerder een vegetariër ontmoet, maar ze had wel ooit gelezen dat leden van de hoogste en meest gerespecteerde kaste in India geen vlees aten. Ook boeddhistische monniken waren vegetariërs. 'Mag ik vragen welke morele redenen u ervan weerhouden vlees te eten?'

Aaltonen keek haar verrast aan. 'Meestal praat ik daar niet over, omdat mensen mij maar zonderling vinden. Wilt u het echt weten?'

Jenny knikte.

‘Ik ben van mening dat de mens als soort niet boven de andere dieren staat. Eerlijk gezegd heb ik vaak meer achting voor dieren dan voor mensen. Ik vind dat we het recht niet hebben om dieren te eten en te houden om als voedsel te dienen. Als ik met een vegetarisch dieet in leven en gezond kan blijven, waarom zou ik dan vlees eten?’

‘Wat een interessant gezichtspunt; ik heb de kwestie nog nooit op die manier bekeken.’ Jenny dacht even na. ‘Kunt u kaas eten, of eieren?’ Ze ging helemaal op in het gesprek met haar buurman en luisterde aandachtig naar hem. Ze vergat de heer en mevrouw Barker bijna.

Moeder Dahlström hield vanuit haar ooghoeken Fredrik Barker in de gaten en schudde zachtjes haar hoofd. Hij leek zelfs niet te merken dat zijn mooie vrouw naast hem zat, die nauwelijks at en geen woord zei. Aan haar gezicht was te zien dat ze mededogen had met de heer Barker, die zijn ogen niet van Jenny Malmström kon afhouden. Hij was duidelijk verliefd op Beata’s beste vriendin.

Het nagerecht zou worden geserveerd op de veranda, die uitkeek op de zee. De kokkin had een prachtige meringuetaart gemaakt, met veel slagroom en aardbeien. Het begon al te schemeren, maar het was nog steeds warm buiten. De golven klotsten tegen de oever en er waren wat roeiboten op het water van de Airisto.

Vader Dahlström opende een fles mousserende wijn; vreugdevolle kreten weerklonken bij het knallen van de kurk. Hij schonk de glazen in en riep: ‘Kom, vrienden! We heffen het glas op de zomer, op Ruissalo en op onze vriendschap!’

Ze kwamen bijeen op de veranda, en iedereen pakte een glas. Ze toostten en keken elkaar glimlachend aan. ‘Skål!’ werd er geroepen, waarna iedereen van de wijn proefde.

Juhani Aaltonen gedroeg zich uiterst attent tegen Jenny. Hij boog zich naar haar toe en Jenny ging dichter bij hem staan. Fredrik probeerde zich niet aan hun gezelschap op te dringen. Jenny richtte al haar aandacht op de heer Aaltonen, maar ze was zich wel degelijk bewust van Fredriks aanwezigheid. Hij stond iets afgezonderd in zijn eentje op de veranda en keek naar de zee. Jenny zag hem vanuit haar ooghoeken, nam een slok mousserende wijn en slaakte een zucht.

Na het dessert deelde mevrouw Barker mee dat ze even ging liggen. Ze was uitgeput van al het reizen, beweerde ze, en wilde tot rust komen. Fredrik begeleidde zijn echtgenote naar de trap. Jenny keek hen niet na. Beata ging haar kinderen in bed stoppen en de mannen bleven op de veranda zitten om een sigaar te roken. Het begon donker te worden en de lucht kreeg een purperrode kleur.

Juhani Aaltonen wendde zich tot Jenny. 'Mevrouw Malmström, zou u samen met mij een wandeling door de tuin willen maken? Het is een mooie zomernacht en ik zou graag de beroemde tuin van Villa Erstavik willen zien.'

Jenny's hart maakte een sprongetje. Ze stak haar arm door die van hem. 'Met genoegen, meneer Aaltonen.'

Ze liepen de trap van de veranda af naar de zijkant van het huis en wandelden langzaam verder over het grindpad. Het schemerde volop nu. De vollemaan blikte tussen de eikenbomen door. Boven de planten in de tuin hing een fijne nevel. Ergens hoog in een boom zat een grasmus te zingen en de kamperfoelie geurde. Het was sprookjesachtig.

Jenny wilde niet praten. Ze keek om zich heen, luisterde en snoof de geuren op. De man naast haar voelde warm en veilig.

Haar metgezel sprak evenmin. Een aangename stilte daalde tussen hen neer. Ze liepen de hele tuin rond, om de vijver met de waterlelies heen, en toen eindelijk, onder een grote eikenboom, pakte de heer Aaltonen Jenny's hand vast, en hij zei schor: 'Ik wil u zeggen dat u een exceptionele vrouw bent, mevrouw Malmström.' Hij keek naar haar lippen. Jenny richtte haar blik omhoog en keek hem in de ogen; haar hart begon te bonken. Ze wist zeker dat hij haar ging kussen.

Maar onverwacht wendde Juhani zijn blik af. 'Het is beter dat ik u nu een goede nacht wens.' Hij bracht Jenny's hand naar zijn lippen en drukte er een kus op voordat hij haar weer losliet. 'Goedenacht, mevrouw Malmström.' Hij maakte een buiging en liep toen weg zonder achterom te kijken.

Teleurgesteld keek Jenny hem na. Waarom wilde hij haar niet kussen? Ze liep nog een tijdje rond in de tuin en probeerde weer tot bedaren te komen. Wat bedoelde de heer Aaltonen? Was hij in haar geïnteresseerd? Was zij geïnteresseerd in hem?

Langzaam keerde ze via de veranda in de voortuin terug in de villa. Terwijl ze de trap op liep, dook er een donkere gestalte op uit de schaduw. Ze verstijfde ter plekke. Fredrik kwam voor haar staan, pakte haar hardhandig bij de arm en trok haar naar zich toe. Zijn aanraking brandde door de dunne tule heen op haar huid. Hij stonk naar cognac.

Jenny schrok van de vlammende blik in zijn ogen. 'Heeft hij je gekust?'

Ze keek hem ongelovig aan. 'Heb je ons bespioneerd?'

Fredrik versterkte zijn greep en baste: 'Jenny, hij is niet de juiste man voor jou!'

Jenny rukte zich los en antwoordde met vuurspuwende ogen: 'Hoe weet jij nou welke man de juiste is voor mij?'

Fredrik gaf geen antwoord.

Ze keerde hem de rug toe en rende de gang in. Ze hoorde dat Fredrik haar naam riep, maar ze bleef niet staan. Ze beende de wenteltrap op naar haar kamer, gooide de deur dicht en probeerde weer tot bedaren te komen. Vervolgens pakte ze haar omslagdoek van een stoel en opende ze de deur naar het balkon. Het had nu geen zin om te proberen te gaan slapen, dus ging ze in de rotanstoel zitten kijken naar de maan die de zee liet glinsteren. Ze was overmand door emoties. Ze leunde haar hoofd achterover en kneep haar ogen dicht. Het was een marteling om met Fredrik onder één dak te verkeren.

31

De geur van versgebrande koffiebonen zweefde door de villa toen Jenny de trap af kwam. Op de veranda was de tafel gedekt voor het ontbijt. Er lag een wit kleed op de tafel en er stond een vaas met roze rozen erin. Er werd koffie geserveerd, en thee uit de samowaar, en er waren belegde sneetjes brood, kersenmarmelade in een potje, gerookte varkensbout, gerookte zalm en gekookte eieren. De veranda bood een schitterend uitzicht op de zee, die blauw glinsterde in de ochtendzon.

Jenny zei weinig tijdens het ontbijt. Ze had nauwelijks geslapen en haar hoofd deed pijn. De zon scheen verblindend helder door de ramen en ze zou het liefst haar ogen dichtdoen.

Beata babbelde vrolijk met moeder Dahlström, Charlotta en Wilhelmina aten pannenkoekjes en dronken chocolademelk. Vader Dahlström las de krant en dronk koffie. De spaniël van het gezin sliep aan zijn voeten.

De heer Aaltonen verscheen aan het ontbijt, wenste iedereen goedemorgen en ging naast Jenny zitten. Ze schonk koffie voor hem in.

'Goedemorgen, mevrouw Malmström. Hebt u goed geslapen?'

'Jazeker, dank u,' loog Jenny. 'En u?'

'Niet zo heel goed, helaas. Misschien kwam dat door de maan,' antwoordde hij, en hij keek Jenny veelbetekenend aan.

Vader Dahlström keek naar hen vanachter zijn krant. 'Ik weet wel iets waardoor u zich beter gaat voelen, meneer Aaltonen,' zei hij, en hij gniffelde. 'Vette haring en een rauw ei!' Toen verstrakte zijn gelaat. 'O nee, u was degene die... hoe heette dat ook alweer... vegetariër was. Alle lekkernijen zijn verboden voor u!' Hij keek geschokt.

De heer Aaltonen moest lachen. 'Dank u, meneer Dahlström, maar koffie en een boterham zijn meer dan genoeg voor mij. Na het eerste kopje koffie ben ik weer als nieuw.'

Er klonken voetstappen op de trap, en ze draaiden zich om. Fredrik Barker kwam samen met zijn vrouw de trap af. Mevrouw Barker oogde vermoeid en bleek.

Moeder Dahlström gebaarde dat ze naast haar konden plaatsnemen. 'Goedemorgen, meneer en mevrouw Barker. Hebt u goed geslapen?'

'Helaas niet.' Mevrouw Barker legde een sneetje brood op haar bordje en schonk koffie in. 'Ik slaap altijd slecht als ik niet thuis ben, en Fredrik lag de hele nacht te draaien. Ik viel pas tegen de ochtend in slaap,' vervolgde ze.

'Wat vervelend,' zei moeder Dahlström, terwijl ze haar gast meelevend aankeek. 'Maar u zult wel weer opmonteren tijdens ons uitstapje. Na het ontbijt gaan we allemaal naar de Kuuvannokka; we nemen proviand mee.'

Mevrouw Barker keek de gastvrouw verontschuldigend aan. 'Helaas heb ik zo'n hoofdpijn dat ik u niet kan vergezellen. Ik denk dat ik terug naar bed moet. Maar ik wens u allen een fijne dag toe,' zei ze met een zwak glimlachje.

'Arme mevrouw Barker,' zei moeder Dahlström vol medelijden. 'Ik zal de bediende vragen u wat laudanum te brengen. Rust u maar goed uit, en beschouwt u dit bezoek als een vakantie. Doet u of u thuis bent.'

'Dank u, mevrouw Dahlström,' zei mevrouw Barker, terwijl ze de gastvrouw aankeek. 'Ik voel me hier ook helemaal thuis. Ik ben u zeer dankbaar.'

Fredrik bedankte haar en de gastheer eveneens voor hun gastvrijheid. Voorzichtig pakte hij de hand van zijn vrouw vast.

Jenny wendde snel haar blik af en concentreerde zich op haar koffiekopje.

Na het ontbijt gingen ze lopend op weg naar het uiterste puntje van Ruissalo. Moeder Dahlström voerde de groep mee over een door bedauwde varens omzoomd bospad. De vogels tjilpten en floten in de schaduw van het loofbos, en af en toe vlogen ze op vanaf de grond als ze schrokken van de wandelaars. Jenny moest denken aan de regenwouden en papegaaien uit de verhalen van kapitein Cook.

De mannen sloten de rij; zij droegen de picknickmanden en de dranken. Beata's kinderen renden nu eens voorop, dan weer helemaal achteraan. Jeppe de hond was net zo opgetogen als de kinderen en stoof achter hen aan; van tijd tot tijd rende hij vrolijk blaffend en kwispelend het bos in en weer terug.

Beata liep arm in arm met Jenny en fluisterde: 'Ik vind die archeoloog van je een bijzonder charmante man. Wat vind jij?'

'Hij is niet míjn archeoloog,' zei Jenny lachend.

'Volgens mij wel.' Beata fluisterde Jenny in het oor: 'Volgens mij passen jullie heel goed bij elkaar. Hij is een belezen en gerespecteerde gentleman, precies geschikt voor jou. Grijp de gelegenheid nu aan en probeer hem te bekoren.'

Jenny keek achterom naar de heer Aaltonen, die een picknickmand droeg en achter in de rij met Fredrik Barker in gesprek was. Ze schudde haar hoofd. 'Volgens mij heb ik geen flauw idee hoe je een man moet bekoren.'

Beata lachte. 'Dat is niet zo moeilijk. Je kijkt ingetogen en knippert met je wimpers. En je luistert toe alsof hij de geweldigste dingen zegt. Mannen zijn eigenlijk tamelijk simpele wezens.'

'Bedankt voor je adviezen, Beata. Ik zal proberen mijn wimpers zo hard te laten knipperen als ik kan.'

Ze moesten allebei lachen.

Al snel arriveerde de groep op de Kuuvannokka. De zon scheen niet zo heet als de dag ervoor en de zee was kalm. Ze zochten een plekje tussen twee rotspartijen, waar ze beschut waren tegen de wind. Fredrik Barker en Juhani Aaltonen begonnen takken en stokjes te zoeken voor een kampvuurtje. Mevrouw Dahlström spreidde dekens uit op de rotsen, waar de vrouwen op plaatsnamen met hun parasols. Vader Dahlström en Rettig zaten op een rotsblok en staken een pijp op. Ze hielden tegelijkertijd de kinderen in het oog, die op hun ondergoed na hun kleren hadden uitgetrokken. Ze gilden en spetterden elkaar nat. Jeppe sprong jankend van vreugde om hen heen. Vader Dahlström vond het heel vermakelijk en moest zo hard lachen dat zijn buik ervan schudde.

Jenny leunde naar achteren tegen de rots en sloot haar ogen. De steen was warm en de frisse zeewind liet de linten van haar strooien hoed wapperen. De mannen hadden het kampvuurtje aangestoken en moeder Dahlström zette een pannetje op om water te koken voor de koffie. De heer Aaltonen kwam bij Jenny staan. 'Mag ik naast u plaatsnemen, mevrouw Malmström?'

Jenny knikte en maakte plaats voor hem.

Hij strekte zijn lange benen en leunde ontspannen tegen de rots. Zijn blik dwaalde af naar de open zee. 'Wat is dit een mooie plek.' Hij streek over de rots. 'Ziet u de sporen in dit gesteente? Duizenden jaren geleden, in de ijstijd, zijn hier ijsmassa's overheen geschuurd.'

Jenny keek op en zag dat Fredrik bij Rettig was gaan zitten om een sigaar te roken. Hij hield Jenny en Juhani loom in de gaten. Jenny keek weer naar de heer Aaltonen. 'O, echt? Hoe zag de ijstijd eruit in Finland?'

Ze liet zich meevoeren door de verhalen van de heer Aaltonen en glimlachte in zichzelf terwijl ze aan Beata's advies dacht. Ze zwaaide naar haar vriendin, die een eindje verderop zat; Beata gaf haar een knipoog.

Mevrouw Dahlström schonk voor iedereen koffie in, in porseleinen kopjes met rozen erop, en ze aten de boterhammen met kip en de amandeltaartjes die de kokkin had gemaakt. Aaltonen schonk frambozensap in voor Jenny, precies op het moment dat ze wilde opstaan om dat zelf te doen. Ze pakte de beker aan en schonk hem een glimlach.

Na de lunch trokken de mannen hun schoenen uit, en ze rolden hun mouwen en broekspijpen op en liepen het water in om steentjes te gooien.

Beata tilde de zoom van haar rok op en waadde door het water. Ze gilde enthousiast toen ze de roeiboot van haar vader in het riet aantrof en trok zwaaiend de aandacht van de mannen. 'Meneer Barker en meneer Aaltonen! Komt u een stukje roeien met Jenny en mij?'

De mannen waadden naar haar toe en onderzochten de boot, en nadat ze hadden vastgesteld dat hij niet lek was duwden ze hem het water in. Fredrik hielp Jenny op de achtersteven in te stappen en ging naast haar zitten. De heer Aaltonen liet Beata op de boeg plaatsnemen en ging zelf in het midden zitten om te roeien. Vader Dahlström duwde de boot af.

Jenny voelde zich niet op haar gemak naast Fredrik en ging zo ver mogelijk bij hem vandaan zitten. Het was alsof er hete golven tussen hen heen en weer gingen. Ze probeerde zich niets van hem aan te trekken, maar slaagde daar niet in. Ze stak haar parasol op en liet haar hand door het water glijden.

'Jenny, waarom mijd je me?' vroeg Fredrik zachtjes.

Ze keek in zijn donkere ogen. 'Je weet best waarom,' fluisterde ze. Ze zag een glimp van tevredenheid in zijn ogen. Ze probeerde haar ergernis te verhullen en wendde haar blik af om naar twee zwanen te kijken die achter een rotsachtig eilandje vandaan kwamen gezwommen.

Beata begon 'Het visserslied op zee' te zingen, en de anderen vielen in: '*Somna du min våg i västanfjärdar, somna sakta mot holmens strand...*' Val in slaap, mijn golf, aan de westkust van het land; val in slaap, zo zacht, op het eiland, op het strand... Jenny slaakte een gelukzalige zucht toen haar stem zich bij Fredriks donkere stem voegde.

Nadat ze om het dichtstbijzijnde rotseilandje heen waren geroeid, zette de heer Aaltonen weer koers naar de wal. De heer Rettig en vader en moeder Dahlström zwaaiden naar hen vanaf het strand. Jeppe blafte met hen mee en kwispelde woest met zijn staart.

Toen ze bijna bij het strand waren, sprongen de kinderen in zee om naar hen toe te zwemmen, met Jeppe achter zich aan. De heer Aaltonen stuurde de boot terug naar dezelfde plek in het riet en stond op om Beata te helpen bij het uitstappen. Fredrik pakte Jenny bij haar middel vast en wilde haar aan land tillen. Ze probeerde hem van zich af te duwen, maar hij versterkte zijn greep en lachte. 'Niet tegenstribbelen, Jenny, anders liggen we straks allebei op onze rug in het riet.'

De heer Aaltonen stak zijn hand uit om Jenny te helpen, en ze sprong vanaf de boot in zijn armen alsof de wolven haar op de hielen zaten. Jeppe was dolblij om het weerzien en duwde haar bijna omver. Aaltonen probeerde de natte hond weg te jagen, die steeds weer tegen hen op sprong. De kinderen stikten bijna van het lachen.

Op de weg terug naar de villa kwam Juhani Aaltonen naast Jenny lopen. 'Dit bezoek aan Ruissalo heeft al mijn verwachtingen overtroffen. Het eiland is als een paradijs.'

'Dat ben ik met u eens. Het is zo verkwikkend geweest om weg te kunnen uit die stoffige stad.'

Aaltonen keek haar aan. 'Over de stad gesproken: zowel de heer Rettig als de heer Barker is zo vriendelijk geweest om meer geld beschikbaar te stellen, wat betekent dat we volgende week al kunnen verdergaan met de opgravingen. Mag ik u vragen opnieuw te helpen bij het tekenen van de vondsten?'

Jenny knikte verheugd. 'Dat zou me veel plezier doen. Ik keer maandag terug naar de stad en kan aan het eind van de week weer komen.'

De heer Aaltonen wilde nog meer zeggen, maar toen richtte hij zijn blik op de open zee, waar een visdief achter een prooi aan in het water dook.

Na de lunch keerde de heer Rettig samen met zijn gasten terug naar Villa Marjaniemi. Alle aanwezigen in Villa Erstavik stonden op de veranda om hen uit te zwaaien terwijl Rettigs mooie rijtuig de oprit af reed. Juhani Aaltonen zocht Jenny met zijn blik, maar Jenny keek naar Fredrik, die bezig was een deken over de schouders van zijn bleke echtgenote te leggen. Jenny kon de aanblik niet langer verdragen. Ze maakte rechtsomkeert en ging weer naar binnen.

32

Vader en moeder Dahlström omhelsden Jenny om beurten toen ze op de veranda van Villa Erstavik afscheid nam van haar gastheer en gastvrouw. Ze had bijna tranen in haar ogen; ze was de afgelopen twee weken zeer gehecht geraakt aan deze goedhartige familie. Ook Jeppe had haar liever niet laten gaan. Jankend rende hij achter het rijtuig aan toen Beata Jenny naar de aanlegsteiger bracht waar ze op de boot zou stappen.

Toch was het ook fijn om weer thuis te komen, waar Martta haar al opwachtte met een maaltijd. De katjes kwamen haar met opgestoken staarten tegemoet in de gang, en Jenny hurkte neer om ze te begroeten. Ze had de kleintjes gemist; ze was eraan gewend dat er eentje bij haar voeten lag en eentje tegen haar zij. Ze was bang geweest dat ze in Nummenpakka zouden verdwalen, omdat ze daar vrij mochten rondrennen in de tuin.

'O, mevrouw Malmström, ze hadden het toch zo leuk bij ons,' zei Martta lachend. 'Bij ons zijn er veel meer muizen dan hier, en ze vonden het ook leuk om met de jongens te spelen.'

Jenny lachte. 'Dat geloof ik graag, maar nu moeten ze zich weer als stadskatten leren gedragen.'

Martta zette een soepterrine op de tafel in de salon. 'Komt u maar eten, mevrouw, ik heb aardappelen met melk voor u gekookt.'

Jenny grimaste inwendig van afschuw.

De volgende dag begon het te regenen, en het leek alsof er geen eind aan kwam. Het regende dag in, dag uit. Jenny had beloofd om aan het eind van de week een bezoek te brengen aan de opgravingen, dus besloot ze een huurkoets te nemen. Anders zouden haar kleren doornat zijn geworden.

Tegen de middag kwam ze in Koroistenniemi aan, waar ze Juhani Aaltonen zag lopen in een groene oliejas. Hij was samen met de gravers bezig modder aan de kant te scheppen. Jenny verheugde zich toen ze hem zag. Gelukkig was het inmiddels droog, maar de landtong was na de aanhoudende regen in een lemige modderpoel veranderd. Ze deed haar uiterste best overeind te blijven terwijl ze met opgestoken paraplu over een pad van planken naar de heer Aaltonen liep.

Hij zag haar aankomen en beende op haar af in zijn leren laarzen. De regendruppels vielen van de brede rand van zijn hoed en zijn gezicht was modderig, maar hij lachte zo breed dat zijn witte tanden flonkerden. Hij bleef voor haar staan en deed zijn hoed af. 'Mevrouw Malmström, ik ben zo blij dat u ondanks het slechte weer gekomen bent. Ik keek er al naar uit.'

Hij gebaarde naar de gravers een eindje verderop. 'Zoals u ziet, is er zo veel regen gevallen dat het bijna onmogelijk is om te werken. Vanwege de gravers probeer ik tussen de buien door toch verder te gaan. Ik heb her en der op de landtong graafwerkzaamheden lopen en laat de mensen grond zeven zolang het ook maar enigszins mogelijk is.' Er lag een warme blik in zijn ogen. 'En u hebt geluk. Mevrouw Tallgren kwam vanochtend langs om te vertellen dat ze vandaag koffie serveert aan alle medewerkers. Blijft u in elk geval nog even om koffie te drinken met ons.'

Jenny glimlachte en veegde een nat plukje haar weg dat onder haar hoed vandaan piepte. 'Dank u, dat doe ik graag.'

De heer Aaltonen nam haar mee om nieuwe vondsten te bekijken die ze later kon tekenen. Er waren veel munten bij gekomen, en op de bodem van het fundament van een van de gebouwen was zelfs een stukje groen vensterglas aangetroffen.

Rond een uur of twee zagen ze een karretje uit de richting van de pastorie van Maaria komen. Dat moest de koffie zijn! Het karretje werd door twee dienstmeisjes getrokken, onder begeleiding van mevrouw Tallgren zelf, haar dochters en de hulpprediker.

Maria begroette iedereen vrolijk. 'Jenny! Wat een heerlijk toeval dat jij er ook bent! We gaan zo koffiedrinken.'

Ook de zon kwam eindelijk tussen de wolken door tevoorschijn, en Maria begon snel de tafel neer te zetten die ze hadden meegebracht van de pastorie. Geholpen door de dienstmeisjes dekte ze de tafel met een wit kleed, en de kinderen plukten veldbloemen en zetten die in een vaas. Ze hadden koffiekopjes, flessen met koffie en kaneelbrood meegenomen.

Toen het werkvolk ietwat schuchter in de rij ging staan voor koffie, begon het weer te plenzen. Maar koffie werd er desondanks gedronken. Ze stonden allemaal te rillen in de regen en luisterden toe terwijl Maria druipend uitlegde hoe belangrijk professor Aspelin was voor het Finse oudheidkundig onderzoek. Iedereen genoot van de feestelijke stemming, ondanks de regen.

De kinderen stonden ietwat afgezonderd achter Jenny. Ze waren doornat en Aili zei tegen haar zusje: 'Gelukkig zijn papa en de jongens aan het zeilen in Rymättylä, anders zou papa zeggen dat mama gek is!'

Jenny legde haar hand op haar lippen en probeerde niet hardop te giechelen.

Na de koffie stuurde Juhani Aaltonen al zijn medewerkers naar huis. Het was zinloos om in de regen verder te werken. Doornat maar tevreden keerden ook de bewoners van de pastorie huiswaarts.

Jenny kreeg een lift naar Turku van boer Koroinen. Onderweg zetten ze eerst de heer Aaltonen af bij de pastorie van Maaria. Hij sprong energiek van de wagen en zwaaide. 'Tot ziens, mevrouw Malmström, en bidt u alstublieft dat er zo spoedig mogelijk een eind komt aan deze zondvloed!'

'Tot ziens, meneer Aaltonen! Ik beloof dat ik dat zal doen!' zei Jenny lachend, en ze zwaaide. Ze keek hem na tot hij om de hoek van de pastorie verdween. Ze vond het jammer dat hun weerzien zo kort had geduurd. Ze voelde dat de band tussen hen beiden dieper zou kunnen worden, maar dat er iets was wat hem tegenhield.

33

Toen Jenny thuiskwam trof ze Martta huilend in de keuken aan. 'Wat is er, Martta?' vroeg ze bezorgd. Ze had het meisje nog nooit zo overstuur gezien. 'Kom, we gaan naar de salon en dan vertel je wat er is gebeurd.' Ze liet Martta plaatsnemen op de bank en nam haar handen in de hare. Martta kon bijna niet stoppen met huilen. Jenny keek haar vol medeleven aan en kneep zachtjes in haar handen. Eindelijk wist Martta tussen het snikken door uit te brengen: 'Pa is gisteren overleden. Hij had een bloedvergiftiging. Door een vieze wond, kennelijk. Hij is nog in Nummenpakka bij dokter Aalruuska geweest, maar die kon hem niet meer helpen.' Ze barstte opnieuw in huilen uit, en met een vertrokken mond zei ze: 'Wat gaat er nu van ons worden?' Er lag een wanhopige blik in haar ogen, en er rolden dikke tranen over haar bleke wangen. 'Mevrouw Lehtonen zei dat we naar de armenveiling gaan. Dat we als afslagkinderen verkocht worden!'

Jenny wist wat een vreselijk lot dat was. De stad organiseerde veilingen om kinderen die wees waren geworden bij afslag te verkopen. In de volksmond werden dat slavenmarkten genoemd, waarbij een vertegenwoordiger van de stad probeerde om de kinderen voor een zo laag mogelijk jaargeld – dat de stad moest betalen om in het levensonderhoud van de wezen te voorzien – bij mensen thuis te plaatsen. Meestal kwamen de kinderen op boerderijen terecht, waar ze onophoudelijk werk moesten verrichten. Vaak werden ze bijzonder slecht behandeld door de nieuwe 'eigenaar'.

Ze had horrorverhalen gehoord over afslagkinderen die niet eens het huis werden binnengelaten voor de maaltijd, maar die in plaats daarvan in de stal bij de koeien moesten eten. Jenny was ontdaan. Ze kon niet toelaten dat dat met de kinderen Wahlroos gebeurde.

'Och Martta, lieverd.' Ze legde haar arm om het tengere meisje en omhelsde haar. 'Ik vind het zo erg wat er met je vader is gebeurd. Maar wees niet ongerust. Ik zal niet toestaan dat jullie slecht terechtkomen. Waar zijn je broertjes nu?'

Martta snotterde. 'Thuis. Er zijn gisteren mannen gekomen om pa weg te halen. We hebben niet eens geld voor een begrafenis, maar de predikant heeft beloofd dat pa op het armenkerkhof komt.'

Jenny dacht verwoed na. 'Dit is wat we doen. Ik betaal een huurkoets waarmee jij je broertjes gaat halen. Neem ook jullie kleren mee. Jullie komen voorlopig bij mij wonen.' Ze glimlachte Martta bemoedigend toe. 'Maak je geen zorgen, Martta, het komt allemaal wel goed.'

Martta keek haar verbijsterd aan, met betraande ogen. 'We kunnen toch niet hier komen wonen? Waar moet u dan slapen?'

Daar had Jenny al over nagedacht. 'We doen het zo dat jullie in de slaapkamer slapen en ik in de salon. Er is plek genoeg voor ons allemaal. Deze woning is immers veel groter dan het huisje waar jullie nu in wonen.'

Toen Martta was vertrokken, ging Jenny zitten om plannen te maken. Eerst moest ze boer Simola schrijven, de huurbaas van het gezin Wahlroos, en vertellen dat de kinderen bij haar kwamen wonen. Het huisje moest worden leeggehaald. Er stonden niet veel meubels; die konden ze het best aan andere armlastigen geven. Daarna moest ze de sociale dienst schrijven om de voogdij over de kinderen aan te vragen. Op dat punt verwachtte ze geen problemen, aangezien ze een rechtschapen weduwe was die zelf in haar levensonderhoud voorzag en ze niet van plan was de stad om een bijdrage in de kosten te vragen. Ze zouden het niet breed hebben, maar de levensomstandigheden van de kinderen zouden beter zijn dan ze in het huisje op de Kuuvuori hadden gehad.

Jenny wist dat ze tegen de gewoonten inging door zo te handelen, maar toch twijfelde ze geen moment. Het lot had de kinderen Wahlroos op haar pad gebracht toen ze in nood waren en ze wist dat ze in staat was hen te helpen. Ze was een alleenstaande weduwe die niet van plan was opnieuw te trouwen. Ze wilde voor de kinderen zorgen. Hoe meer ze erover nadacht, des te beter voelde het. Ze wierp een blik op de schommelstoel van haar vader en glimlachte. Hij zou haar keuze zonder meer hebben goedgekeurd.

De kinderen arriveerden laat in de avond. Jenny had slaapplaatsen voor hen klaargemaakt in de slaapkamer en voor zichzelf een bed opgemaakt op de bank in de salon. Aapo en Matti stonden verlegen in de gang in hun vieze kleren en staarden naar hun blote voeten.

Jenny had zo'n medelijden met hen. Ze liep naar hen toe. 'Welkom, Aapo en Matti. Martta heeft jullie vast al verteld dat jullie bij mij komen wonen.'

De jongens durfden niet op te kijken, maar Martta, die achter hen stond, glimlachte verlegen.

'Laat die bundeltjes met kleren maar hier in de gang liggen. Ik heb badwater voor jullie opgewarmd in de keuken. Martta zal jullie eerst in bad doen. Leg de vieze kleren maar op de stoel en trek de schone spullen die over de rugleuning hangen maar aan. Ik heb een paar onderhemden van mezelf uit de kast gepakt. De mouwen zijn lang, maar als jullie die een eindje oprollen, dan komt het wel goed. Daarna eten we boterhammen.'

Jenny keek naar Martta, die knikte. Aapo drukte zich tegen zijn zus aan en pakte haar hand beet.

Terwijl de kinderen in de keuken bezig waren, bekeek Jenny de kleren die ze hadden meegebracht. Ze kon er geen wantsen in ontdekken, maar voor de zekerheid gooide ze ze toch maar naar buiten. Ze zou ze de volgende dag hoe dan ook wassen; ze wilde geen parasieten in haar woning.

Na de wasbeurt kwamen de jongens schoon de salon in. Martta had hun de onderhemden van Jenny aangetrokken en hun haar gewassen. In de witte hemden zagen ze eruit als kleine vlasblonde engeltjes. Jenny keek hen vertederd aan. Het liefst had ze hen in haar armen genomen, maar ze besefte dat het daar nog te vroeg voor was.

Voorzichtig namen de jongetjes plaats bij de eettafel; ze keken schuchter om zich heen maar durfden geen woord te zeggen. Martta bracht een dienblad met boterhammen en sap mee uit de keuken. De jongens keken ongelovig naar al dat eten en graaiden toen gretig een snee brood van het dienblad.

Jenny lachte. 'Ik begrijp best dat jullie honger hebben, maar jullie moeten leren om rustiger te eten. Anders komt het eten misschien in het verkeerde keelgat terecht. En voor de maaltijd spreken we eerst het tafelgebed uit.'

Beschaamd legden de jongens hun boterhammen weer neer, waarna ze gehoorzaam hun handen vouwden. Ze spraken hardop het gebed uit en pakten toen onzeker hun boterhammen weer op. Jenny glimlachte hun bemoedigend toe. 'Toe maar, geniet maar van het eten.'

De zomer liep ten einde en de kinderen begonnen langzaam maar zeker te wennen aan het leven bij Jenny thuis. De jongens waren bijzonder gesteld op de katjes, die steeds nieuwsgierig achter hen aan liepen en 's nachts bij de kinderen in bed sliepen.

Jenny had de schommelstoel en het pijpenrek van haar vader naar de zolder gebracht en een bed en een kamerscherm gekocht voor in de salon. Ze had een tikje bedroefd naar de schommelstoel gekeken toen die eenzaam achterbleef in de opbergruimte.

De kinderen mochten de slaapkamer met hun drieën delen. Het bed daar kon aan de zijkant worden uitgetrokken en dan was het breed genoeg om naast elkaar te kunnen liggen.

Matti, het oudste jongetje, was nog steeds wat gereserveerd ten aanzien van Jenny, maar Aapo klom al bij haar op schoot en liet zijn hoofd aaien. Ze spraken af dat ze haar tante Jenny zouden noemen. Ze wist dat ze nooit hun moeder zou kunnen vervangen, en dat ze niet kon verlangen dat ze haar mama zouden noemen, maar 'mevrouw Malmström' klonk veel te stijf.

Het eerste wat ze de jongens bijbracht was properheid. Ze mochten hun neus niet langer aan een mouw afvegen, er werd niet op de grond gespuugd en bij binnenkomst moesten ze hun schoenen uittrekken in de gang.

Ze aten iedere dag samen, en Jenny leerde hun ook op dat gebied nieuwe manieren. Voor het eten moesten ze beslist hun handen wassen, iets waar de jongens iedere dag onderuit probeerden te komen. Maar als ze tegenstribbelden, kwam Martta Jenny te hulp. 'Jullie doen nu meteen wat tante Jenny zegt of er vallen klappen!'

Jenny kreeg een officiële brief van de sociale dienst, waarin stond dat haar voogdijschap was goedgekeurd. Ze slaakte een zucht van opluchting en bakte pannenkoeken voor de kinderen om het besluit te vieren. Ze vormden nu officieel een gezin.

's Avonds stopte ze de kinderen in nadat die het avondgebed hadden uitgesproken, waarna ze de olielamp uitdeed. Toen de kinderen al in slaap waren gevallen, zat zij nog lange tijd in het donker in de leunstoel in de salon.

Wat kon het toch vreemd lopen in een mensenleven. Ze had gedacht dat ze nooit een kleintje zou hebben om voor te zorgen en van te houden, maar binnen korte tijd waren er drie kinderen en twee katjes in haar leven gekomen. De zorg voor de kinderen voelde als een grote verantwoordelijkheid, maar die nam ze graag op zich. Het leven voelde niet langer leeg, totaal niet. Ze wist dat ze de juiste beslissing had genomen. Ze glimlachte in zichzelf in het donker. Ze was moeder geworden.

Het nieuws over Jenny's opzienbarende daad verspreidde zich als een lopend vuurtje. Mensen fluisterden achter haar rug wanneer ze met de kinderen door de stad liep.

Een aantal vrouwen van de Damesvereniging weigerde haar nog te groeten op straat. Jenny trok zich daar niets van aan, maar het stemde haar droevig dat Beata haar gezelschap begon te mijden. Enerzijds begreep ze wel dat het lastig kon zijn om met Beata af te spreken, aangezien de kinderen Wahlroos alleen Fins spraken en die van Beata alleen Zweeds, maar anderzijds had Jenny het vermoeden dat er nog iets anders meespeelde. De Dahlströms waren misschien bang dat hun kroost slechte manieren zou leren van de arbeiderskinderen.

Jenny besloot het drietal Zweeds te leren. Zijzelf beheerste beide talen, omdat vader thuis altijd Fins had gesproken en moeder Zweeds. Jenny wist zeker dat de kinderen Wahlroos alles zouden kunnen leren zolang ze maar onderwijs kregen, en zij was van plan daarvoor te zorgen.

34

Er werd nijdig op de voordeur geklopt. Jenny zat in de salon en was bezig Matti's broek te herstellen, de jongens waren aan het buitenspelen met de kinderen van de schoenmaker en Martta liep de gang in om open te doen.

Jenny keek verbaasd op toen ze een vertrouwde, klaaglijke stem hoorde.

'Waar is mevrouw Malmström? Ik moet haar onmiddellijk spreken!'

Het geluid van tikkende hakken klonk in de gang, de deur van de salon ging open en een kwaad ogende tante Loviisa stormde naar binnen.

Martta bleef hulpeloos op de drempel staan.

'Tante Loviisa. Wat een verrassing.' Jenny stond op en legde haar naaiwerk neer. 'We wisten niet dat u zou komen, maar komt u verder.' Ze keek naar Martta. 'Martta, jij kunt vast wel koffie voor ons zetten?'

Het meisje maakte een kniebuiging en verdween naar de keuken.

Tante Loviisa keek Jenny streng aan. 'Ik kom alleen maar even langs. Ik logeer in hotel Phoenix, bij het marktplein.'

Jenny liet haar tante plaatsnemen op de beste leunstoel in de kamer.

Tante leunde op haar stok en keek kritisch om zich heen. 'Ik zie dat je het meubilair uit je ouderlijk huis hebt meegenomen hierheen. Maar die zitgroep past hier totaal niet.' Ze wees ernaar met haar stok. 'Veel te groot en te deftig voor deze kamer.'

Jenny glimlachte geduldig. 'Helaas had ik geen geld om nieuwe meubels te kopen, en dus doe ik het er voorlopig maar mee.'

Tante Loviisa vertrok haar mond tot een streepje en staarde haar met een felle blik aan. 'Waarom ben je niet met die Vanhanen of met de nieuwe predikant van Kaarina getrouwd? Je hebt het aan jezelf te danken dat je nu in deze misère zit.'

Jenny wilde iets zeggen, maar haar tante ging misnoegd verder: 'En wat hebben die geruchten te betekenen over een stel snotapen uit een arbeidersgezin die je hebt geadopteerd? Zijn die verhalen waar?'

'Dat klopt, en het zijn geen snotapen maar heel gewone kinderen.' Jenny rechtte haar rug.

Tante Loviisa keek haar ongelovig aan en beukte met haar stok op de grond. Ze verhief haar stem. 'Ben je helemaal gek geworden? Besef je niet dat je je ondergang tegemoet gaat hiermee? Geen enkele man zal jou nog tot vrouw willen nemen, met zo'n zwerm deugnieten in je kielzog. En van die arbeidersdeugnieten ook nog!' Ze snoof afkeurend en tuitte haar mond. 'De roddels hebben inmiddels zelfs Naantali bereikt. Nog even en je wordt door niemand in de hogere kringen nog uitgenodigd, en dan mag ik me de ogen uit het hoofd schamen voor mijn enige familielid. Hoe kun je zo dwaas zijn?'

Jenny zag dat Martta angstig in de deuropening stond met een dienblad in haar handen. Ze sprong trillend van woede overeind.

'Nu is het genoeg!' Jenny balde haar vuisten en keek haar tante woedend aan. 'U hebt uw mening nu wel duidelijk genoeg kenbaar gemaakt. Misschien is het beter als u voortaan uw enige familielid gewoon verloochent, dat voorkomt vast een hoop ergernis. En het lijkt me ook beter dat u hier niet meer op bezoek komt, zodat dat verdriet u ook bespaard blijft. Want ik ben niet van plan afstand te doen van mijn adoptiekinderen, wat de hogere kringen daar ook van vinden!'

Een pijnlijke stilte daalde neer in de kamer. Jenny ademde diep in na haar woede-uitbarsting. Ze wierp een blik op de deur en zag dat Martta de keuken weer in was gevlucht.

Tante Loviisa kwam langzaam overeind en keek Jenny kil aan. 'Ik had nooit gedacht dat je zo koppig en dom bent. Je lijkt duidelijk op je moeder. Maar goed, ik heb het begrepen.' Ze wees naar Jenny met haar stok. 'Vanaf nu ben je niet langer mijn nichtje.' Ze draaide Jenny de rug toe, liep pinnig op haar stok leunend de salon uit en sloeg de deur zo hard achter zich dicht dat de schilderijen aan de muur hingen te schudden.

Trillend liet Jenny zich op de bank neervallen. Ze had nu al spijt van haar uitbarsting en voelde zich verdrietig. Ze had niet zo boos moeten worden op tante Loviisa, haar enige nog in leven zijnde verwante. Maar toen voelde ze opluchting. Ze had zich eindelijk bevrijd van tante Loviisa's eeuwige kritiek. Het was de hoogste tijd geweest om paal en perk te stellen aan haar tantes gedrag.

Martta kwam behoedzaam de salon weer in. Jenny glimlachte naar haar. 'Niet bang zijn, Martta. Alles is in orde. Dat was mijn tante Loviisa, die was gekomen om mij de les te lezen maar ze is al weer weg.'

Martta staarde naar haar tenen. 'Het spijt me heel erg, tante Jenny, dat we u zo veel narigheid bezorgen. Ik wist niet dat u door ons niet meer kunt trouwen.'

'Och Martta, kom eens hier.'

Martta ging bij Jenny staan en Jenny keek haar aan. 'Je moet me geloven als ik zeg dat jullie mij absoluut geen narigheid bezorgen. Integendeel, ik ben dankbaar voor iedere dag die ik met jullie mag doorbrengen. En ik wil niet eens trouwen. Ik wil zelf over mijn leven kunnen beslissen. Maak je dus geen zorgen, we redden ons echt wel samen.'

Er kwam een voorzichtige glimlach op Martta's gezicht.

'Haal nu toch maar dat dienblad uit de keuken. Tante is misschien vertrokken, maar wij gaan nu lekker koffiedrinken hier in de salon.'

Martta liep naar de keuken. Jenny glimlachte nog even, maar haar glimlach bevroor al snel. Ze had spijt van de aanvaring met haar tante. Vader zou niet hebben gewild dat ze ruziemaakten. Moest ze haar tante schrijven en om vergiffenis vragen?

35

De zondvloed was voorbij en de zon scheen weer zomers warm. Jenny was sinds lange tijd weer op weg naar Koroistenniemi om tekeningen te maken, en ze besloot de kinderen mee te nemen. Ze zouden het leuk vinden om in de rivier te spelen en te zwemmen terwijl zij zat te tekenen.

Ze gingen lopend op weg en namen proviand mee. De kinderen waren opgetogen over het uitstapje en babbelden aan één stuk door. De jongetjes renden voor Martta en Jenny uit; ze hadden het geduld niet om op hen te wachten.

De opgravingen waren al volop bezig toen ze in Koroistenniemi aankwamen. Het hele in kaart gebrachte gebied lag open en men was nu in de diepste lagen aan het werk.

Juhani Aaltonen zat enigszins afgezonderd een kaart te tekenen, met de vertrouwde hoed op zijn hoofd, toen hij hen de grazige helling op zag lopen. Lachend stak hij een hand op. 'Goedemorgen, mevrouw Malmström! Wie hebt u vandaag meegebracht?'

Met een glimlach liep ze naar hem toe, samen met de kinderen. 'Dit zijn mijn adoptiekinderen Aapo, Matti en Martta.' De kinderen keken verlegen naar de grond. 'Zeg eens goedendag tegen meneer Aaltonen.'

'Goedendag, meneer Aaltonen,' zeiden ze in koor, zonder op te kijken.

Jenny lachte. 'Jullie kunnen nu op de oever van de rivier gaan spelen. Laat het eten maar hier bij mij staan.'

De kinderen gaven hun knapzak aan Jenny en renden toen naar de rivier. De heer Aaltonen draaide zich om en keek Jenny aan. 'De geruchten kloppen dus, u hebt daadwerkelijk kinderen geadopteerd.'

'Jazeker,' zei ze.

Hij keek hen na. Er klonk geschreeuw en geloei toen de jongens Martta natspetterden. 'Energieke jongelui. Mag ik vragen hoe u erin slaagt in uw eentje drie kinderen te onderhouden?'

Jenny keek hem onderzoekend aan, maar hij keek niet spottend of afkeurend, hoogstens een beetje bezorgd.

'We hebben het niet breed, maar we redden ons wel. Ik wil de jongens in het najaar op de lagere school doen en ik ben al begonnen Martta les te geven. Het is mijn doel ervoor te zorgen dat ze in goede beroepen terechtkomen en zichzelf kunnen onderhouden. Het alternatief was geweest dat ze bij afslag verkocht werden op een kinderveiling.'

Juhani pakte haar hand vast. Uit zijn blik sprak respect. 'Jenny Malmström, u bent een zeer bijzondere vrouw. Slechts weinig mensen hebben zo veel moed en naastenliefde als u.'

'Dank u, maar ik kon niet anders handelen in die situatie.' Jenny haalde haar schouders op. 'Martta was mijn huishoudelijke hulp, en toen het gezin in de problemen kwam, voelde ik me gedwongen te helpen.'

Juhani knikte. 'Uiteraard, maar toch zouden slechts weinigen dat hebben gedaan.' Hij glimlachte. 'Ik ben blij dat u vandaag hier bent, want dit is de laatste week dat we opgravingen doen. Hierna stoppen we.'

Jenny was verrast. 'Nu al?'

'We hebben het hele gebied opengelegd. Het heeft geen zin meer om deze zomer nog dieper te gaan. We hebben meer financiering aangevraagd bij de Oudheidkundige Vereniging en als we die krijgen, gaan we volgend jaar in mei verder.'

Jenny was teleurgesteld; dat betekende dat ze afscheid moest nemen van de heer Aaltonen. Maar ze hield haar gezicht in de plooi. 'In dat geval ga ik nu meteen verder met tekenen, om zoveel mogelijk gedaan te krijgen vandaag.' Ze ging op haar vertrouwde plekje onder de berk zitten en begon te tekenen.

De heer Aaltonen voegde zich weer bij zijn gravers.

Rond de middag riep Jenny de kinderen bij zich om te lunchen. De jongens hadden in de rivier gezwommen en waren de helft van hun kleren kwijtgeraakt. Ze was net bezig hen daarvoor te berispen toen Maria Tallgren samen met haar jongste kinderen een kijkje kwam nemen bij de opgravingen. Mikko, Aili en Anna-Maria sprongen uit het rijtuig en staarden nieuwsgierig naar Martta, Matti en Aapo.

'Kom maar kennismaken,' zei Jenny met een bemoedigende glimlach.

Ook Maria spoorde haar kinderen aan. Ze wuifde en riep: 'Ga maar! Jenny heeft haar adoptiekinderen meegenomen. Ga maar hallo tegen hen zeggen!'

De kinderen keken elkaar verlegen aan. De heer Aaltonen kwam bij hen staan. 'Luister eens, kinderen, ik heb twee hengels meegebracht, die staan tegen die boom daar. Hebben jullie zin om te gaan vissen?'

De gezichten van de kinderen klaarden op. Mikko deed als eerste zijn mond open. 'Ja, graag. Kom, ik weet een plekje waar we heel dikke wormen kunnen vinden.'

Aaltonen liep met de kinderschare naar de boom om de hengels te halen. Jenny staarde hen ontroerd na. Ze omhelsde Maria. 'Bedankt.'

Maria keek haar verbaasd aan. 'Waarvoor?'

'Voor het feit dat je ze geen snotapen uit een arbeidersgezin noemt.'

Maria zei verontwaardigd: 'Waar zie je me voor aan?'

Jenny lachte. 'Nergens voor. Ik weet dat je een hart van goud hebt.'

Ze richtte haar blik op de heer Aaltonen. Die was lachend bezig samen met de kinderen de hengels te ontwarren, die met elkaar verstrengeld waren geraakt. Er kwam een vertederde blik over haar gezicht.

Maria keek haar even aan. 'Ik had de geruchten inderdaad gehoord, dat je kinderen hebt geadopteerd. Wat mij betreft was dat een nobele, onbaatzuchtige daad, maar hoe krijg je het voor elkaar in je eentje drie kinderen te onderhouden?'

Jenny glimlachte. 'Maak je geen zorgen, we zullen het niet breed hebben, maar we komen ook niet om van de honger. We redden ons wel.'

Toen de kinderen naar de rivier waren gegaan om te vissen, voegde Juhani zich weer bij de dames, en samen maakten ze een laatste ronde langs de opgravingen. Het fundament van de kerk was nu volledig blootgelegd en op de oever waren nog meer funderingen van gebouwen te zien. Maria liep naast Juhani; haar hoed stond scheef op haar hoofd terwijl ze de zoom van haar rok optilde. 'Zegt u eens, meneer Aaltonen, afgaande op de vondsten die deze zomer zijn gedaan: heeft er inderdaad een bisschoppelijk kasteel op deze plek gestaan?'

Juhani knikte. 'Ja, dat geloof ik echt. Zoals u ziet is het fundament van de kerk nu helemaal zichtbaar. Onder de vloer zijn grafkamers gevonden, en aan de noordzijde van de kerk nog eens driehonderd graven. In een van de dichtgemetselde graven bevond zich liturgisch vaatwerk; ik vermoed dat dat een bisschopsgraf is geweest.' Hij gebaarde naar de vrouwen dat ze hem naar de oever moesten volgen. 'Hier hebben minstens twee gebouwen gestaan, waarvan er een een woonhuis moet zijn geweest, aangezien er in de hoek een stookplaats te zien is.'

Ze keken naar een vierkant fundament met in de hoek een zwartgeblakerde hoop stenen. Vanaf deze plek had je een prachtig uitzicht op het rivierdal.

Juhani sprong op de fundering en wees op een rij stenen ernaast. 'Hier heeft mogelijk een verdedigingstoren gestaan. Er zijn ruimschoots munten en scherven gevonden in het woongebouw en het terrein eromheen, waarvan het merendeel afkomstig is van Gotland, een eiland voor de Zweedse kust, en uit Centraal-Europa. Die moet ik nog nader bestuderen en vergelijken met andere vondsten uit hetzelfde tijdperk.'

Hij draaide zich om naar het opgravingsterrein, waar werkers bezig waren vulgrond op hopen te scheppen. 'Ik ben bijzonder tevreden met het werk dat deze zomer is verricht, ook al zorgde de regen tussendoor voor vertraging. Maar het heeft genoeg opgeleverd om mee verder te werken in Helsinki.'

Maria maakte zich op om te vertrekken en schudde Juhani's hand. 'Doet u dat. Ik kan haast niet wachten om uw rapport te lezen, en u moet beloven dat u me iedere week schrijft over de voortgang van het onderzoek.' Ze staarde hem diep in de ogen. 'Dat belooft u toch, meneer Aaltonen?'

Juhani lachte en legde een hand op zijn hart. 'Dat beloof ik, mevrouw Tallgren. Het is het minste wat ik kan doen als dank voor uw gastvrijheid.'

Maria lachte opgetogen.

Na de rondleiding ging Maria naar de boerderij van Koroinen om de oude boerin een bezoekje te brengen, en Jenny ging verder met tekenen.

Ze richtte zich op het inkleuren van een bronzen boekslot met een dierenhoofd erop en hield vanuit haar ooghoeken de heer Aaltonen in de gaten, die was teruggegaan naar de gravers om instructies te geven. Hij rolde zijn mouwen op en greep zelf ook een schep. Jenny voelde zich weemoedig. Waren de zomer en de opgravingen daadwerkelijk voorbij? Ze had het gevoel dat er nog te veel dingen onafgerond waren, waaronder dat wat er tussen haar en Juhani bestond. Ze keek naar hem terwijl hij even pauzeerde en een slok water uit zijn veldfles nam. Ze slaakte een zucht en zocht in haar etui naar een groen potlood. Ze had gedacht dat hij misschien in haar geïnteresseerd was. Maar de situatie was natuurlijk wezenlijk veranderd nu ze moeder was.

’s Middags pakte ze haar spullen bijeen en nam ze afscheid. Ze reikte Juhani haar hand aan en probeerde haar stem normaal te laten klinken. ‘Tot ziens, meneer Aaltonen. Ik weiger vaarwel tegen u te zeggen.’

‘Tot ziens, mevrouw Malmström.’ Hij pakte haar hand met beide handen vast en zocht haar blik. ‘Volgende week verhuis ik weer naar Helsinki, maar ik hoop dat u me zult schrijven. Ik zou graag willen vernemen hoe het u en de kinderen vergaat. U belooft toch te schrijven?’ Hij keek haar smekend aan.

‘Dat zou me veel genoegen doen,’ antwoordde Jenny. ‘Belooft u mij ook op de hoogte te houden van uw wedervaren?’

Hij knikte en kneep in haar hand. Verlegen liet Jenny haar blik zakken, waarna ze de helling af liep naar de oever van de rivier om de kinderen te halen. Ze keek achterom en zag dat Aaltonen haar nakeek. Glimlachend hief hij zijn hand op.

Op de terugweg renden de kinderen voor Jenny uit, die in gedachten was verzonken. Ze bleef zich maar afvragen of Juhani haar ten huwelijk zou hebben gevraagd als ze geen kinderen had gehad. En zou ze in dat geval hebben ingestemd? Ze brak een takje af van een struik en gooide dat weg. Ze zou hem missen. Het leven was absurd. Eerst wilde Fredrik haar niet hebben omdat ze geen kinderen kon krijgen, en nu ze kinderen had, waren die niet goed genoeg. Tante Loviisa had waarschijnlijk gelijk.

Aapo onderbrak haar mijmeringen door op blote voeten en met zijn haar alle kanten op stekend naar haar toe te rennen. ‘Tante Jenny, kijk eens wat ik heb gevonden!’

Jenny glimlachte, haalde een hand door zijn haar en boog zich voorover om zijn schat te bewonderen.

36

De geur van de herfst en van rijpe appels hing in de lucht. Het graan op de akkers begon goudgeel en oogstrijp te worden. Jenny kocht een tonnetje gezouten haring en genoeg aardappelen om de bak in de kelder te vullen. Ze ging met de kinderen naar het bos om rode bosbessen te plukken en kookte daar samen met Martta jam van. Van Aina kreeg ze zakken vol met appels uit de tuin van de pastorie, waar ze appelmoes van maakte. Tevreden keek ze naar de voorraadkamer, die al aardig gevuld begon te raken met glazen potjes.

Aapo en Matti gingen naar de lagere school, en Jenny begon weer met lesgeven aan de meisjesschool. De lagere school was gevestigd in een modern stenen pand aan de rand van het Aleksanterintori. Het gebouw had twee verdiepingen en er werd aan meer dan tweehonderd kinderen lesgegeven, die in groepen waren ingedeeld op basis van de taal waarin ze onderwijs kregen, Fins of Zweeds.

Martta was al veertien en kon ternauwernood spellen. Jenny begon haar op dezelfde manier te onderwijzen als de meisjes van mamzel Heurlin. De kinderen Wahlroos pasten zich in het algemeen goed aan, maar leren en naar school gaan leek hun zwaar te vallen. Ze deden totaal geen moeite. De jongens spijbelden vaak omdat ze wilden spelen, en Martta deed niets anders dan zuchten wanneer ze een boek voor zich had liggen. Jenny begon al wanhopig te worden.

Op een dag riep ze de kinderen bij zich om hun een standje te geven, omdat de jongens wederom hadden gespijbeld. Ze liet de kinderen plaatsnemen bij de tafel in de salon. Ze bogen hun hoofd, bang dat ze straf zouden krijgen.

Jenny ijsbeerde door de kamer. Toen bleef ze staan, met de armen over elkaar geslagen, en ze keek de kinderen streng aan. 'Luister goed naar me. Jullie vader en moeder konden niet lezen en schrijven omdat ze de kans niet kregen om naar school te gaan. De enige manier waarop ze in hun levensonderhoud konden voorzien, was door van 's ochtends vroeg tot 's avonds laat te zwoegen. En jullie weten hoe akelig het hun is vergaan. Willen jullie hetzelfde lot toebedeeld krijgen?'

De kinderen staarden naar de grond en schudden zachtjes het hoofd.

'Jullie hebben nu in zoverre geluk gehad in het leven dat jullie naar school mogen, en wanneer jullie kunnen lezen en rekenen, ligt de hele wereld binnen jullie bereik. Met dergelijke vaardigheden is het mogelijk een gerespecteerd beroep uit te oefenen, zodat een leven in armoede jullie bespaard blijft. Begrijpen jullie wat ik zeg?'

De kinderen knikten.

'Goed zo.' Jenny slaakte een zucht. 'Vanaf nu hebben jullie je eigen lot in handen. Het is van jullie eigen inzet afhankelijk hoe de toekomst eruit zal zien. Jullie kunnen gaan.'

De jongens renden naar de gang om hun petten te pakken en vluchtten naar buiten. Martta liep stilletjes naar de keuken. Jenny liet zich in de salon op een stoel neervallen.

Na de uitbrander begonnen de kinderen beter hun best te doen. De jongens spijbelden niet meer en Martta oefende iedere avond met lezen. Ze maakte vorderingen, het lezen ging van dag tot dag vlotter. Makkelijke kinderboeken kon ze al aan, en Jenny begon ook korte novellen voor haar te lenen bij de volksbibliotheek. De jongens deden het ook steeds beter op school. Ze waren niet de besten van de klas, maar ook niet de slechtsten.

Op een regenachtige zondag trof Jenny Matti huilend aan in bed. Hij draaide zich om naar de muur en veegde heimelijk zijn ogen droog. Jenny ging op het voeteneind zitten en keek naar zijn rug. 'Mis je je vader en moeder?'

Hij gaf geen antwoord, ademde alleen maar zwaar.

'Ik denk dat ik weet hoe je je voelt,' zei Jenny zachtjes. Ze keek door het raam naar buiten. 'Mijn vader en moeder zijn ook dood, en ik hield heel veel van hen.'

Matti staarde nog steeds naar de muur; Jenny slaakte een zucht. 'Ik had ook een man en een zoontje. Zij zijn ook dood.'

Ze wilde net opstaan en de jongen met rust laten toen Matti zich naar haar omdraaide. 'Hoe heette dat zoontje?'

'Mikael,' antwoordde Jenny verdrietig. 'Net als die engel in de Bijbel.'

Matti snotterde: 'Wij kunnen nooit zo worden als die Mikael, omdat we niet uw eigen kinderen zijn.'

Jenny boog zich voorover om zijn blonde haar te strelen. Matti trok zijn hoofd niet weg. 'Ik hield veel van Mikael, maar ik heb hem nooit mogen kennen omdat hij doodging tijdens de geboorte. Maar jullie ken ik wel, jou, Aapo en Martta, en ik hou ook van jullie. Ik ben dankbaar dat ik jullie tante Jenny mag zijn, ook al zal ik jullie eigen mama nooit kunnen vervangen.'

Voorzichtig tilde Matti zijn hand op, en hij streelde Jenny's hand. De tranen liepen hem over de wangen. Jenny omhelsde hem, en hij drukte zich stevig tegen haar aan. Ze voelde zijn zachte haren onder haar kin en het kleine warme lijfje tegen haar lichaam. Haar keel was dichtgeknepen van ontroering. Met vochtige ogen glimlachte ze naar hem. 'Kom, Matti, we gaan wat melk opwarmen in de keuken. En er staat ook nog wat kaneelbrood van gisteren in de kast.' Matti veegde zijn tranen af aan zijn mouw en pakte Jenny bij de hand, en samen liepen ze naar de keuken.

37

Het was de tijd van de grote najaarsmarkt in Turku. Die vormde één groot volksfeest waar men van heinde en verre op afkwam en waar de meest uiteenlopende waren werden verkocht. De pleinen Aleksanterintori, Puutori en Nikolaintori stonden op marktdagen helemaal vol met karren en kraampjes, tot aan de trappen van de Domkerk toe.

Jenny zou samen met de kinderen naar de markt gaan. Het was de bedoeling fries te kopen om broeken voor de jongens van te naaien, en stof voor een rok voor Martta. Als je de kunst van het afdingen verstond, kon je die op de markt vaak stukken goedkoper krijgen dan in de winkel.

Ze stonden vroeg op, zodat ze nog voor de grote mensenmassa op de markt zouden zijn. Toch was het daar al flink druk toen ze tegen acht uur arriveerden. Keurige mannen met hoeden, dames, kinderen, boeren met een stalgeur om zich heen, bedienden met sjaaltjes om hun hoofd en soldaten probeerden zich met hun ellebogen een weg naar voren te banen. De frisse lucht raakte vermengd met de geur van rook, afkomstig van omaatjes die pannen met koffie kookten op open vuur. Ergens klonken de onzuivere tonen van een draaiorgel, en een gigantisch geroezemoes vulde het centrum. Het duizelde de kinderen gewoon toen ze het marktgewoel nieuwsgierig gadesloegen.

Jenny verzamelde de kinderen om zich heen en zei streng: 'Blijf dicht achter mij lopen, anders verdwalen jullie. Is dat duidelijk?' Ze begon zich een weg te banen door de menigte, met de kinderen in haar kielzog.

Aan de linkerkant van de markt stond een kraampje van konditorei Wiberg, daarna kwamen de andere bakkers van de stad, de dames Hellman, Silvan, Karlstedt en Jernvall. Er waren taarten te koop, en krakelingen, kaneelbroodjes en gevlochten koffiebroden. Tegenover de bakkers bevonden zich de kraampjes van zadelmaker Jakobsson, kopersmid Sjöblom en blikslager Ahlgren. De oude handwerker Filén was eveneens aanwezig om zijn korte en lange, met zilver versierde pijpen aan de man te brengen. Boekbinder Ekblom en journalist Lillja verkochten psalmbundels en andere makkelijk leesbare literatuur in een klein hokje voor het theater.

Eindelijk bereikten ze de overkant van de markt, maar daar kwamen ze vast te zitten in de drukte voor de kraampjes van goudsmeden Lundgren en Willgren. Daar stonden de kopers in de rij, terwijl vrijboeren ringen pasten en snuisterijen kochten voor hun liefjes.

Aan de westzijde van de markt bevonden zich kraampjes die kruiken en glazen potten verkochten, en daarnaast stond een tent waarin olieverfportretten van de keizer en andere beroemdheden te koop werden aangeboden. Er was ook een marktkraam die Russisch speelgoed verkocht, en Aapo bleef dromerig staan kijken naar een klein houten hondje dat je aan een stukje touw achter je aan kon trekken.

Jenny liep naar hem toe. 'Zou je dat willen hebben?' Aapo knikte. Jenny onderhandelde lang met het Russische omaatje maar mocht de hond uiteindelijk voor twee mark meenemen.

Dolgelukkig drukte Aapo het speeltje tegen zich aan. 'Heel erg bedankt, tante Jenny. Ik heb nog nooit zoiets moois gehad.'

Matti stond iets afgezonderd, en Jenny zag dat hij een zuur gezicht trok.

'En, Matti, welk speeltje wil jij graag hebben?' Zijn gezicht klaarde op en hij liep naar de kraam om de uitgestalde waar goed te bekijken; het omaatje liet alles gewillig zien. Uiteindelijk koos hij voor een houten geweer. Het genadeloze afdingen begon weer, en uiteindelijk kreeg ook Matti zijn speelgoed voor twee mark.

Martta gaf het geweer aan haar broertje terwijl Jenny betaalde. 'Heel erg bedankt, tante Jenny. U hoeft niet te denken dat u voor mij wat moet kopen, ik ben al te oud voor zulke speeltjes.'

'Voor jou koop ik ook geen speelgoed. Voor jou gaan we stof kopen voor een jurk.'

Martta's mond viel open. 'Stof voor een jurk? Voor mij?'

'Jazeker. Al jouw jurken zijn al zo vaak versteld dat we stof nodig hebben om nieuwe te maken.'

Ze vervolgden hun weg. Bij de volgende kraampjes stonden Russische kooplui die snoepgoed, fruit, jam, Edammer kazen, metworst, kaviaar en ingeblikte vis verkochten. Ze deelden hapjes uit om te proeven, en overal was hun geroep te horen. 'Bekoorlijke dame, komt u deze ongeëvenaard lekkere en veredelde worst van de beste kwaliteit proeven!' Jenny en de kinderen bleven staan om een hapje te proberen maar kochten niets.

Luidruchtige Tataren brachten Perzische tapijten en Siberische dierenhuiden aan de man. Er waren ook handelaren die haar kochten om pruiken en haarsieraden van te maken. Veel dienstmeisjes verkochten huilend hun lange vlechten.

De volgende kraampjes waren van leerlooiers Ingelin, Sahlbom en Tornberg, die producten van leer verkochten. Sommige kooplui waren helemaal uit Tampere en Jyväskylä gekomen om hun waar te verkopen.

Toen vond Jenny eindelijk de textielhandelaren. Russische kooplui en Joodse handelaren uit Turku verkochten hun voorraden. Jenny en Martta liepen erheen om de gestreepte en effen stoffen te bevoelen. Ze besloten witte en lichtblauwe stof te kopen voor zomerjurken, en dikkere zwarte mousseline voor een winterkostuum. Ook kocht Jenny grijze fries om broeken voor de jongens van te maken. Martta huilde bijna van geluk.

'Juich maar niet te vroeg, Martta, we hebben nog een heleboel avonden voor ons voordat deze jurken klaar zijn,' zei Jenny lachend.

'Dat weet ik, tante Jenny, maar ik heb gewoon nog nooit zulke mooie stoffen gehad voor jurken.'

Ze bleven nog even bij de kraam staan om de kleurrijke zijde en het kunstig gekloste kant te bewonderen. Toen ineens zag Jenny Amanda Levy en haar zus staan, die bezig waren zijden linten te kopen. Jenny begroette haar voormalige klasgenote, maar Amanda deed of ze haar niet kende. Jenny fronste haar wenkbrauwen. Toen herinnerde ze zich de kinderen, en ze wist genoeg. Blijkbaar was ze geen geschikt gezelschap meer voor Amanda Levy. Ze moest lachen. Het verraste haar iedere keer weer hoe dom mensen konden zijn.

'Kom, kinderen. We gaan naar de vuurvreters kijken.'

Amanda fluisterde iets tegen haar zus, waarna ze zich lachend omdraaiden en Jenny en de kinderen nastaarden.

Aan de rand van het Aleksanterintori waren circus- en schiettenten opgesteld. Daaromheen vertoonden acrobaten en vuurvreters hun kunsten. Aan een van de tenten hing een bordje met daarop KOMT DAT ZIEN, EEN VROUW ZONDER HANDEN. TOEGANG 2 MARK. Er had zich een lange rij gevormd voor de ingang.

Rond een van de vuurvreters had zich een grote menigte verzameld; er klonken verraste kreten toen de man vlammen uit zijn mond liet komen. Matti en Aapo renden alvast vooruit, ze konden niet wachten om het schouwspel te zien. Ook Jenny en Martta mengden zich in de menigte om naar het optreden te kijken.

De vuurvreter zag eruit als een Tataar. Hij had zwart krullend haar en droeg een zwarte pofbroek, een leren vestje en leren laarzen. Hij wierp een brandende fakkel de lucht in en liet die woest in het rond draaien. De mensen juichten en klapten in hun handen. Van tijd tot tijd stak de man de brandende fakkel in zijn mond, waarop het publiek nog luider applaudisseerde. Hij doofde de fakkel en haalde toen op indrukwekkende wijze een lang zwaard tevoorschijn, dat hij langzaam in zijn keel liet zakken. Het publiek hield de adem in. Jenny en Martta keken elkaar vol afschuw aan. De man duwde het zwaard tot bijna halverwege en trok het toen in één keer uit zijn mond. Hij ontving een daverend applaus, maakte een buiging en liep toen met zijn hoed in de hand een rondje langs de menigte. Ook Jenny stopte er een paar muntjes in, waarop hij haar een brede glimlach schonk.

Martta en Matti stonden nog naar de vuurvreter te kijken toen Jenny zich omdraaide en zag dat Aapo was verdwenen. 'Martta! Matti! Waar is Aapo?' riep ze in paniek. Ze keken om zich heen, maar het jongetje was nergens te zien. 'Matti, heb je gezien waar Aapo naartoe is gegaan?'

Matti keek haar perplex aan. 'Ik heb niks gezien, tante Jenny. Daarnet stond hij nog naast me.'

Jenny begon zich grote zorgen te maken. 'Kom mee, we moeten hem gaan zoeken. Aapo is verdwenen!'

Het was moeilijk om vooruit te komen in de menigte, en Jenny moest soms op haar tenen gaan staan om beter te kunnen zien. Ze vroeg bij diverse kraampjes of ze een klein blond jongetje met een houten speelgoedhondje hadden gezien. De kooplui schudden meewarig het hoofd.

In een van de tenten werd brandewijn verkocht, en voor die tent had zich een grote groep mannen verzameld. Jenny bleef staan om naar Aapo te vragen en had te laat in de gaten dat de mannen dronken waren. De oudste van hen kwam op haar af; hij had duidelijk ook het meest gedronken.

Zijn doortrapte glimlach onthulde een stel onregelmatige, geelbruine tanden, en er lag een roofzuchtige blik in zijn ogen. Hij stonk verschrikkelijk naar sterkedrank en urine. 'Je snotjong hebben we niet gezien, maar een kus van zo'n knap wicht sla ik niet af!' Hij pakte Jenny vast en probeerde zijn mond op haar lippen te drukken. Jenny kon hem nog net ontwijken en begon te gillen en de man met haar handtas te slaan. 'Verdwijn, vies monster! Schurk!'

Op hetzelfde moment werd de man bij Jenny weggerukt. Hij kreeg een enorme dreun op zijn kin, stond een tijdje te wankelen en zeeg ten slotte neer op de grond.

Verbijsterd draaide Jenny zich om naar haar reddende engel. Fredrik Barker keek haar aan met een woeste blik in zijn ogen.

'Ben je gewond?' Toen ze nee schudde, zei hij kwaad tegen haar: 'Wat doe je hier in vredesnaam? Je weet toch zeker wel dat vrouwen niks te zoeken hebben bij tenten waar sterkedrank wordt verkocht, en al helemaal niet in hun eentje?!'

Jenny's onderlip begon te trillen, en het werd haar zwart voor de ogen. Ze was ontzettend ongerust om Aapo, en nu dit voorval ook nog… Het begon te veel voor haar te worden. 'Het spijt me, Fredrik, maar Aapo is verdwenen.' Tegelijkertijd dacht ze weer aan Matti en Martta. Ze keek snel om zich heen en zag tot haar opluchting dat die op een afstandje angstig stonden te kijken.

'Wie in vredesnaam is Aapo?' vroeg Fredrik.

Jenny rende naar de kinderen toe en omhelsde hen. 'Niets aan de hand, lieverds. Alles is in orde. Die man kan ons geen kwaad meer doen.'

Fredrik liep verwonderd achter Jenny aan. 'Zou je zo vriendelijk willen zijn om eindelijk uit te leggen wat er aan de hand is? En wie zijn deze kinderen?'

Jenny's stem trilde. 'Dit zijn mijn geadopteerde kinderen Martta en Matti. Hun broertje Aapo is verdwenen, ergens op de markt hier. We waren hem aan het zoeken toen die ploert me te lijf ging.'

Ze probeerde te kijken waar de aanrander was, maar die had ondertussen de benen genomen. Fredrik pakte haar hand vast en kneep daar geruststellend in. Hij wist meteen wat er gedaan moest worden.

'Kleine jongetjes zijn dol op schieten, jongleurs en snoep. Jullie gaan alle snoepkraampjes langs en ik zoek samen met mijn bediende de circustenten af. Hoe ziet Aapo eruit?'

Jenny begon bijna te huilen van opluchting en keek hem dankbaar aan. Nadat ze Aapo had beschreven, spraken ze af dat ze elkaar over een half uur zouden weerzien bij de lantaarnpaal op het midden van het marktplein.

Jenny, Martta en Matti vroegen bij alle snoepkraampjes naar Aapo. Geen van de kooplui had hem gezien.

Matti begon te huilen, en Jenny troostte hem. 'Niet huilen, Matti, ik weet zeker dat we hem zullen vinden. En als wij dat niet doen, dan de heer Barker vast en zeker wel.'

Een half uur later baanden ze zich een weg naar het ontmoetingspunt, en Jenny slaakte een zucht van opluchting. Ze zag Fredrik en zijn bediende bij de lantaarnpaal staan, samen met Aapo, die tevreden een oliekoek at en in zijn andere hand het speelgoedhondje stevig vasthield.

Jenny rende naar hem toe en sloeg haar armen om hem heen. 'O Aapo toch, waar was je? We hebben ons zo'n zorgen gemaakt.'

Hij antwoordde met zijn mond vol oliekoek: 'Ik was helemaal nergens. Ik ben gewoon een tent in gegaan waar mannen op blikjes schoten. Ik wist niet eens dat ik kwijt was. En toen kwam deze meneer en die bracht me hierheen. Kijk eens, tante Jenny, hij heeft een oliekoek voor me gekocht!'

Fredrik had het gesprek vanaf de zijlijn gevolgd en keek het jongetje nu streng aan. 'Je moet beloven, Aapo, dat je zoiets nooit meer doet. Je hebt tante Jenny en je broertje en zus onnodig laten schrikken.'

Schuchter keek Aapo naar zijn schoenen. 'Ik beloof het.'

Toen richtte Fredrik zijn blik op Jenny. 'Het lijkt me het beste dat ik jullie nu naar huis breng.' Hij knikte tegen zijn bediende, die op een afstandje stond. 'Wilén, ga het rijtuig halen.'

Jenny wilde bezwaar maken, maar gaf al snel op. Ze was behoorlijk moe door alles wat er was gebeurd.

Ze liepen achter Fredrik aan, die een weg voor hen baande door de menigte. Om een of andere reden was Jenny totaal niet verbaasd toen Fredrik haar adres aan Wilén gaf en daarmee liet blijken dat hij wist waar ze woonde. Fredrik hielp haar bij het instappen en liet haar naast zich plaatsnemen. Zijn nabijheid maakte haar nerveus; ze wiebelde onrustig op het bankje.

Fredrik keek onderzoekend naar haar gezicht en veegde met zijn duim wat vuil weg van haar wang. 'Godzijdank ben je ongedeerd.'

'Bedankt, Fredrik,' fluisterde Jenny, van haar stuk gebracht.

Hij leunde naar achteren. 'Weet je, Jenny, je laat me iedere keer weer versteld staan. Hoe bestaat het dat jij moeder van drie geadopteerde kinderen bent?'

Jenny wierp een blik op de kinderen, die naast elkaar op het achterste bankje van het rijtuig zaten. Ze waren muisstil.

'Martta was mijn hulp in de huishouding toen hun vader stierf. Ze zouden als veilingkinderen zijn geëindigd als ik hen niet had geholpen.'

'Hebben ze geen verwanten?' vroeg Fredrik.

'Nee.'

'Toch was het niet nodig geweest om hen te adopteren. Ze hadden naar het armenhuis kunnen gaan.'

'Ze zouden dan alsnog verkocht worden op een gegeven moment, dat weet je best.' Jenny vertrok haar mond tot een streep. 'Het zijn nu mijn kinderen en ik draag de verantwoordelijkheid voor hen. Er is geen enkele reden om hen te minachten op grond van hun afkomst.'

Fredrik keek haar bezorgd aan. 'Dat bedoelde ik ook niet, maar ik geloof niet dat je financieel in staat zult zijn om drie kinderen te onderhouden.'

Ze keek hem vastberaden aan. 'Gelukkig heb jij geen flauw idee van mijn financiën. We redden ons heus wel.'

Er daalde een stilte tussen hen neer. Fredrik keek peinzend voor zich uit.

Uiteindelijk begon Jenny weer te praten. 'Hoe kan het dat je zo goed Fins spreekt?'

Hij wierp een blik opzij en tilde een van zijn mondhoeken lichtjes op. 'Een goede fabrieksdirecteur spreekt de taal van zijn ondergeschikten. Gelukkig had ik als klein kind een Finstalig kindermeisje.'

Wilén liet het rijtuig op de Rantakatu tot stilstand komen en Jenny en de kinderen stapten uit. Fredrik hielp hen met de aankopen.

Ontroerd keek Jenny naar hem op. 'Meneer Barker, ik ben bijzonder dankbaar voor het feit dat u Aapo hebt gevonden. Zonder uw hulp was dat niet gelukt.' Toen wendde ze zich tot Fredriks bediende. 'U ook bedankt, meneer Wilén.'

Wilén tilde zijn hoed op. 'Het genoegen was geheel aan mijn kant, mevrouw.'

Fredrik pakte haar hand vast en zei met gedempte stem: 'Tot ziens, mevrouw Malmström. Ik kan haast niet wachten tot we elkaar weer eens zien.'

Ze keken elkaar in de ogen. Woorden waren overbodig. Ze wisten allebei wat de ander dacht. Fredrik maakte een buiging en stapte weer in het rijtuig.

Jenny en de kinderen bleven staan kijken terwijl Wilén het paard liet keren en over de Rantakatu weer koers zette naar het centrum. Fredrik keek achterom en zwaaide. Jenny tilde haar hand op, en ook de kinderen zwaaiden enthousiast.

Martta slaakte een zucht. 'Dat was nou eens een echte heer. Ik heb nog nooit zo'n keurige man gezien.'

Jenny nam Aapo bij de hand. 'Kom, kinderen. We gaan naar binnen en theezetten. We hebben zo veel avonturen beleefd vandaag dat ik helemaal uitgeput ben.'

De rest van de dag babbelden de kinderen alleen nog maar over die keurige meneer die Aapo had teruggevonden, en omdat Aapo het vuistgevecht niet had gezien, moest Matti voordoen hoe de keurige meneer de dronkenlap op de kin had geslagen en tante Jenny had gered. Martta speelde de geschrokken Jenny die de dronkaard ervanlangs gaf met haar handtas. Jenny had tranen in de ogen van het lachen.

De kinderen waren al in slaap gevallen in hun kamer toen Jenny de haarspelden uit haar kapsel haalde en een lange vlecht maakte. Ze sprak het avondgebed, blies de kaars uit en glipte onder de deken. Killi sprong spinnend op haar buik; ze aaide hem verstrooid. Ze dacht aan Fredrik en keek dromerig uit het raam van de salon; een straatlantaarn verspreidde geel licht en de wind liet herfstbladeren opwaaien. Wat een nobele man was Fredrik, en wat was hij aardig geweest tegen de kinderen. Jenny slaakte een hunkerende zucht en sloot haar ogen.

38

Mamzel Heurlin had griep; dat was ook geen wonder, want het was al meer dan een week herfstachtig koud en vochtig. Haar werkzaamheden werden over de andere leraressen verdeeld en ook Jenny gaf extra lessen.

Na twee weken bedrust verslechterde mamzel Heurlins toestand. Ze was al op leeftijd en had niet meer de kracht die ze vroeger had gehad. Dokter Spoof ging bijna iedere dag bij haar langs om de patiënte in de gaten te houden.

Op een ochtend werd Jenny thuis op de hoogte gebracht van het overlijden van mamzel; ze was die nacht bezweken aan de koorts.

Jenny vouwde haar handen en bad voor mamzel. Er vielen een paar tranen op haar schoot. Ze had Augusta Heurlin echt graag gemogen. De directrice was weliswaar streng geweest bij het handhaven van de orde, maar ook rechtvaardig. Voor alle leerlingen golden dezelfde regels, ongeacht uit welke familie ze stamden. Jenny zou haar kalmte missen, en de wijsheid die haar levenservaring met zich had meegebracht.

Op school werd een moment van stilte gehouden; ze staken kaarsen op en zongen een paar hymnen. Sommige meisjes huilden. De rest van de dag werd er geen les gegeven; de meisjes mochten naar huis.

De leraressen wisten niet hoe het nu verder zou gaan. De school was eigendom van mamzel Heurlin en ze had zelf hun lonen betaald. Ze had geen erfgenamen, en dus was de toekomst van de school onzeker. Nadat ze erover gediscussieerd hadden, spraken de leraressen af dat ze gewoon onderwijs bleven geven totdat de notaris meer wist over het lot van de school.

Notaris Sarlin kwam een week later naar de school en liet alle leraressen in een klaslokaal bijeenkomen om de laatste wil van Augusta Heurlin te vernemen. Hij legde zijn zwarte leren tas op een tafel en zette zijn bril op, waarna hij het testament uit zijn tas haalde en opensloeg.

Hij richtte zijn blik op hen. 'Geachte mevrouw Malmström, mejuffrouw Heickell, mejuffrouw Wrede en mejuffrouw Sinebrykoff. Mij is de taak toegewezen u op de hoogte te stellen van het testament van mejuffrouw Heurlin. Ze had geen erfgenamen, en om die reden schenkt ze haar hele vermogen aan de oprichting van een weeshuis in Turku. Voorts ontvangt u elk een half jaar loon uit de erfenis.' Hij richtte zijn blik weer op het papier. 'Helaas houdt dit in dat de meisjesschool aan het eind van deze maand wordt opgeheven. U geeft de meisjes tot die tijd nog les, daarna bent u vrij om een nieuwe werkplek te zoeken.'

De vrouwen keken elkaar verbijsterd aan. Ze hadden weliswaar al vermoed dat er zoiets aan zat te komen, maar toch kwam het nieuws als een schok.

Toen ze opstonden om te vertrekken, keek notaris Sarlin snel even naar Jenny. 'Mevrouw Malmström, mag ik u verzoeken nog even te blijven?'

Jenny draaide zich verbaasd om en ging weer zitten.

De heer Sarlin liep naar de deur om die dicht te doen. 'Helaas heb ik slecht nieuws voor u.' Hij zette zijn bril af en keek Jenny aan met zijn wijze ogen. 'In het testament van mejuffrouw Heurlin staat dat uw loon tot op heden door patroon Fredrik Barker is betaald. Om die reden geldt de bepaling betreffende het loon voor een half jaar niet voor u. Mejuffrouw Heurlin betreurt dat in haar testament maar adviseert u om de heer Barker te benaderen voor compensatie.'

Jenny trok lijkbleek weg en keek Sarlin met opengesperde ogen aan. 'W-weet u dat heel zeker?'

Meelevend antwoordde hij: 'Helaas is dat hoe de zaken ervoor staan. Mejuffrouw Heurlin nam op verzoek van Fredrik Barker contact met u op en vroeg u bij haar les te komen geven. Ze benadrukt ook dat ze zeer tevreden was met uw werk en dat ze een goede referentie voor u heeft geschreven.'

Jenny zat als verlamd op haar stoel. Toen stond ze langzaam op, en ze knikte. 'Dank u, meneer Sarlin.' Zonder een woord te zeggen liep ze het lokaal uit. Ze pakte haar cape en hoed van de kapstok en liep naar buiten, naar de oever van de Aurajoki.

De rivier stroomde herfstachtig bruin, en de bontgekleurde lindebomen op de oever zwaaiden heen en weer in de wind. Het miezerde een beetje en Jenny's cape werd nat, maar dat merkte ze nauwelijks. Ze was verbijsterd over wat ze had gehoord.

Ineens begon ze wanhopig te lachen. Mamzel Heurlin was dood, zij was haar baan kwijt en had geen recht op een half jaar loon. Bijna vier jaar lang had ze lesgegeven op de meisjesschool, en al die tijd had Fredrik haar loon betaald! Kon het er voor haar nog slechter voor staan dan dit?

De tranen begonnen over haar wangen te stromen. Ze maakte zich zorgen over de toekomst. Hoe kon ze nu in het levensonderhoud van haar en de kinderen voorzien? Ze werd vervuld van liefde wanneer ze aan Fredrik dacht, maar tegelijkertijd was ze kwaad. Hij had geen enkel recht zich met haar leven te bemoeien! Wat zou mamzel Heurlin wel niet van haar gedacht hebben? Was ze ervan uitgegaan dat zij Fredriks geliefde was? Jenny werd vuurrood tot in haar nek.

Ze draaide zich om en ging vastberaden op weg naar huis. Ze kon maar beter bij de andere meisjesscholen in de stad naar werk vragen. Haar spaargeld was misschien voldoende om het een paar maanden uit te zingen. Maar één ding stond vast: ze zou geen cent meer van Fredrik Barker aannemen!

39

Jenny zat thuis in de salon en trommelde met haar vingers op de tafel. Ze maakte zich zorgen. Haar sollicitaties bij de meisjesscholen in Turku – Alide Schwanks instituut voor jongedames, het pensionaat van juffrouw Brotherus en de school van Siri Ringbom – hadden niets opgeleverd. Ze hadden allemaal laten weten dat ze het betreurden maar dat ze momenteel geen werk konden bieden.

Jenny zat net over haar volgende zet na te denken toen Martta de salon binnenkwam met een brief van Juhani Aaltonen. Hij vertelde dat hij een bezoek zou brengen aan Turku en stelde voor elkaar op zaterdagmiddag om twee uur in de konditorei van Wiberg te ontmoeten. Jenny was verheugd; ze keek ernaar uit om Juhani weer te zien.

De konditorei van Wiberg lag aan de Linnankatu, direct naast de volksbibliotheek, een kleine koffiekamer in een grijs houten huis met ramen die op de straat uitkeken. Boven de deur hing een ovaal zwart uithangbordje waarop in gouden letters stond: A.G. WIBERG, KONDITOREI.

Mevrouw Augusta Wiberg stond achter de toonbank toen Jenny iets voor tweeën binnenkwam. Alle inwoners van Turku kenden de kleine, mollige mevrouw Wiberg, en bijna iedereen had de beroemde pralines van de konditorei weleens mogen proeven. Links van de toonbank stond een tafel met daarop verse gebakjes, kaneelbroodjes, chocoladetaarten, meringues en citroentaart. De zalige geur van appeltaart en vers gezette koffie hing in de lucht. Achter de toonbank bevond zich een witgeschilderde kast met raampjes. Daarin stonden marsepeinen varkentjes en decoraties van suiker, waaronder een aantal engeltjes en Amor met zijn pijl-en-boog.

Jenny hing haar cape aan de kapstok en liep verder naar de koffiekamer, waar een paar tafels en stoelen stonden voor klanten. Op hetzelfde moment ging de deur open, en de heer Aaltonen kwam binnen. Hij zag er knap uit in zijn lange jas.

Glimlachend liep Jenny hem tegemoet. 'Meneer Aaltonen, wat fijn om u na lange tijd weer eens te zien.'

Hij pakte haar hand vast en hielp haar plaats te nemen aan een tafeltje. Zijn ogen fonkelden. 'Insgelijks, mevrouw Malmström. Vindt u het goed als ik koffie en gebakjes voor ons bestel?'

Jenny knikte instemmend en keek tevreden toe terwijl Juhani zijn jas en hoed naar de kapstok bracht. Hij schiep zo'n kalme sfeer om zich heen; Jenny had het gevoel alsof ze een weerzien met een goede vriend van vroeger had.

Even later bracht mevrouw Wiberg hun een pot koffie en kersencakejes. Jenny en de heer Aaltonen wisselden nieuwtjes uit. Juhani vertelde dat hij in Helsinki verder had gewerkt aan de opgravingen.

'We hebben alle voorwerpen al gecatalogiseerd. De kaarten zijn opgeschoond. Ik moet alleen nog het opgravingsrapport schrijven, dan is alles klaar wat dit jaar betreft. Als we financiering krijgen, gaan we volgende zomer weer verder.' Hij nam met zijn lepeltje een hapje van de cake en richtte zijn blik toen op. 'Maar vertelt u eens hoe het met u en de kinderen gaat.'

Jenny vertelde hem over mamzel Heurlin en het feit dat ze nu onverwacht werkloos was geworden.

Bezorgd fronste hij zijn voorhoofd. 'Hoe voorziet u nu in het levensonderhoud van uzelf en de kinderen?'

Jenny roerde in haar kopje en staarde naar het rozenbehang in de koffiekamer. 'Ik heb een klein beetje spaargeld waarmee we een tijdje vooruit kunnen. En ik doe mijn best om werk te vinden.' Ze keek Juhani aan en schonk hem een lichte glimlach. 'We redden ons wel.' Haar stem klonk zekerder dan ze zich voelde.

Juhani zweeg langdurig en leek heel hard na te denken. Uiteindelijk leek hij tot een besluit te komen, en hij keek Jenny met een ernstig gezicht aan. 'Mevrouw Malmström. Nu uw situatie zo radicaal gewijzigd is, ben ik zo vrij u een voorstel te doen.' Hij pakte haar hand vast. 'Wilt u mijn vrouw worden? Ik had niet verwacht dit ooit aan u voor te kunnen leggen, omdat ik als wetenschapper weinig en onregelmatig verdien en u zonder meer recht hebt op iets beters, maar uw situatie is vrij hopeloos. Ik weet dat u niet van mij houdt, maar ik heb bijzonder veel respect voor u en ik weet zeker dat we goed zouden kunnen opschieten samen. Uiteraard zou ik ook uw kinderen adopteren, en ik beloof dat ik goed voor u allen zal zorgen. Mijn woning in Helsinki is klein, met slechts één kamer en een keuken, maar misschien kunnen we op een gegeven moment iets groters huren.'

Jenny keek hem ongelovig aan, en er welden tranen op in haar ogen. 'Meneer Aaltonen, ik stel uw aanzoek en uw goedheid zeer op prijs, maar u verdient een vrouw die echt van u houdt en die u in uw carrière ondersteunt. Ik ben ervan overtuigd dat u ooit professor in de archeologie zult worden. Maakt u zich over mij geen zorgen. Ik heb er vertrouwen in dat ik werk zal vinden in Turku.'

Juhani glimlachte zwakjes en schudde zijn hoofd. 'Ik had al verwacht dat u zo zou reageren.' Hij leunde naar voren en keek serieus. 'Belooft u mij dat u er in elk geval over zult nadenken. Ik heb geen haast, we kunnen desnoods over een half jaar pas trouwen. Ik ben geduldig.'

'Laten we het er niet meer over hebben.' Jenny kneep dankbaar in zijn hand. 'Ik beloof dat ik over uw aanbod zal nadenken, maar laten we nu verdergaan met koffiedrinken.' Ze vulde hun beider kopjes. 'Vertelt u eens hoe uw dagelijks leven in Helsinki eruitziet. Wat doet u zoal in uw vrije tijd?'

Nadat ze een uur hadden zitten praten moest Juhani ervandoor; hij had een afspraak met de heer Rettig. Hij begeleidde Jenny naar de hoek van het Aleksanterintori en schudde haar hand bij wijze van afscheid. 'Mag ik u, nu ik u ten huwelijk heb gevraagd, Jenny noemen? Ik zou het ook fijn vinden als u mij Juhani zou noemen.'

Jenny lachte. 'Graag... Juhani.'

Hij beantwoordde haar glimlach. 'Ik wens jou en de kinderen het allerbeste. Beloof dat je me schrijft en dat je mijn aanbod zult overwegen.'

'Dat beloof ik,' zei Jenny met een hoofdknikje.

Juhani tilde zijn hoed op en nam afscheid. Jenny keek zijn lange gestalte na terwijl hij over de Aurakatu zijn weg vervolgde naar het huis van Rettig.

Een stemmetje binnen in haar zei dat ze het aanbod had moeten aangrijpen. Dat zou al haar problemen hebben opgelost. Juhani zou haar en de kinderen een veilig bestaan hebben geboden, en misschien had hun huwelijk best kunnen functioneren. Maar toch wist ze dat ze het juiste besluit had genomen. Hij had gelijk: ze hield niet van hem, maar God wist dat ze van hem had willen houden. Het zou harteloos zijn geweest om te doen alsof. Het stemmetje zei echter ook dat als ze niet snel werk vond, ze echt flink in de problemen zou komen.

40

Jenny liep met een grote mand in haar handen over de Rantakatu. Ze keerde net terug van de markt, waar ze gerookte haring had gehaald. Ze probeerde geld te sparen en had ook ditmaal geen vlees gekocht. Ze aten nu al wekenlang gezouten vis, aardappelen en pap. Toch klaagden de kinderen nooit. Ze waren allang blij dat ze hun buik konden vullen. Jenny dacht vol tederheid aan hen.

Martta kwam haar al bij de deur tegemoet, terwijl ze bezig was haar schoenen uit te trekken in de gang.

'Tante Jenny! Die keurige meneer van de markt was hier om u op te halen! Hij had iets belangrijks te zeggen, maar heeft een brief voor u achtergelaten.'

Jenny begon te blozen, en snel hing ze haar cape aan de kapstok.

Martta bracht de brief naar de salon. Jenny scheurde hem snel open en ging in de leunstoel zitten om hem te lezen.

Jenny, we moeten praten. Kom morgenmiddag om twee uur naar de Vartiovuorenmäki.
Fredrik

Haar hoofd stroomde over van de gedachten. Typisch Fredrik, om op geen enkele manier te laten doorschemeren waar het om ging. Waarschijnlijk had hij het nieuws over mamzel Heurlins overlijden vernomen. Vastbesloten vouwde Jenny de brief op. Ze zou naar hem toe gaan morgen, maar geen gebruik meer maken van zijn liefdadigheid.

De volgende dag moest ze een enorme hoeveelheid traptreden beklimmen, in de harde wind, voordat ze de top van de Vartiovuorenmäki bereikte. Ze bleef staan om het landschap te bewonderen. Vanaf de top had je een prachtig uitzicht over de hele stad. Beneden haar stroomde de grijze Aurajoki. De mensen leken op kleine zwarte mieren, zoals ze tegen de wind in ploeterden.

De storm dreigde Jenny's hoed mee te sleuren en ze bond de bandjes strakker vast onder haar kin. Plukjes bruin haar ontsnapten en ze probeerde ze weer onder haar hoed te duwen. Op hetzelfde moment zag ze Fredrik, die recht op haar af kwam lopen. Ze haalde diep adem en probeerde kalm te blijven.

Fredrik pakte haar bij de arm vast. 'Goed dat je gekomen bent. Laten we een eindje wandelen. We moeten praten.'

Jenny knikte en trok haar arm terug. Langzaam wandelden ze over het grindpad door het park boven op de heuvel. Jenny bleef op gepaste afstand van Fredrik.

Op een parkbankje was een stelletje in een gesprek verdiept. Windvlagen verstrooiden gele bladeren over het gazon, en Fredrik moest zijn hoed vasthouden. 'Ik hoorde dat mamzel Heurlin is overleden en dat de meisjesschool wordt opgeheven. Afgelopen week sprak ik de heer Sarlin, en hij zei dat hij gedwongen was geweest jou de waarheid over je loon te vertellen. En omdat ik je ken, weet ik dat je nu kwaad bent.' Hij draaide zich om; er lag grote bezorgdheid in zijn blik. 'Jenny, ik maakte me zorgen om je. Je vader was net overleden en ik wilde dat je financiële zekerheid had.'

'Fredrik, je hebt een andere vrouw gehuwd,' zei Jenny kortaf. 'Je hebt geen enkele verplichting jegens mij. Je had in geen geval mijn loon mogen betalen.'

Fredrik fronste zijn wenkbrauwen. 'Hoe komen jij en de kinderen nu rond?'

'Dat lukt best,' loog Jenny, en ze ontweek zijn blik.

Hij legde zijn hand onder haar kin en dwong haar om hem aan te kijken. 'Sta toe dat ik jullie help. Ik hoorde van de heer Sarlin dat de andere leraressen een half jaar loon hebben gekregen. Laat mij dat betalen voor jou, zodat jullie in elk geval dat half jaar kunnen rondkomen. Je mag de kinderen geen honger laten lijden.'

'In geen geval!' snauwde Jenny, en ze duwde zijn hand weg. 'Ik ben je dankbaar voor alles wat je voor me hebt gedaan, maar ik weiger nog langer geld van je aan te nemen! Begrijp je dan niet hoe verkeerd dat is? Met name jegens je echtgenote.' Ze stak haar kin omhoog en ontmoette vastberaden Fredriks blik. 'Ik moet me nu in mijn eentje zien te redden.'

'Laat me voor jullie zorgen, meer vraag ik niet.' Hij keek haar smekend aan.

'Nee! En dat is mijn laatste woord.' Jenny keerde hem de rug toe en liep verder.

Ze zetten de wandeling in stilte voort. Toen ineens zei Fredrik: 'Ben je verliefd op Juhani Aaltonen?'

Jenny kwam ter plekke tot stilstand. 'Wat krijgen we nu?'

Fredrik omklemde haar arm. 'Geef antwoord!'

'Daar heb jij helemaal niets mee te maken!' siste ze. 'Bemoei je toch niet steeds met mijn leven!'

Met vlammende ogen keken ze elkaar aan.

Toen ineens glimlachte Fredrik. 'Je houdt niet van hem. Anders had je dat wel gezegd.'

Jenny zuchtte gefrustreerd. 'Kun je me terugbrengen naar de trap? Dit gesprek leidt helemaal nergens toe. Ik denk dat je nu beter kunt terugkeren naar je vrouw.'

Fredrik begeleidde haar naar de trap en zei vastbesloten: 'Tot ziens, Jenny. Ik zorg voor jullie. Of je nu wilt of niet.'

Jenny beet op haar lip. 'Vaarwel, Fredrik.' Ze keerde hem de rug toe en liep de trap af.

Fredrik keek haar na; er lag een gepijnigde blik in zijn ogen.

De tranen liepen over Jenny's gezicht. Het was moeilijk om voet bij stuk te houden wanneer Fredrik haar op die manier aankeek.

Ze had niet moeten komen. De ontmoeting had hun beider lijden alleen nog maar vergroot. Als ze op Fredriks aanbod was ingegaan, zou ze een half jaar de tijd hebben gehad om werk te zoeken. Maar ze zou niet met zichzelf hebben kunnen leven als ze het aanbod had aangenomen. Ze móést een andere oplossing vinden.

Na een paar weken was de voedselvoorraad zo sterk geslonken dat Jenny toestond dat de jongens gingen werken. Martta had dat al heel vaak aangekaart, maar Jenny had altijd geweigerd.

Aapo ging de *Sanomia Turusta* verkopen bij het Aleksanterintori en Matti werd een loopjongen die boodschappen van de markt bij de rijke huishoudens thuisbezorgde. Het was niet al te zwaar werk, dat de jongens na schooltijd konden doen; Jenny wilde namelijk wel dat ze naar school bleven gaan.

Zelf had ze een aantal privéleerlingen weten te vinden. Ze gaf de dochter van koopman Törnroos één keer per week les op de fortepiano. Zelf was ze weliswaar een uiterst belabberde pianiste, maar nood brak wet. Verder gaf ze één keer per week Zweedse les aan een gemeenteambtenaar die alleen Russisch sprak. Ook was ze genoodzaakt geweest het blauwe servies van haar moeder te verkopen, maar nu konden ze in elk geval weer een maand vooruit.

Zo wisten ze tot december hun kostje bijeen te scharrelen. De kinderen vonden het niet erg, die waren gewend aan armoedige omstandigheden, maar Jenny werd van dag tot dag moedelozer.

Ze had geen geld meer om naar het theater of een concert te gaan. Ze probeerde te besparen op brandhout door alleen de salon te verwarmen. Ze sliepen nu allemaal op matrassen op de grond naast de tegelkachel. De kinderen vonden dat alleen maar leuk, en ook Killi en Nalli kwamen aan hun voeten liggen. Jenny's hart smolt toen Aapo in zijn slaap zijn armpjes om haar hals sloeg en beschutting bij haar zocht. Ze had geen moment spijt van de dag waarop ze de kinderen Wahlroos onder haar vleugels had genomen.

Er waren nog maar een paar weken te gaan tot de kerst. Het speet Jenny dat ze de kinderen niet het soort kerstfeest kon bieden dat ze had gewild. Ze had zelfs geen geld voor een varkensbout.

Maar toen schoot Maria Tallgren te hulp. Die stuurde haar een brief waarin ze hen uitnodigde de kerst in Maaria te komen vieren. Misschien had Maria via via over hun benarde situatie gehoord.

Jenny was opgelucht en voelde grote dankbaarheid jegens haar vriendin. Ze schreef Maria terug dat ze de uitnodiging vol vreugde aannam.

Twee dagen voor kerstavond werd er op de deur geklopt. Martta ging opendoen. 'Tante Jenny! Er is hier iemand die een varkensbout komt brengen!'

Verwonderd liep Jenny naar de deur.

Daar stond een jongetje van nauwelijks acht jaar oud met een grote grijze muts op zijn hoofd en een gigantische varkensbout in zijn handen.

'Wat is dit nu? Ik heb niets besteld,' zei Jenny.

'Ze zeiden dat ik deze hier moest bezorgen,' zei de jongen, waarna hij zijn neus ophaalde.

'Wie zei dat?'

'Slager Jokinen.'

Jenny nam de bezorging verbaasd in ontvangst en gaf de jongen een muntje. Die ging er meteen vandoor. Ze gaf de varkensbout aan Martta en samen stonden ze er een tijdje zwijgend naar te staren, alsof het een kerstwonder betrof. Jenny keek naar Martta's opengesperde ogen; door de absurditeit van de situatie barstte ze in lachen uit. Ze lachte zo hard dat ze tegen de deurpost moest leunen om overeind te blijven. Martta's ogen werden alleen nog maar groter.

Toen eindelijk veegde Jenny haar ogen droog en wist ze uit te brengen: 'Je kunt hem maar beter meteen gaan braden, voordat dat jongetje merkt dat hij zich vergist heeft en de bout weer komt ophalen.'

Martta rende er snel mee naar de keuken.

Toen ze weer was bijgekomen van het lachen, keerde Jenny terug in de salon om een vest te breien voor Aapo. Dat moest nog voor de kerst af zijn. Ze had wel een vermoeden wie de varkensbout had gestuurd. Heel even liet ze haar breiwerk zakken en keek ze dromerig uit het raam. Toen fronste ze, en nijdig brak ze de draad af. Het zou vast niet lang duren voordat er roddels de ronde deden.

41

Paavo, de knecht van de pastorie in Maaria, zou Jenny en de kinderen 's middags komen ophalen met de slee. Ze stopten hun kleren in een reiskoffer. De katten sprongen ook enthousiast in de koffer, maar Jenny tilde ze er lachend weer uit en sloeg de klep dicht. De kinderen vonden het zielig om de katten met de kerst alleen te laten, maar Jenny zei troostend dat ze maar twee dagen van huis zouden zijn en dat de vrouw van de schoenmaker ze eten kwam geven. Jenny had haar buren de rest van de varkensbout gegeven als bedankje. Ze hadden die al voor de helft opgegeten, en anders zou hij toch alleen maar bederven in hun afwezigheid.

Met de kerst in gedachten had Jenny de hand over het hart gehaald en tante Loviisa een kaart met haar verontschuldigingen gestuurd, samen met een paar rode sokken die ze had gebreid. Vader zou verdrietig zijn geweest als hij wist dat ze in onmin met elkaar leefden. Jenny had een brief gekregen van Beata, waarin die hun allemaal een zalig kerstfeest wenste. Enigszins cynisch had ze die in het laatje van haar bureau gestopt. In de brief werd geen enkele keer geopperd om elkaar weer eens te ontmoeten.

Knecht Paavo arriveerde 's middags, en Jenny verzocht hem onderweg via de kerk in Kaarina te rijden. Ze wilde samen met de kinderen de graven bezoeken.

Ze reden via de Hämeentie. Hoewel er al veel sneeuw was gevallen, was het ijs op de Aurajoki nog niet sterk genoeg om een paard met een slee te kunnen dragen. Vrolijk keken Jenny en de kinderen om zich heen. De omgeving begon steeds vertrouwder te ogen. Nummenpakka was nauwelijks veranderd; langs de weg stonden nog steeds dezelfde krotten. De geitenstal van Lehtonen leek volledig te zijn ingestort en de sauna van Simola was tot de grond toe afgebrand.

Paavo liet hen voor de kerk van Kaarina uitstappen. Jenny haalde twee kransen van dennentakken uit haar tas en gaf die aan de kinderen, zodat ze die op de graven van hun ouders en zusjes konden neerleggen. Zelf zette ze koers naar de andere kant van het kerkhof. De sneeuw was opgewaaid en had duinen gevormd; de grafstenen waren bijna helemaal met sneeuw bedekt.

Jenny veegde met haar wanten de sneeuw van haar vaders graf en legde een krans neer. 'Zalig kerstfeest, vader,' zei ze zachtjes, waarna ze het hoofd boog om te bidden. De andere krans bracht ze naar het graf van haar man en zoontje. 'Zalig kerstfeest, Matias en Mikael.'

De kinderen kwamen de heuvel al op gerend en Jenny waadde hun tegemoet door de sneeuw. Ze zag tranen op hun wangen en keek hen meelevend aan. 'We zullen het verdriet altijd meedragen, maar het wordt in de loop der tijd wel minder, dat beloof ik.'

Een ijskoude wind blies over het kerkhof. Jenny rilde van de kou. 'Kom, we gaan terug naar de slee om weer warm te worden.'

De kinderen waadden achter haar aan de heuvel op naar de kerk. Paavo had het paard al laten omdraaien en ze kropen snel dicht tegen elkaar aan onder de schapenvachten.

Jenny draaide zich om naar haar voormalige thuis, de vertrouwde oude eik en de appelbomen. Ze had vaak heimwee naar haar ouderlijk huis en het gemis was momenteel bijzonder groot. Ze kon bijna voor zich zien hoe haar vader zich te voet naar de kerk begaf. Maar er was niemand te zien in de tuin, al brandde er een geel licht in het keukenraam. Aina was vast bezig het kerstmaal voor te bereiden. Jenny was graag even naar binnen gegaan om Aina en Viktor te begroeten, maar daar was nu geen tijd voor.

De lantaarns in de tuin brandden toen ze bij de pastorie van Maaria arriveerden. Het was al donker. De jongste kinderen kwamen hun enthousiast tegemoet gerend. Ze vonden het ongelofelijk leuk om de hele kerst speelkameraadjes te hebben.

Maria stond bij de deur en riep: 'Kom meteen binnen allemaal, voordat jullie ziek worden!' De gastvrouw keek glimlachend toe terwijl ze in de gang de sneeuw van hun jassen klopten. 'Welkom in de pastorie van Maaria. Meer dan welkom zelfs.' Ze hield de tussendeur open. 'Kom verder, kom verder!'

De kinderen hadden hun jassen nog niet uitgetrokken of ze glipten al samen met de kinderen Tallgren naar de speelkamer op de benedenverdieping.

Jenny volgde de gastvrouw naar de salon.

Op de vensterbanken stonden brandende kaarsen, waarvan de vlammen veelvoudig weerspiegelden in de ramen, en de oude kerstcactussen hadden al oranjerode bloemen. De predikant zat naast de tegelkachel een pijp te roken in zijn schommelstoel. De vertrouwde geur van pijptabak zweefde door de salon.

Opnieuw werd Jenny door heimwee overvallen.

Ivar Tallgren stond op en liep naar haar toe. 'Welkom, Jenny. Wat fijn dat je bij ons de kerst komt vieren met de kinderen.'

'Dank je, Ivar. Het is altijd heerlijk om hier te zijn.' Jenny was al zo vaak bij de familie thuis geweest dat ze elkaar waren gaan tutoyeren.

Maria nam plaats op de bank en klopte op de plek naast haar. 'Kom naast me zitten om bij te praten en glühwein te drinken.' Ze keek naar de tikkende wandklok. 'Het diner is pas om zes uur, dus we hebben nog ruim de tijd.' Maria schonk glühwein in en reikte Jenny een verzilverd rond dienblaadje aan met gemberkoekjes erop. 'Zo, Jenny. Ik hoorde het slechte nieuws dat Augusta Heurlin een paar maanden geleden is gestorven en dat de meisjesschool is opgeheven. Hoe komen jij en de kinderen nu rond?'

Jenny blies op haar hete glühwein en slaakte een zucht. 'Ik heb alle meisjescholen in Turku aangeschreven, maar ze hebben momenteel nergens een lerares nodig. Wel heb ik een paar privéleerlingen kunnen vinden, maar verder leven we nu van mijn spaargeld.'

Maria wisselde een paar blikken met haar man en knikte. 'Dat vermoedden we al een beetje. Luister, we hebben eens nagedacht. Ik heb het zo druk dat ik geen tijd meer heb om Mikko, Aili en Anna-Maria te onderwijzen. Zou jij hun drie dagen in de week les willen geven? Tegen een financiële vergoeding uiteraard. Ze zijn nog klein, dus leren lezen en rekenen is in eerste instantie voldoende. Mikko en Aili kunnen al een beetje lezen, maar Anna-Maria nog niet. Hoe lijkt je dat?'

Jenny staarde Maria en Ivar met grote ogen aan. 'Dat aanbod neem ik meer dan graag aan!'

Ze begonnen allebei breed te glimlachen. 'Mooi zo, mooi zo! Een betere lerares zouden we niet kunnen vinden voor de kinderen!'

Een zware last viel van Jenny's schouders, en ze glimlachte opgelucht. 'Wanneer kan ik beginnen?'

'Wat mij betreft meteen na Driekoningen,' zei Maria.

'Dat schikt mij uitstekend,' zei Jenny knikkend.

Ze toostten met hun glühweinglazen en Maria begon over haar nieuwste interesse te verhalen. 'Ik ben eens gaan letten op de boeren en werklui die hier voorbijrijden, en ik ben iedere keer weer geschokt over de manier waarop ze hun paarden behandelen. Ze brullen en schreeuwen en geven ze met de zweep. De meesten zijn dronken, en dan zijn ze pas echt barbaars. Ivar moest een keer ingrijpen toen hij een dronkaard zijn paard zag slaan. Ivar heeft de fles drank van de man leeggegoten op de grond.' Ze keek haar man dankbaar aan. 'Ik vroeg me af of er niet iets aan dit probleem gedaan kon worden en ben naar dierenarts Palmgren gegaan. Hij vertelde dat er sinds enkele jaren een dierenbeschermingsvereniging is in Turku. Palmgren is daar zelf ook lid van en hij was zo vriendelijk me de statuten van de vereniging mee te geven.' Ze stond op, pakte een klein bruin schriftje dat op tafel lag en zette haar bril op. 'Moet je luisteren: "Het doel van de vereniging is om een meelevende en zachtaardige behandeling van dieren te bevorderen, alsmede om te strijden tegen uiteenlopende vormen van dierenmishandeling, waaronder het dwingen van dieren tot inspanningen die hun krachten te boven gaan, het gebruik van garelen die het dier verwonden of pijn doen, het kwellen van dieren door middel van honger of dorst, of mishandeling uit kwaadwilligheid, met name door het gebruik van de zweep."' Maria liet het schriftje met een klap op haar schoot neerkomen. 'Dit is precies wat ik bedoelde. Dergelijk gedrag mag niet getolereerd worden! Palmgren heeft me een inschrijfformulier voor de vereniging gestuurd. Wil jij ook lid worden, Jenny?' Maria keek haar vragend aan.

Jenny had het liefst hardop willen lachen. Maria was gewoonweg onweerstaanbaar! 'Uiteraard wil ik dat!'

Voldaan zette Maria haar bril weer af en stopte die in zijn hoesje. 'Ivar is van plan een geheelonthoudingsgezelschap op te richten hier in Räntämäki. Er moet een eind komen aan dat ongebreidelde drinken! Dat is voor alle betrokkenen rampzalig.'

Op dat moment sloeg de klok zes keer, en Ivar kwam overeind. 'Juist, dames. Het is tijd om naar beneden te gaan voor het diner, als jullie daar tenminste tijd voor hebben.' Goedmoedig glimlachte hij hen toe.

'Oei, is het al zo laat?' vroeg Maria. 'De tijd vliegt, hoor, als je aangenaam gezelschap hebt.'

Na het diner speelden ze samen met de kinderen bordspelletjes in de salon en zongen ze kerstliederen. Maria begeleidde het gezang op de fortepiano. Ontroerd zag Jenny dat de ogen van de kinderen glansden, en ze keek geamuseerd naar Aapo, die onzuiver maar zo luid hij kon meezong: 'De kerstboom is reeds opgetuigd, de kerst staat voor de deur...' Jenny moest hardop lachen. Ze realiseerde zich ineens dat ze sinds lange tijd weer vrolijk kon zijn. Alles was alsnog ten goede gekeerd.

42

Op de dag voor kerst werden Jenny en de kinderen al vroeg wakker van de heerlijke geuren die uit de keuken kwamen. Ze kleedden zich aan en gingen kijken of Inna toevallig al koffie had gezet.

In de keuken werd volop gewerkt door Inna en Maria, die gekookte aardappelen en koolraap stampten voor de ovenschotels. Het hele huis geurde naar de gemberkoekjes die in de oven stonden.

'O, jullie zijn al wakker,' zei Maria vrolijk. 'Ga maar naar de eetzaal, dan kom ik jullie zo meteen een pan met pap brengen. Kinderen, ga die luiwammesen van ons eens wekken. Ga na het ontbijt maar naar buiten.'

De tafel in de eetzaal was al gedekt met papborden en lepels. Er brandde één kaars. Slaperig verschenen de kinderen Tallgren aan het ontbijt. Het liep tegen zeven uur en het was nog donker buiten.

Maria zette een grote pan met pap op tafel. 'Zalig kerstfeest iedereen! Eet je buikje nu maar rond, dan krijg je niet meteen weer honger.' Vervolgens haastte ze zich terug naar de keuken.

Ze aten in stilte hun pap; niemand had de puf al om te praten. Matti rekte zich uit en boog zich voorover om iets tegen Aapo te fluisteren. De grijsgestreepte kat van de pastorie liep naar Jenny toe en begon haar kopjes te geven.

Na het ontbijt besloten de kinderen dat ze naar de oever van de Aurajoki zouden gaan om te sleeën.

Jenny en Martta droegen de vuile borden naar de keuken. 'Ik zal deze wel afwassen,' zei Jenny. 'Martta, ga jij maar met de anderen mee sleeën. Hebben jullie warm water?' vroeg ze vervolgens aan Inna.

'Jazeker,' antwoordde die, terwijl ze op een grote ketel op de hoek van het fornuis wees.

Maria deed haar schort af en gaf dat aan Jenny. 'Neem jij dit maar. Ik moet me omkleden en nog wat ziekenbezoekjes afleggen. Ivar is al onderweg naar grootvader Tommila.'

'Ik kan wel hier blijven om Inna te helpen.' Met haar handen in het afwasteiltje keek Jenny naar Maria. 'Er moet ook nog het een en ander gebeuren voor het avondeten, vermoed ik.'

'Daar is Inna vast heel blij mee,' zei Maria.

Tegen de middag keerden Maria en Ivar terug in de pastorie, en kort daarna ook de kinderen. Die hadden gezonde rode wangen en hun kleren zaten helemaal onder de sneeuw.

Maria riep bezorgd: 'Ga onmiddellijk iets anders aantrekken, zodat jullie geen kouvatten!'

Aapo rende enthousiast naar Jenny toe. 'Tante Jenny, het was toch zo leuk! De grote jongens maakten zooo'n grote schans op de wal. Ik kwam echt zooo hoog! Bijna tot in de hemel.' Met zijn handen gaf hij aan hoe hoog hij was gekomen.

Jenny moest lachen. Ze zette zijn muts recht. 'Tjonge, wat goed. Maar trek nu toch je jas en overall uit en pak iets droogs en warms uit de koffer om aan te doen.'

De lunch bestond uit bonensoep, en daarna was het tijd voor de kerstsauna; knecht Paavo was al uren bezig om die op te warmen. Jenny ging er samen met Martta, Aapo en Matti naartoe. Ze liepen over een paadje in de sneeuw naar de achterkant van de tuin, waar de rooksauna stond. Uit het luikje kwam al rook. Het was donker en de sterren fonkelden aan de donkerblauwe lucht. De sneeuw knarste onder hun schoenen en de lucht die ze uitademden vormde wolkjes.

'Kijk eens, kinderen, dat daar is de Steelpan,' zei Jenny terwijl ze omhoogwees.

De kinderen bleven staan om te kijken.

Matti boog zijn hoofd achterover en dacht even na. 'Zitten papa en mama daar naar ons te kijken nu?'

Jenny keek hem meelevend aan. 'Ja, ik denk dat ze naar ons kijken. En ik denk dat ze blij zijn met wat ze zien.'

De kinderen stonden nog een tijdlang te staren en liepen toen in gedachten verzonken verder.

Nadat ze zich hadden uitgekleed, stonden de jongens er een beetje bedremmeld bij, en dus bleef Jenny beleefd in de kleedruimte wachten terwijl de kinderen eerst naar de sauna gingen. Er klonk luid gekrijs toen Martta het haar van haar broertjes waste. 'Stil! Geen herrie in de sauna. Anders wordt de saunageest boos.'

'Maar het doet pijn. Niet aan mijn haar trekken!'

Jenny moest lachen. Martta was een echte grote zus. Ze was blij dat de kinderen bij elkaar hadden kunnen blijven na de dood van hun ouders.

Toen de kinderen weer uit de sauna kwamen, gaf Jenny hun handdoeken en zondagse kleren. 'Droog je af en trek dat aan. Ik ga nu naar de sauna en zie jullie straks binnen wel.'

Toen iedereen in huis naar de sauna was geweest, dekten de vrouwen de kerstdis in de eetzaal op de benedenverdieping. De tafel was ongelofelijk lang en werd gesierd door een roodbont kleed. De wanden van de kamer waren bekleed met donkere panelen, en op de planken aan de muur stonden verschillende tinnen bekers en kommetjes. Het lievelingsvarken van de kinderen was in het najaar geslacht, en er werden twee schalen met varkensbout op tafel gezet; Inna was de hele nacht bezig geweest de bouten te braden. Er was een gigantische hoeveelheid eten, maar er waren dan ook veel eters. Boven de eettafel hingen meerdere *himmeli's*, met de hand gemaakte mobiles van stro, en op de tafel stond een vaas met dennentakken. Toen alle gerechten waren binnengebracht, ging iedereen rond de tafel staan. Ze vormden een parochie op zich: Jenny en haar kinderen, de hele familie Tallgren en alle bedienden van de pastorie. Ivar Tallgren stond aan het hoofdeinde van de tafel en opende de bijbel. Hij las het kerstevangelie voor, en iedereen luisterde in stilte. Toen spraken ze het tafelgebed uit en gingen ze zitten.

Martta, Aapo en Matti keken elkaar verbijsterd aan. Jenny vermoedde dat ze nog nooit zo veel eten hadden gezien. Gelukkig had ze hun tafelmanieren bijgebracht. Ze zouden niet schrokken of hun mond aan hun mouw afvegen, en ze wisten dat ze na de maaltijd 'dank u' moesten zeggen. Ze genoten lang en devoot van de rijstepap en de rozijnenbrij. Jenny had Matti nog nooit zo gelukzalig zien kijken.

Na het eten gingen ze naar de salon, waar in het midden een hoge kerstboom stond. De kinderen hadden die eerder die dag versierd met in zilverpapier gewikkelde snoepjes en wattenbolletjes. Er liep een breed lint om de hele boom heen, met daarop de tekst: EER AAN GOD IN DEN HOGE EN VREDE OP AARDE. Inna had net de kaarsjes aangestoken; het was prachtig om te zien hoe de boom de donkere salon verlichtte. Ze gingen om de boom heen staan om kringspelletjes te doen en kerstliedjes te zingen. Precies op het moment dat ze 'Mama's kleine biggetjes' inzetten, kwam Ivar de salon in met een grote jutezak. 'Kijk eens, kinderen, wat ik in de gang heb gevonden. De Kerstman heeft deze zak met cadeautjes achtergelaten!' De kinderen bleven ter plekke stilstaan en keken de predikant met open mond aan. Ivar begon de geschenken uit te delen. Er was voor iedereen één pakje.

De kinderen gingen met hun cadeautje op de bank zitten wachten tot iedereen iets gekregen had. Martta, Aapo en Matti bestudeerden verbaasd hun pakjes. Jenny keek vertederd naar hen. Ze had hun cadeautjes zelf in de zak gestopt. Ze hadden het misschien niet breed, maar toch had ze iets voor de kinderen willen kopen. Op dat moment hoorde ze haar eigen naam, en ze schrok op.

'Er zit ook een pakje voor Jenny bij,' zei Ivar.

Ze stond op en maakte een kniebuiging toen ze het cadeau van hem aannam.

Ook de andere volwassenen kregen één pakje. Uiteindelijk keek Ivar op de bodem van de zak. 'Die is leeg. Nu mogen jullie je geschenk openmaken.'

Jenny wachtte nog even, omdat ze de blijheid van de kinderen wilde zien terwijl die hun cadeautjes uitpakten. Aapo was als eerste klaar, en zijn ogen werden zo groot als schoteltjes. 'Kijk eens, Matti, tinnen soldaatjes! Kijk eens wat mooi!'

Matti keek een tikje jaloers naar Aapo's cadeautje, maar toen klaarde ook zijn gezicht op. 'Kijk eens, ik heb ook tinnen soldaatjes gekregen! We gaan er meteen mee spelen!'

Martta had haar pakje nu ook geopend en keek ontroerd naar het met pauwenveren versierde handspiegeltje en de kam met hetzelfde motief.

De kinderen Tallgren kregen allemaal een boek, Mikko een over oude kastelen in Finland, Kaarlo kreeg *De graaf van Monte-Cristo* en voor Oiva was er *De reis om de wereld in tachtig dagen.*

Kaarlo keek geïnteresseerd naar Oiva's boek. 'Jij mag het na mij lezen,' beloofde zijn grote broer meteen. 'Dan ruilen we.' Kaarlo knikte en begon meteen in dat van hem te lezen.

Anna-Maria kon nog niet lezen en kreeg een kleurrijk prentenboek over dieren in het Noorden. Aila kreeg *Läsning för barn* – verhalen voor kinderen – van Topelius. Ze liet het aan haar broers zien, die nieuwsgierig waren naar wat er in haar pakje zat.

'Ik beloof daar iedere avond een verhaaltje uit voor te lezen,' zei Maria. Ze keek even naar Jenny. 'Ik ken Topelius toevallig vrij goed en heb veel bewondering voor hem. De zus van zijn vrouw woonde naast ons in Raahe, en hun dochter Olga was mijn beste vriendin. In mijn jonge jaren heb ik een paar maanden in Helsinki gewoond, en toen mocht ik bij de familie Topelius logeren. Ik mocht zelfs naast hem zitten in het theater.'

Jenny knikte. 'Hij is bijzonder getalenteerd en veelzijdig, schrijft gedichten en sprookjes en ook historische werken. En krantenartikelen. Hoe is hij als mens?'

'Zachtaardig en kalm. Een bijzonder eerbiedwaardige man.' Maria slaakte een zucht en keek in de verte. 'Ik zou hem graag nog eens ontmoeten.'

Ivar kreeg een nieuwe pijp en geruite pantoffels, en Maria het toneelstuk *Fruen fra havet* – de vrouw van de zee – van Henrik Ibsen. Jenny moest terugdenken aan die kerst jaren geleden, toen ze *Nora* van Ibsen in één nacht had uitgelezen. Afwezig friemelde ze aan haar rok, en ze slaakte een zucht. Ze miste Fredrik. Hoe zou hij de kerst doorbrengen? Was hij gelukkig met zijn vrouw?

Ze schrok op toen de klok tien uur sloeg. Maria beval de kinderen te gaan slapen. Eerst stribbelden ze tegen, maar ze gehoorzaamden toen ze hoorden dat ze hun cadeautjes mochten meenemen naar hun kamer. Ze liepen met Inna mee om zich te wassen voor het slapengaan. Jenny bleef nog even bij Ivar en Maria in de salon zitten om te genieten van de kerstsfeer.

Ivar schonk glühwein voor hen in en bood hun pralines aan. Maria ging in de leunstoel zitten om verder te gaan met haar borduurwerk. Ivar nam plaats in de schommelstoel en stak zijn nieuwe pijp op.

Jenny had haar geschenk, dat ze van Maria en Ivar had gekregen, tot het laatst bewaard. Er zat een mooi boek met een rode kaft in het pakje. Het was *De vrouw van den predikant* van Johannes Brofeldt. Blij verrast riep Jenny: 'Wat fijn! Ik heb *Papin tytär* gelezen, de dochter van de predikant, en ik wist niet dat hij daar een vervolg op had geschreven.'

Maria glimlachte. 'Ik dacht al dat je er blij mee zou zijn. *Papin tytär* is prachtig geschreven, vind ik.' Ze hief haar vinger op. 'Wacht, ik wil je mijn favoriete fragment even voorlezen.' Ze legde haar handwerkje neer, pakte een enigszins versleten boek uit de kast en haalde er een boekenlegger tussenuit. Ze bleef staan terwijl ze voorlas: 'Langzaam maar zeker kregen de dromen een vorm, gingen ze over in woorden die als vanzelf ook klank kregen, vooral zo tegen de avond, als ze lag en naar het tikken van de klok aan de muur luisterde. Maar 's nachts vielen ook de woorden uiteen, en 's ochtends herinnerde ze zich niet meer wat er de voorgaande avond was samengekomen.' Maria zette het boek terug en keek Jenny glimlachend aan. 'Wat schrijft hij toch mooi.'

Jenny nam een slokje uit haar glas. '*Papin tytär* is inderdaad een mooi boek, maar ik vond het benauwend om over Elli's liefde voor meester Kalm te lezen, omdat haar liefde geen enkele weerklank vindt.'

Maria keek haar ondeugend aan. 'Ik heb *De vrouw van den predikant* al gelezen, en ik verklap niet hoe het verdergaat.'

'Als je het zo zegt, ga ik onmiddellijk naar mijn kamer om te lezen!' Jenny pakte het boek.

'Doe dat!' zei Maria lachend, en ze wierp een blik op de klok. 'Je hebt zes uur de tijd, daarna gaan we naar de kerstmis.'

Maar Jenny begon niet meteen te lezen, want ze had nog één ongeopend pakje. De postbode had dat een week geleden gebracht. Het kwam uit Helsinki en ze zag aan het handschrift dat het van Juhani was. Ze had het speciaal voor de kerst bewaard.

Martta, Aapo en Matti lagen naast elkaar in het tweepersoonsbed te slapen toen Jenny de kamer binnensloop. Een olielamp met een groene glazen ballon scheen een warm licht over het gehaakte kleedje op het nachtkastje. Ze haalde Juhani's pakje uit haar tas en opende het. Er zat een boek in, met een brief erbij.

Dierbare Jenny,

Ik heb je gemist. Ik wil jou en de kinderen een heel zalig kerstfeest wensen. Ik stuur je hierbij het rapport dat ik over de opgravingen in Koroistenniemi heb geschreven. De Oudheidkundige Vereniging is zo vriendelijk geweest het te publiceren.
Hopelijk heb je over mijn voorstel nagedacht. Ik heb in Helsinki naar grotere huurwoningen gekeken. Een ervan was de moeite waard, met twee kamers en een keuken, dicht bij de universiteit. Mijn loon zou toereikend zijn daarvoor. Ik besef dat het een grote verandering voor je zou betekenen om naar Helsinki te verhuizen, maar laat het me weten als je ermee instemt.

Juhani

Jenny streek over de kaft van het boek, dat als titel had: *Een middeleeuws bisschoppelijk kasteel in Koroistenniemi bij Turku.* Wat was hij lief. Als ze nou toch verliefd op hem had kunnen worden…

Ze vouwde de brief op en legde hem in het boek, dat ze weer in haar tas stopte. Ze kleedde zich uit, glipte in haar ondergoed onder de deken en pakte *De vrouw van den predikant* van het nachtkastje. Ze móést gewoon te weten komen of meester Kalm Elli's liefde beantwoordde. De grijsgestreepte kat sprong op het voeteneinde en rolde zich daar op. Ze verplaatste haar voeten zodat hij beter kon liggen.

Toen ze het boek bijna uit had schrok ze op van de klok in de salon, die vijf uur sloeg. Ze stond op, rekte zich uit en wekte toen de kinderen. Ook de kat kwam overeind om zijn poten te strekken. Het was tijd om naar de kerstmis te gaan.

Haastig dronken ze de ochtendkoffie, en om kwart voor zes liep het hele gezelschap naar de kerk aan de overkant van de weg. Ivar was daar al eerder naartoe gegaan. Het was aardedonker buiten. Op de weg reden diverse arrensleeën met een paard ervoor. De arrenbellen waren al vanuit de verte hoorbaar.

In de kristallen kroonluchter van de kerk brandden honderden kaarsjes, en de ramen leken een goddelijk schijnsel uit te stralen te midden van de duisternis. De mensen waren van heinde en verre gekomen om de mis bij te wonen en op het plein voor de kerk nieuwtjes uit te wisselen. Van tijd tot tijd sprongen ze op en neer en sloegen ze de wanten ineen om weer warm te worden.

Er klonk een dof gebonk in de kerktoren toen de klokken begonnen te luiden en de koster de deuren opende. De mensen liepen in de rij naar hun bankjes, wensten elkaar goedgemutst een zalig kerstfeest en vulden de kerk met een rusteloos geroezemoes. De koster stak de laatste kaarsen op het altaar aan.

De familieleden van de predikant en hun gasten hadden de beste plaatsen, helemaal vooraan. Achter hen zaten de vrijboeren uit Maaria, en achter in de kerk het werkvolk en de bedienden, de vrouwen links, de mannen rechts.

De kerk stroomde helemaal vol; er waren zelfs niet genoeg zitplaatsen voor iedereen. Jenny rilde van de kou. Er was geen verwarming in de kerk en er stegen ademwolkjes op uit de monden. Maar het begon al snel warm te worden door de lichaamswarmte van alle aanwezigen, en iedereen zweeg toen de cantor de begintonen van de ochtendhymne inzette op het orgel.

De predikant beklom de preekstoel in zijn zwarte gewaad. Ivar rechtte zijn rug, opende de bijbel en begon met een plechtige stem het verhaal te vertellen dat zich lang geleden in Bethlehem afspeelde.

Matti en Aapo zaten zwijgend naast de Tallgren-jongens en staarden ernstig naar de kaarsen op het altaar. Ze keken naar de flakkerende vlammen en knepen hun ogen tot spleetjes. Jenny glimlachte; ze herinnerde zich dat zij als kind hetzelfde had gedaan.

Ze boog het hoofd, vouwde haar handen om te bidden en dacht aan de jaren die waren verstreken. God had haar zoveel geschonken in het leven. Ze was zwaar op de proef gesteld, maar had ook in overvloed ontvangen. Ze was blij dat ze zo verstandig was geweest om naar haar hart te luisteren.

43

Na Driekoningen ging Jenny aan de slag als huisonderwijzeres van de familie Tallgren. De kinderen waren intelligent, en vooral Mikko zat altijd met zijn neus in de boeken. Hij was vaak ziek geweest, en ondanks zijn jonge leeftijd had hij bijna alle boeken in de kast van de pastorie gelezen. Tot grote vreugde van zijn moeder was hij met name geïnteresseerd in geschiedenis.

Jenny deelde de dag meestal zo in dat ze 's ochtends Anna-Maria leerde lezen in haar kamer, terwijl Aili en Mikko opstellen schreven in de salon. Daarna lunchten ze samen, waarna ze sprookjes voorlazen en daarover praatten. Als huiswerk gaf Jenny leesvaardigheidsoefeningen op, waarbij ze uiteenlopende boeken gebruikte. De kinderen waren ijverig en goedgemanierd. Ze deden hun huiswerk en vaak zelfs nog iets meer. Het was geen straf om hun les te geven.

De wilgen begonnen al katjes te krijgen toen Jenny naar de pastorie in Maaria wandelde. Er scheen een lentezonnetje, en de wegen waren bedekt met modderige sneeuw. Koolmeesjes zongen vrolijk in de bomen en brachten haar bijna in een jubelstemming. Neuriënd arriveerde ze bij de keukendeur van de pastorie, waar ze Inna begroette, die net op weg naar buiten was met de vuilnisemmer.

'Goedemorgen, Inna. De lente hangt duidelijk in de lucht.'

Inna maakte een kniebuiging. 'Zo is het, mevrouw Malmström. Ik ga nu naar het kippenhok voor eieren, vandaag maak ik taartjes voor iedereen.'

'Heerlijk, ik kan niet wachten!' zei Jenny met een glimlach. Ze trok haar jas en haar rubberen overschoenen uit en liep de trap op naar de bovenverdieping.

Maria zat koffie te drinken in de salon en las de krant. Ze keek over haar leesbril heen naar de bezoekster. 'Goedemorgen Jenny. Was het lastig lopen in die sneeuwbrij?'

'Dat viel wel mee. Ik was gelukkig op tijd van huis gegaan en had geen haast. Het is heerlijk lenteweer.'

'Klopt!' zei Maria met een glimlach. 'Een paar weken nog, dan is het al Pasen.' Ze gebaarde tegen Jenny dat die plaats moest nemen. 'Ga zitten en neem een kop koffie voordat je de kinderen haalt. Moet je luisteren wat ik zojuist in de krant las: "De vrouw van fabriekseigenaar Fredrik Barker, Emilie Barker, is na een lang ziekbed overleden. De herdenkingsplechtigheid vindt over twee weken plaats in de Domkerk.' Ze zette haar bril af en keek peinzend uit het raam. 'Wat triest. Ik heb Emilie Barker slechts een paar keer ontmoet. Ze was nog heel jong. Wel maakte ze altijd een wat ziekelijke indruk, ze was zo bleek en zwijgzaam.'

Jenny staarde Maria verbijsterd aan en slikte. Fredriks vrouw was overleden? Ze zag voor haar geestesoog hoe Fredrik een deken om zijn bleek ogende echtgenote sloeg nadat ze bij Villa Erstavik in het rijtuig was gestapt. Mevrouw Barker was dus ernstig ziek geweest.

Afwezig nam ze een slok van haar hete koffie, en ze brandde haar verhemelte. Ineens kwam het in haar op dat Fredrik nu vrij man was. Ze zette haar kopje net iets te hard neer op het schoteltje. Een sprankje hoop ontsproot binnen in haar.

Maria schonk zichzelf nog wat koffie in. 'Hoe zal het nu verdergaan met de Barker-fabriek, nu Fredrik geen erfgenaam heeft?'

Jenny schrok en keek op.

Maria deed suiker in haar koffie en roerde in haar kopje. 'Waarschijnlijk zit er niets anders voor hem op dan opnieuw te trouwen, en wel zo snel mogelijk. Geld heeft hij niet nodig, maar een erfgenaam des te meer.'

Jenny kon alleen maar knikken. Ze dronk snel haar kopje leeg en stond toen op. Ze probeerde zo normaal mogelijk te klinken toen ze zei: 'Ik ga de kinderen nu halen. Bedankt voor de koffie.'

44

De doodsklokken van de Domkerk luidden traag voor de uitvaart van Emilie Barker. Jenny stond samen met een heleboel andere nieuwsgierigen bij de kerkbrug te kijken terwijl de in het zwart gehulde begrafenisgasten de trappen van de Domkerk afdaalden en zich naar hun rijtuigen begaven, om mevrouw Barker naar haar laatste rustplaats op het kerkhof in Skanssi te begeleiden.

Het eerste rijtuig dat de menigte passeerde was de lijkkoets, die door twee paarden werd getrokken. Twee in het zwart geklede koetsiers zaten op de bok, en achterop stond een man in een lange zwarte jas met een hoge hoed op het hoofd. Het publiek strekte zijn nek om te zien hoeveel kwastjes er aan de randen van het dak van de koets hingen. Hoe meer dat er waren, des te duurder was de begrafenis. 'Twaalf kwastjes!' riep iemand, en een geroezemoes steeg op uit de menigte.

Na de lijkkoets volgde er een lange rij rijtuigen met daarin de begrafenisgasten. Fredrik zat in het eerste rijtuig, in het gezelschap van een jonge jongen en een statig ogend echtpaar. Jenny vermoedde dat het Fredriks neef uit Zweden en diens gezin betrof. Fredrik staarde leeg voor zich uit en oogde bedroefd.

Een vrouw naast Jenny begon tegen haar vriendin te roddelen. 'De heer Barker heeft niet bespaard op de begrafeniskosten. Ik heb gehoord dat alle verwanten uit Zweden zijn uitgenodigd en dat er een groots begrafenismaal bij de Barkers thuis wordt aangeboden. Hij hield vast heel veel van zijn vrouw. Wat triest toch dat God haar zo vroeg bij zich heeft geroepen. Maar die kijkt niet of iemand rijk of arm is. Als je tijd is gekomen, moet je gaan.' De vrouwen knikten elkaar alwetend toe.

Langzaam lopend ging Jenny weer op weg naar huis, en ze onderdrukte haar emoties. Ze had genoeg gezien. Fredrik zou geen gedachten aan haar verspillen. Hij moest een nieuwe echtgenote zien te vinden die hem een erfgenaam voor de fabriek kon schenken.

45

Die ochtend hadden de lindebomen op de oever van de rivier hun kleine, lichtgroene blaadjes al ontvouwen toen Jenny huiswaarts keerde. De bomen staken hun groene takken uit boven de Rantakatu, als gigantische kanten parasols. Ze was op de markt geweest om zaaigoed te kopen. Hoewel ze geen tuin meer had, kweekte ze ieder voorjaar vol enthousiasme zomerbloemen op de vensterbanken en potten met sperziebonen op de trap. Ze had goede potgrond gekregen uit de tuin van de pastorie in Maaria. De jongens waren op school en Martta was naar de vismarkt om boodschappen te doen. Nog een paar weken en dan hadden de jongens zomervakantie.

De zon scheen vrij warm, en eenmaal thuis besloot Jenny de handen uit de mouwen te steken. Ze trok haar blauwe katoenen jurk aan en deed een schort voor. Een jas was niet nodig. Ze ging naar buiten, opende het kelderluik naast de stenen trap en tilde de grote bloempotten eruit. Ze begon die met potgrond te vullen en neuriede in zichzelf.

Ineens viel er een lange schaduw over haar heen. Ze keek op en verwachtte Martta te zien staan, maar ze schrok onnoemelijk toen het Fredrik Barker bleek te zijn, die haar met een glimlach gadesloeg. Ze kwam overeind en veegde haar handen af aan haar schort. Haar kapsel was her en der losgeraakt uit de kammetjes en er staken allemaal plukjes haar uit, die ze achter haar oren probeerde te duwen. 'Fredrik. Wat doe jij hier?' vroeg ze verbaasd.

Hij lachte even. 'Ik had eigenlijk op een vriendelijker ontvangst gehoopt. Iets als: "Goedendag, leuk je te zien."'

'Ja, natuurlijk. Goedendag, Fredrik.' Jenny glimlachte nerveus.

Hij zette een stap naderbij. 'Zou je een wandelingetje met me willen maken langs de rivier? Ik wil iets met je bespreken.'

Ze keek hem verbaasd aan. 'Nu, bedoel je?'

'Tenzij je iets anders te doen hebt...'

'Nee hoor, alleen deze bloempotten...' Ze wierp een blik op haar kleding en keek toen naar Fredriks stijlvolle kostuum. 'Ik ben er alleen niet op gekleed.'

Hij glimlachte. 'Je kunt er prima mee door. Ga je niet onnodig omkleden.'

'Goed, maar wacht even, dan haal ik mijn hoed.'

Ze liep snel naar binnen en stak voor de spiegel in de gang haar haar opnieuw op. Ze haalde diep adem om haar bonkende hart tot bedaren te brengen. Wat wilde Fredrik met haar bespreken? Hij was vast bijzonder verdrietig om de dood van zijn vrouw. Hoe kon zij hem troosten?

Ze zette haar strooien hoed op en bond de linten onder haar kin vast. Ze deed haar schort af, trok haar korte blauwe jasje aan en kneep een paar keer in haar wangen. Toen liep ze kalm weer naar buiten en trok de deur achter zich dicht.

Fredrik stond al te wachten op de buitentrap.

Zij aan zij wandelden ze langs de rivier in de richting van de Domkerk. De oevers van de Aurajoki zagen geel van het klein hoefblad. Wasvrouwen waren op de steiger bezig de was te doen en bij de kerkbrug waren kleine jochies in kniebroeken aan het hengelen.

'Gecondoleerd met het overlijden van je echtgenote.' Jenny keek Fredrik behoedzaam aan vanonder haar hoed. 'Wat triest dat ze zo jong afscheid moest nemen van het leven.'

Hij slaakte een zucht. 'Emilie was al heel lang ziek. Ik liet haar door de beste artsen van het land behandelen, maar uiteindelijk kon er niets meer gedaan worden. Ze had een zeldzame bloedziekte die haar al haar krachten ontnam.'

Ze liepen een tijdje zwijgend verder, totdat Fredrik zijn blik weer op haar richtte. 'Ik heb gehoord dat je als huisonderwijzeres bij de familie Tallgren werkt. Dat is vast heel geschikt werk voor je.'

Jenny glimlachte. 'De familie Tallgren is echt geweldig. Ik ben zo blij dat ik hen heb leren kennen. Mevrouw Tallgren is een bijzonder goede vriendin van me geworden. Het voelt als Gods voorzienigheid, na alle moeilijkheden.'

Hij keek haar even aan. 'Maar je loon is vermoedelijk niet zo hoog als destijds op de meisjesschool van mejuffrouw Heurlin. Heb je genoeg geld om van te leven?'

'We redden ons best,' antwoordde Jenny. 'De jongens werken ook. Matti is loopjongen en Aapo verkoopt kranten. Ik ben bijzonder trots op hen.'

Ze staken de rivier over bij de kerkbrug en kwamen aan bij de Kirkkopuisto, het park bij de kerk. Fredrik nam Jenny mee naar de achterzijde van restaurant Pinella, waar in de schaduw van de bomen tafels en stoelen stonden. Hier en daar zaten mensen in lichte zomerkostuums en met strooien hoeden op hun hoofd koffie te drinken. Jenny en Fredrik merkten hen nauwelijks op toen ze bij het standbeeld van Porthan, de belangrijkste vertegenwoordiger van de humanistische cultuur in het Finland van de achttiende eeuw, op een bankje plaatsnamen.

Ze zwegen een tijdje, maar toen wendde Fredrik zich tot Jenny. Hij keek ernstig. 'Jenny, ik zei dat ik iets met je wilde bespreken en nu is de tijd gekomen om dat te doen.'

Ze keek hem met opgetrokken wenkbrauwen aan.

'Ik heb destijds een grote fout gemaakt door niet met jou te trouwen. Ik had me tegen de wil van mijn vader moeten verzetten.' Hij slaakte een zucht. 'Ik heb daar sindsdien iedere dag spijt van gehad.

Maar je moet je realiseren dat ik destijds jong, ijdel en ambitieus was. De fabriek kreeg voorrang boven mijn eigen geluk.' Hij wendde zijn blik af. 'En o, wat heb ik daardoor te lijden gehad. Helemaal nadat we naar Turku terugkeerden. Het was zo pijnlijk om jou tegen te komen en te weten dat je niet de mijne kon zijn. Ik was bijna ziek van jaloezie toen ik zag dat Juhani Aaltonen je het hof maakte in Ruissalo.'

Jenny keek hem met grote ogen aan. Fredrik hield van haar. Had al die tijd van haar gehouden.

Hij pakte haar handen vast. Er sprak alleen maar liefde uit zijn ogen. 'Jenny, ik kon niet langer wachten met deze vraag. Wanneer de rouwperiode voorbij is, wil je dan mijn echtgenote worden? Wanneer we eenmaal getrouwd zijn, zal ik ook de kinderen adopteren; ik wil voor jullie allemaal zorgen.'

Jenny keek hem verbijsterd aan. Dit was de tweede keer dat hij haar ten huwelijk vroeg. Ze trok haar handen weg en ging een stukje van hem af zitten. Allerlei emoties streden met elkaar. Eerst was er steeds een gedachte die haar hoop schonk, meteen gevolgd door een andere die haar alle hoop ontnam.

Uiteindelijk nam ze een beslissing. Ze richtte zich tot Fredrik en zei vastbesloten: 'Nee, Fredrik. Je hebt destijds een keuze gemaakt en daar dragen we nu de gevolgen van.' Ze keek hem gepijnigd aan. 'Denk je echt dat we gewoon kunnen trouwen alsof er niets gebeurd is? Ik heb nu mijn eigen leven met de kinderen. Het heeft na jouw vertrek lang geduurd voordat ik mijn leven weer op de rails kreeg.' Ze zweeg even en keek toen omhoog naar de toren van de Domkerk. 'Jaren geleden hadden we de gelegenheid, maar het lot dreef ons uit elkaar. We leven in twee totaal verschillende werelden, Fredrik. Ik was niet goed genoeg voor je omdat ik geen kinderen kan krijgen. Het is nog steeds jouw taak om voor een erfgenaam te zorgen, dus wat dat betreft is er niets veranderd. Je moet je leven voortzetten en een vrouw huwen die jou kinderen kan schenken.'

Hij greep haar bij de schouders. 'Jenny, kijk me aan!' Er lag een wanhopige uitdrukking op zijn gelaat. 'Begrijp je het nou niet? Ik wil niemand anders! Ik heb geen erfgenaam meer nodig! Ik hou zoveel van jou dat ik bereid ben afstand te doen van de fabriek!'

Hij keek haar smekend aan, maar Jenny schudde langzaam haar hoofd en zei zachtjes: 'Nee, het is te laat.'

Fredrik oogde verbijsterd. 'Hou je dan niet van me?'

Jenny zweeg langdurig maar stak toen haar kin naar voren. 'Nee. Niet meer.'

Ongelovig keek hij haar aan. Toen liet hij zijn hoofd zakken. 'Ik heb steeds de hoop gekoesterd dat je nog van me hield, maar ik merk dat ik me vergist heb. Mijn verontschuldigingen voor het feit dat ik dat niet besefte.' Langzaam kwam hij overeind van het bankje, en hij keek gekwetst. 'Je zult me vergeven dat ik nu afscheid van je neem.' Hij klonk verbitterd. 'Ik beloof je dat ik je van nu af aan met rust zal laten. Je hoeft niet bang te zijn dat ik je nog een derde keer ten huwelijk vraag.' Hij maakte stijfjes een buiging en beende toen weg, in de richting van de kerkbrug. Hij keek niet meer achterom.

De tranen liepen Jenny over de wangen, en ze sloeg een hand voor haar mond. Ze had zich al die tijd goed weten te houden, maar Fredriks laatste woorden waren te veel voor haar. Het voelde alsof iemand haar hart uit haar borstkas had gesneden met een dolk. Het liefst had ze hem nageroepen, maar dat deed ze niet. Het was te laat.

Die nacht kon Jenny de slaap niet vatten, en het eten smaakte haar niet de volgende dag; ze bleef het maar met haar vork heen en weer schuiven op haar bord. Ze had het beklemmende gevoel dat ze de grootste vergissing van haar leven had begaan. Eén helft van haar was helemaal rauw omdat ze Fredrik opnieuw had verloren, maar de andere helft was van mening dat ze de juiste keuze had gemaakt. Ze moest hem laten gaan. Zijn opoffering zou te groot zijn geweest. Ooit zou hij verbitterd zijn geworden en spijt hebben gekregen van hun huwelijk. Op een dag zou hij verliefd worden op iemand anders en haar weer vergeten.

46

In de klaslokalen werd 'De bloeitijd gaat nu komen' gezongen. De vogelkersen stonden in bloei en verspreidden een zoete geur door het rivierdal; de witte bloementrossen leken net wolken. Over de akkers lag het lichtgroene schijnsel dat de eerste gewassen aankondigde. Matti en Aapo hadden nu zomervakantie, en ook de kinderen Tallgren kregen twee maanden lang geen thuisonderwijs.

Er was een brief gekomen van Juhani waarin hij vertelde dat de gemeenteraad van Turku financiering had toegekend voor de opgravingen in Koroistenniemi en dat die begin juni weer van start gingen.

Jenny ging meteen in de eerste week haar oude vriend weer opzoeken, samen met de kinderen.

'Jenny en jongelui!' Juhani zwaaide al vanuit de verte en kwam hun tegemoet toen ze op de landtong arriveerden. 'Wat fijn om jullie na lange tijd weer te zien!'

Glimlachend beantwoordden ze de begroeting.

Juhani zag er nog net zo uit als voorheen. Zijn haar was misschien iets langer, maar zijn ogen fonkelden nog steeds zoals ze altijd hadden gedaan.

Jenny gaf de kinderen toestemming om op de oever van de rivier te gaan spelen. Ze renden weg en Jenny wandelde samen met Juhani naar de punt van de landtong.

'De overige medewerkers komen morgen pas. Ik heb vandaag markeringspalen in de grond geslagen. Hoe gaat het met jou, Jenny?' Hij keek haar bezorgd aan. 'Het valt me op dat je bent afgevallen, en je ziet er moe uit. Is alles in orde?'

Jenny schrok even. Juhani was angstaanjagend opmerkzaam.

'Dank je, het gaat heel goed met ons. Ik heb alleen om een of andere reden slecht geslapen de afgelopen tijd. Maar we hebben goed rond weten te komen sinds ik de kinderen Tallgren les ben gaan geven. En ik heb ook nog een paar andere privéleerlingen gevonden.'

'Ik ben blij dat alles uiteindelijk ten goede is gekeerd.' Lachend keek hij haar aan. 'Al vermoed ik dat dat betekent dat je mijn voorstel niet meer in overweging zult nemen.'

Ze schonk hem een glimlach. 'Ik ben je dankbaar, en ik beloof dat je altijd op mijn vriendschap kunt rekenen.'

Hij wierp haar een veelbetekenende blik toe. 'Goed, laten we het daar niet meer over hebben. Kom, dan laat ik zien waar we dit jaar gaan graven.' Ze liepen naar de overkant van de landtong. 'We gaan hiervandaan in westelijke richting graven. Dit jaar hebben we niet zo veel geld tot onze beschikking, omdat Fredrik Barker naar Stockholm gaat verhuizen en niet langer betrokken is bij de financiering.'

Jenny struikelde bijna over haar eigen voeten. Ze werd helemaal koud vanbinnen en een paniekerig gevoel greep haar bij de keel. 'Fredrik Barker gaat verhuizen?'

'Klopt. Ik kwam hem een paar weken geleden bij Rettig thuis tegen. Hij heeft zijn aandelen in de fabriek aan zijn neef verkocht en is van plan binnenkort terug te keren naar Stockholm. Ik kan goed begrijpen dat hij niet nog meer geld in de opgravingen wil steken.'

Het was alsof de wereld was blijven stilstaan, en Jenny werd duizelig. Fredrik zou weggaan! Bedroefd sloot ze haar ogen. Het was zelfs niet in haar opgekomen dat Fredrik de fabriek van zijn vader zou kunnen verkopen en Turku zou kunnen verlaten. Dat was toch niet mogelijk! Ze opende haar ogen en probeerde geconcentreerd te luisteren naar Juhani's plannen voor de komende zomer, maar ze kon alleen nog maar aan Fredrik denken.

'Jenny, volgens mij luister je niet eens,' zei Juhani verwijtend toen ze geen antwoord gaf op zijn vraag.

'Vergeef me, Juhani, maar ik voel me niet zo goed. Dat komt vast doordat ik de laatste tijd zo slecht geslapen heb.'

Juhani keek haar bezorgd aan. 'Je ziet er echt niet goed uit. Je gezicht is helemaal grijs. Kom, we gaan de kinderen halen en daarna vraag ik aan boer Koroinen of ik zijn rijtuig mag lenen. Ik breng jullie terug naar Turku.'

De jongens waren niet blij en protesteerden luid toen hun spel werd onderbroken.

Martta las hun de les. 'Meekomen, nu meteen. Tante Jenny is bijna nooit ziek en als ze zich niet lekker voelt, dan moet ze meteen naar bed.'

De jongens zwegen en keken elkaar beschaamd aan.

Het duurde niet lang voordat Juhani kwam aangereden. Ze stapten in. Jenny zat naast Juhani, die gedurende de rit de laatste nieuwtjes uit Helsinki overbracht. Ze reageerde nauwelijks.

Eenmaal op de Rantakatu aangekomen liet Juhani het rijtuig voor Jenny's huis tot stilstand komen, en hij hielp haar en de kinderen bij het uitstappen. 'Tot ziens. Kom maar weer bij de opgravingen kijken wanneer je je beter voelt.' Hij wendde zich tot de kinderen. 'Zorgen jullie ervoor dat tante Jenny meteen gaat slapen en val haar verder niet lastig.'

Dat beloofden ze, en daarna namen ze afscheid.

Toen Jenny haar bovenkleding en haar schoenen had uitgetrokken, zag Martta erop toe dat ze meteen onder de dekens kroop. Tegen de jongens zei ze: 'Ga maar buiten spelen, hier binnen moet het stil zijn. Tante Jenny slaapt nu.' Martta deed de gordijnen in de salon dicht en ging naar de keuken om het avondeten klaar te maken.

Jenny sloot haar ogen en probeerde te slapen, maar daar kwam niets van terecht. Ze bleef maar draaien in haar bed en voelde niets anders dan een beklemmende angst.

47

Fredrik Barker stond in de salon van zijn huis en keek uit het raam naar de Aurajoki. Stoomschip Helmi gleed langzaam voorbij en maakte zich op om aan te leggen in de haven; het dek stond vol met passagiers die op Ruissalo waren geweest. De boot naar Stockholm zou de volgende ochtend vertrekken. Al het nodige was inmiddels ingepakt. Verstrooid streelde hij een blad van de palm die voor het raam stond. Zijn gedachten dwaalden weer af naar Jenny, net als altijd. Wat zou ze nu aan het doen zijn?

Fredrik had nachtenlang wakker gelegen en was moe. Hij ging in de leren leunstoel zitten en sloeg zijn handen voor zijn gezicht. Hij had een heleboel verkeerde keuzes gemaakt in het leven, en de grootste vergissing was dat hij Jenny niet tot zijn vrouw had genomen, jaren geleden. Zijn huwelijk was één grote trieste façade geweest. Emilie en hij hadden nooit geleerd van elkaar te houden, en Emilie was verbitterd geweest over haar ziekte. Ze hadden als twee vreemdelingen onder één dak gewoond. Maar de enige die hij de schuld kon geven van zijn fouten was hijzelf, ijdel en dom als hij was. En nu was het te laat. Uiteindelijk had hij zowel Jenny als de fabriek verloren.

Hij lachte verbitterd. Het leven had hem daadwerkelijk een lesje geleerd. Er was niets meer wat hem in Turku hield. Hij zou helemaal opnieuw beginnen. Maar het was moeilijk zich een leven zonder Jenny voor te stellen. Zijn leven had geen enkele betekenis meer.

Hij schrok op uit zijn gedachten toen hij voetstappen op de trap hoorde. Hofmeester Wilén kwam de kamer binnen en schraapte zijn keel. Er speelde een zeldzame glimlach om zijn lippen. 'Meneer Barker. U hebt bezoek van een u niet onbekende dame.'

Fredrik draaide zijn hoofd om en zag Jenny in de deuropening staan. Hij kon zijn ogen bijna niet geloven. Was er sprake van een zinsbegoocheling? Was Jenny uit eigen beweging naar hem toe gekomen?

Voorzichtig kwam ze verder. Ze zag bleek en had donkere kringen rond haar ogen. 'Fredrik,' begon ze onzeker. 'Ik móést gewoon komen. Ik wil graag met je praten.'

Fredrik hield zijn adem in.

Jenny kwam dichterbij en keek hem in de ogen. Zijn blik getuigde van wanhoop. Hij stond op uit zijn stoel en liep naar haar toe. Zijn ogen lieten Jenny's gezicht geen moment los.

'Ik hoorde dat je definitief weggaat uit Turku,' zei ze.

Hij knikte.

'Vergeef me. Ik heb tegen je gelogen.' Ze slikte en sloeg haar ogen neer. 'Ik heb nachtenlang over ons nagedacht.' Haar stem trilde. 'Ik besef nu dat ik je tweede huwelijksaanzoek heb afgewezen omdat ik te trots was. Het was te veel voor mijn gevoel van eigenwaarde dat je destijds niet genoeg van me hield.'

Hij probeerde haar te onderbreken.

'Maar mijn vader heeft me geleerd dat trots de grootste van alle zonden is en alleen maar tot verdriet en verbittering leidt. Ik meende te weten wat voor jou het beste was.' Ze keek hem aan, en er welden tranen op in haar ogen. 'Fredrik, ik hou zoveel van jou. Ik kan de gedachte niet verdragen dat ik je nooit meer zal zien. Ik heb altijd van je gehouden en zal dat altijd blijven doen.' Ze zweeg even en keek hem smekend aan. 'Wil je me alsjeblieft meenemen?' Ze kon zich niet langer beheersen; de tranen stroomden over haar wangen.

Kon dit echt waar zijn? Fredrik keek haar ongelovig aan. Hij had gedacht dat hij Jenny voorgoed was kwijtgeraakt. Hij nam haar in zijn armen en drukte haar stevig tegen zich aan. Jenny drukte haar hoofd tegen zijn borstkas. 'Ik neem je desnoods mee naar Timboektoe,' zei hij schor.

Er kwam een opgeluchte glimlach over Jenny's gezicht. 'Ik was zo bang dat ik te laat zou komen. Ik dacht dat je al was vertrokken.' Ze zweeg wederom even en keek toen naar hem op met haar betraande gezicht. 'Fredrik, wil je met me trouwen?'

Hij keek haar verbijsterd aan en barstte toen in lachen uit. 'Jenny Malmström, je weet me iedere keer weer te verbazen! Vraag jij mij nu ten huwelijk? Hoe vaak moeten we elkaar een aanzoek doen?' Hij tilde haar kin een stukje op en keek haar met ogen vol liefde aan. 'Ik accepteer je aanzoek. Zodat jij een huwelijk met mij niet meer kunt afwijzen.'

Jenny's ogen glommen van geluk. Toch kwam er nog even een bezorgde blik over haar gelaat. 'Pardon, maar ik moet je dit vragen: vind je het goed als de kinderen ook meegaan?'

'Uiteraard, liefste.' Zijn glimlach werd nog breder. 'Ik kan me zelfs niet indenken dat ik jou van hen zou scheiden. Ik beloof je dat ik ze als mijn eigen kinderen zal behandelen. We gaan eindelijk een gezin vormen.'

Jenny kreeg opnieuw tranen in haar ogen. Ze streelde de kraag van zijn overhemd en mompelde zachtjes: 'Ik weet niet of ik eraan toe durf te voegen dat we ook nog twee katten hebben...'

Fredrik barstte wederom in lachen uit. 'Je mag desnoods een hele dierentuin meenemen, zolang je maar eindelijk de mijne bent.' Hij werd weer serieus, pakte Jenny's gezicht met beide handen vast en keek haar diep in de ogen. 'Ik hou van je, Jenny Malmström. Meer dan van het leven zelf. Ik kan niet geloven dat we toch nog een tweede kans krijgen. Gelukkig was je zo verstandig om hierheen te komen en mij ten huwelijk te vragen.' Hij boog zich naar haar toe en kuste haar op een manier die haar er eindelijk van overtuigde hoezeer hij naar haar verlangde.

Ergens in de verte klonk de scheepshoorn van de Helmi, die aangaf dat er een nieuwe reis was begonnen.

Nawoord

De roman *De Finse katoenmolen* is deels gebaseerd op historische feiten, maar de gebeurtenissen en personages zijn fictief. Het verhaal speelt zich af aan het eind van de negentiende eeuw, maar bij het schrijven heb ik gebruikgemaakt van de vrijheden die fictie biedt.

De Engelsman John Barker (1791-1854) richtte rond 1840 een katoenmolen op in Turku. In werkelijkheid had hij geen zoon.

Het personage van Kosti Vanhanen is gebaseerd op Konstantin Vehanen (1858-1887), die vanaf 1881 als docent werkzaam was aan het Finse privélyceum in Turku. Hij gaf de krant *Aura* uit, waarvan hij in de jaren 1882-1884 de verantwoordelijke redacteur was en in de jaren 1885-1887 de hoofdredacteur. Vehanen behaalde in 1886 een bachelorgraad in de juridische wetenschappen en was een enthousiaste Fennomaan, een voorvechter van de Finse taal en cultuur. Hij was lid van het Finse Gezelschap en van de Arbeidersvereniging in Turku. Hij werd in 1885 vanuit het ressort Vehmaa gekozen in de Rijksdag, als vertegenwoordiger van de vrijboeren.

Ontdekkingsreiziger en professor in de oosterse literatuur Georg August Wallin overleed al in 1852 in Helsinki, maar in dit verhaal leeft hij nog. Ik heb hem bij het verhaal betrokken om de lezers met deze interessante persoon en zijn reisverhalen te laten kennismaken.

Damesverenigingen waren in de negentiende eeuw organisaties waarvan de leden afkomstig waren uit de hogere kringen. Het waren de eerste echte liefdadigheidsinstellingen in Finland, en ze waren in bijna alle steden actief. Ze financierden hun bezigheden hoofdzakelijk door middel van bazaars en loterijen.

Vivi Malm, Fredrika Olivia (Vivi) Malm (geboren Trapp) (1837-1894). Echtgenote van consul Carl Mauritz Malm. Vivi Malm was actief in de Damesvereniging van Turku en organiseerde een groot aantal evenementen om geld in te zamelen voor het goede doel. Ze werd in het bestuur van het Historisch Museum van Turku gekozen.

De volksbibliotheek van Turku werd al in 1863 opgericht. Bij gebrek aan financiële middelen werd de bibliotheek in 1870 gesloten, om in 1874 opnieuw open te gaan. In 1878 kwam de bibliotheek in handen van de stad Turku. Een jaar later werd de bibliotheek in een nieuw pand ondergebracht, op de hoek van de Linnankatu en de Aurakatu.

Nils Henrik Pinello (1802-1879) richtte in 1861 de Sivistyskerho ('Civilisatieclub', in dit boek 'Educatiekring', Zweeds: Bildningscirkeln) op in Turku. Hij was doctor, schrijver, eigenaar van een ijzergroeve en verenigingsman.

Jenny Maria Montin Tallgren (1852-1931) ontdekte de ruïnes van het bisschoppelijk kasteel op de landtong Koroistenniemi. Dankzij haar inspanningen werd in 1898 begonnen met de opgravingen. Haar echtgenoot Ivar Tallgren (1850-1936) was van 1887-1936 voorganger in de parochie van Maaria. Ze hadden vijf kinderen: Oiva, Kaarlo, Aili, Mikko en Anna-Maria.

Pehr Fredric Rettig (1843-1914, vanaf 1898 Von Rettig) was zakenman en eigenaar van een tabaksfabriek. Hij was van 1867-1914 actief in Turku; hij liet in het centrum, dicht bij de fabriek, woningen bouwen voor zijn werknemers en deed aanzienlijke schenkingen aan de stad, waaronder de stadsbibliotheek in 1903. Hij was ook de oprichter van het Historisch Museum van Turku. Rettig was eigenaar van Villa Marjaniemi op Ruissalo.

Ernst Dahlström (1846-1924) en Magnus Dahlström (1859-1924) waren zakenlui uit Turku die talrijke schenkingen deden aan de stad, waaronder het Kunstmuseum in 1904. Ernst Dahlström was eigenaar van Villa Erstavik op Ruissalo.

Augusta Heurlin (1826-1888) richtte in 1861 de meisjesschool Heurlinska Skolan op in Turku, waaraan ze tot haar dood leidinggaf.

Johan Wilhelm Lillja (1817-1878) was een uit Turku afkomstige boekhandelaar, journalist en uitgever. Hij was eigenaar van Frenckells boekhandel op de hoek van de Linnankatu. In 1851 breidde hij de zaak uit met een particuliere leesbibliotheek, die de grootste bibliotheek van Finland zou worden, met een collectie van bijna vijftigduizend werken.